COLLECTION FOLIO

Andreï Makine

Le crime
d'Olga Arbélina

Mercure de France

Andreï Makine est né en Russie en 1957. Il est l'auteur de six romans dont *Le testament français* qui a reçu en 1995 le prix Goncourt, le prix Médicis ex aequo et le prix Goncourt des Lycéens.

à Vous

« Ma mère a dû fléchir Dieu pour moi », dépose l'accusé à l'enquête...

FEDOR DOSTOÏEVSKI,
Les frères Karamazov.

« Qu'as-tu fait de moi ! Qu'as-tu fait de moi ! » Si nous voulions y penser, il n'y a peut-être pas une mère aimante qui ne pourrait, à son dernier jour, souvent bien avant, adresser ce reproche à son fils.

MARCEL PROUST,
« Sentiments filiaux
d'un parricide ».

I

Les premiers guettent ses paroles en simples voleurs de confidences. Les seconds doivent y goûter autre chose. On les distingue facilement d'ailleurs : bien plus rares que les simples curieux, ils viennent seuls, osent approcher d'un peu plus près le grand vieillard qui quadrille lentement le labyrinthe des allées et ils partent plus tard que les premiers.

Les paroles que le vieil homme murmure sont aussitôt dissipées par le vent dans la lumière glaciale de cette fin d'après-midi d'hiver. Il s'arrête près d'une dalle, se courbe pour enlever une lourde branche qui, telle une lézarde, raye l'inscription taillée dans la pierre poreuse. Les visiteurs curieux inclinent légèrement la tête vers sa voix tout en faisant semblant d'examiner les monuments voisins... Il y a un instant, ils apprenaient les dernières heures d'un écrivain connu en son temps mais oublié depuis. Il mourut la nuit. Sa femme, de ses doigts mouillés de larmes, lui ferma les paupières et s'étendit à côté de lui, en attente du matin... Puis cet autre récit, surpris dans l'allée parallèle dont les dalles portent des dates récentes : un danseur de ballet, mort bien avant la vieillesse et qui accueillit la fin en répétant plusieurs fois, comme une formule sacramentelle, le prénom de son jeune amant qui l'avait contaminé… Et encore ces mots, volés devant un piédouche trapu surmonté d'une croix : l'histoire d'un couple qui, au début des années vingt, vécut dans l'espoir torturant, irréel d'un visa pour l'étranger. Lui, poète célèbre dont on ne publiait plus une ligne, elle, comédienne depuis longtemps interdite de scène. Reclus dans leur appartement de Saint-Pétersbourg, ils se voyaient déjà condamnés, emprisonnés, exécutés peut-être. Le jour où, miraculeusement, l'autorisation de quitter le pays arriva, la femme sortit en laissant le mari dans un hébétement de bonheur. Faire quelques courses en prévision du voyage, pensa-t-il. Elle descendit, traversa une place (les passagers d'un tramway aperçurent son sourire) et, débouchant sur le quai, se jeta dans l'eau glauque d'un canal…

Les visiteurs, ceux qui écoutaient par pure curiosité, s'en vont déjà. L'un d'eux a fait crisser tout à l'heure sous son talon un éclat de silex. Le vieillard s'est redressé de sa taille de géant et les a enveloppés d'un regard sombre et comme courroucé de les voir tous là, autour de lui, figés dans des poses faussement distraites. Maladroitement, ils se sont sauvés, en file indienne d'abord, en louvoyant entre les dalles, puis en formant un petit groupe dans l'allée qui mène à la sortie… Ils ont éprouvé, durant ces quelques secondes de gêne

16

face au vieillard, l'étrangeté troublante de leur situation. Ils étaient là, par cette fin de jour froide et claire, sous les arbres nus, au milieu de toutes ces croix orthodoxes, à deux pas de cet homme dans son inimaginable houppelande noire et démesurément longue. Un homme qui évoquait comme pour lui-même les êtres dans leur si rapide et si personnel glissement de la vie à la mort... Drôle de sensation !

Le petit groupe se hâte de la délayer dans les mots. Les voix s'affermissent d'une gaieté de bravade, on plaisante, on pressent que sur le chemin du retour les histoires du vieillard donneront lieu à un passionnant débat. L'un d'eux a retenu ce détail surprenant : le danseur, déjà colossalement riche, achetait, dans une folie d'accumulation, des antiquités et des tableaux à des prix qu'une mauvaise langue appela « obscènes », et il expliquait, mi-sérieux, mi-cabotin, qu'il lui fallait « assurer ses vieux jours »... La discussion est lancée. Ils parlent de la vanité du matériel et des petits caprices des grands esprits. De la chair qui est faible, de la perversité. (« Vous vous rendez compte, en fait ce génie a été tué par ce gigolo de rien du tout ! » s'exclame quelqu'un.) Et de l'absence de perversion puisque l'amour rachète tout. « L'amour ? ! » Une voix théâtralement indignée rappelle que la femme dont les doigts ont effleuré les paupières de l'écrivain qui venait de mourir (oui, cette épouse fidèle qui dort sous la même dalle que lui) avait dû supporter une vie à trois. L'écrivain déjà âgé avait besoin, pour être inspiré, de la présence charnelle d'une jeune personne... Les arguments fusent de plus belle : le sens du sacrifice, l'art qui justifie tout, l'égoïsme viscéral des hommes...

L'intérieur de la voiture qui les ramène vers la capitale est rempli de traits d'esprit, de rires, de soupirs désabusés qui accompagnent quelque réflexion sentencieuse. Ils sont heureux d'avoir réussi à mater l'angoisse qui les a saisis tout à l'heure. L'angoisse est devenue anecdote. Et le vieillard, « une sorte d'énorme pope un peu fou, habillé d'un surplis vieux d'au moins un siècle ». Même la fantasque noyée de Saint-Pétersbourg vient fort à propos pour illustrer la nature irration-nelle de son peuple. Oui, cette âme excessive si souvent décrite et dont ils ont pris, grâce à leur excursion de dimanche, une connaissance rappro-chée. Ils citent des noms d'écrivains et ces longs romans où l'on pourrait, à bien chercher, retrou-ver et la noyée, et le danseur, et le vieillard... Après ce dépaysement dans un endroit enfoui au milieu d'une campagne frileuse, terne, c'est un plaisir presque physique que de se retrouver dans les familières sinuosités des rues, de reconnaître tel café, tel carrefour dans sa physionomie parisienne très individuelle et déjà nocturne à cause de toutes ces lumières... Et lorsque, un an après ou peut-être plus selon le rythme de leur existence bien remplie, un dîner les réunira, personne des quatre visiteurs n'osera parler de ces quelques instants d'angoisse sous le ciel d'hiver. Cette crainte de l'avouer leur permettra de passer une soirée particulièrement agréable.

Leur fuite n'a pas détourné le vieillard de sa ronde habituelle. On le voit à présent soulever lentement un long tronc que l'orage avait arraché dans la nuit. La croix d'une tombe s'est transformée en une sorte de tuteur qui se penche sous le poids de l'arbre abattu. Cette tâche accomplie, l'homme reste un moment immobile, ensuite, avec quelques hochements de tête, il laisse de nouveau fondre ses paroles dans la transparence froide du soir. Le visiteur qui l'écoute maintenant est encore subjugué par la force et l'aspect des mains qui, surgissant des manches de la houppelande, se sont refermées sur l'écorce humide de l'arbre. Des mains qui ressemblent elles-mêmes à des racines noduleuses, puissantes, marquées de cicatrices, nervurées de veines violettes. Ce spectateur voudrait être seul à recueillir les paroles effacées par le vent. À son dépit, une jeune femme, mine indifférente et volontaire, s'arrête dans le passage voisin, essaye ou fait semblant de déchiffrer à l'envers l'inscription sur la dalle que le vieillard vient de libérer, puis se met à écouter elle aussi… Le défunt dont elle vient d'épeler mentalement le nom, un certain comte Khodorski, était un joyeux aventurier. Arrivé à Paris après la révolution, il vécut une année atroce, réduit à la mendicité, se maculant les orteils d'encre de Chine pour camoufler les trous de ses chaussures, assailli la nuit par des hallucinations d'affamé. Sa seule fortune se résumait en quelques titres de propriété de domaines depuis longtemps confisqués par le nouveau régime. Sa surprise fut grande quand, un jour, il trouva un acheteur, quelqu'un qui croyait que le retour à l'ordre ancien était fort probable en Russie. Khodorski se mit alors à rechercher chez ses compatriotes exilés ces titres de propriété à la fois inutiles et précieux. Les acquéreurs, impressionnés par les aigles bicéphales de l'empire, attirés par les prix dérisoires, se laissaient convaincre facilement. Le comte s'assura pour quelques années une vie de fête. Mais comme avec le temps le filon s'épuisait, il dut, un jour, proposer à la vente une maison de campagne très modeste, le nid familial où s'était écoulée son enfance. La transaction fut ardue. L'acheteur, méfiant, examinait longuement les papiers, demandait des précisions. Khodorski, avec un sourire péniblement étiré, vanta les champs qui s'étendaient autour de la demeure, la petite rivière au sable blanc, le verger envahi de rossignols. Il exhiba même une photo, l'unique cliché qui lui restait de sa jeunesse. On y voyait une télègue près du perron, un enfant tendant au cheval une mèche de foin, le regard fixé sur le photographe... C'est le cliché qui sembla jouer le rôle décisif. À son habitude, Khodorski fêta cet enrichissement momentané dans un restaurant de Passy. Ses convives le trouvèrent fidèle à lui-même : brillant, dépensier, sachant mener plusieurs conversations à la fois. Le lendemain, vers midi, l'un d'eux, venant chez le comte, le découvrit couché dans son habit des grands jours, la tête collée à un oreiller lourd de sang...

Les deux visiteurs paraissent peu attentifs aux péripéties de ces histoires de vies brisées. Comme si, sans connaître les faits, ils en prévoyaient par avance la trame aussi logique qu'absurde. Seuls certains détails éveillent, on ne sait pas pourquoi, leur intérêt. Ils viennent d'échanger un rapide coup d'œil, frappés tous deux par la présence, sur la table de nuit du suicidé, de la photographie avec la maison en bois, l'attelage et l'enfant — cet être mystérieux et presque effrayant dans l'ignorance de son avenir. Oui, leurs regards se sont frôlés et sont redevenus immédiatement de simples reflets qui ne cherchent les yeux de personne. Ils observent plus qu'ils n'écoutent. Ce ciel coupé en deux — à l'ouest, l'incarnat froid du couchant, et sur l'autre moitié, cette aile basse et grise de nuages qui s'élargit de temps en temps et déverse un grésil étincelant dont les aiguilles piquent les joues, remplissent d'un chuchotement sec les feuilles mortes dans les passages entre les dalles. Et quand cette aile sombre se replie, la lumière vive, cuivrée vernisse le sol brun, les racines des arbres et fait briller des flaques d'eau — des miroirs à moitié ensevelis çà et là dans le fourré des arbustes. Une rafale coupante comme un fil d'acier brise le regard en facettes de larmes. Le vieillard s'incline, ramasse une vasque de céramique d'où s'élève une longue tige sèche de chrysanthème, la remet sur la pierre tombale.

Sa voix reprend, calme et détachée, une voix qui ne cherche ni à convaincre ni à prouver, pensent les deux visiteurs tardifs. Une voix si différente de l'incessant brouhaha de mots qui remplit leur esprit, des mots qui, dans leur vie, les agressent, les sollicitent, extorquent leur adhésion par une interminable bouillie verbale faite de bribes de journaux, d'événements scandés par les speakers. Des mots qui tuent en eux les rares instants de silence.

D'ailleurs, les récits du vieux gardien sont à peine ébauchés. C'est dans la pensée des visiteurs que ces paroles murmurées retracent une intrigue, se mettent en scène. « Un aventurier, disait-il, vendait des domaines nobiliaires, oui, des châteaux de cartes... Un jour, est venu le tour de la maison de ses jeunes années. Au petit matin, il s'est brûlé la cervelle... » Le même ton devant la dalle suivante : « Elle résiste bien au temps, cette faute. Officier de cavallerie. Avec deux *l*. Heureusement, tout le monde ne lit pas les caractères cyrilliques. Officier de cavalerie... Très bavard, toujours excité. Et toujours les mêmes histoires de batailles, des têtes qu'il coupait aux rouges avec son sabre. Et plus il racontait, mieux il imitait le bref sifflement avec lequel la lame s'enfonçait dans le cou et cassait les os. "S-s-chlim !" sifflait-il. On voyait vraiment une tête rouler dans l'herbe... Vieux, il a eu le visage paralysé et ne pouvait plus parler. La seule chose qu'il parvenait encore à articuler était ce "s-s-chlim". Il est mort au printemps. La nuit était tiède, on a ouvert la fenêtre. Un instant avant la fin, il s'est redressé sur un coude et, en aspirant de tous ses poumons tremblants, a soufflé très distinctement : "Lilas..." »

La jeune femme qui écoute le vieillard peut bien être celle dont on dit quand elle approche la quarantaine : elle a tout réussi dans sa vie. Ce sont ces femmes-là qui se retrouvent un dimanche d'hiver devant un vide et un désespoir tels que la mort paraît soudain une invitation secrètement attendue... Le matin elle s'est mise à feuilleter son carnet d'adresses. Les doigts glissaient sur les pages comme sur la glace, sans pouvoir s'accrocher. Toute une foule et en même temps personne. Enfin ce nom qui lui rappelle une promesse d'il y a au moins dix ans : « Tu verras, ça ne ressemble pas du tout à un cimetière, c'est un vrai jardin un peu à l'abandon où l'on sent tout de suite qu'ils ont, eux, une tout autre vision de la mort que nous... » Elle n'a pas eu, en dix ans, un seul moment libre pour y aller.

L'autre visiteur, cet homme en manteau bleu foncé dont il a relevé le col qui laisse apercevoir l'éclat de la chemise et le nœud de la cravate, cet homme, lui aussi, a entendu parler du « jardin où l'on découvre un autre regard sur la mort ». Il ressemble à celui qui, une demi-heure avant le déjeuner familial, lequel doit réunir une douzaine de parents, se lève, s'habille en hâte comme s'il était poursuivi et part sans prévenir personne, ce qui ne lui est encore jamais arrivé. C'est cette image qui le poursuit : les yeux, les bouches, les visages qui allaient l'entourer, en répétant les mêmes grimaces, les mêmes phrases que la dernière fois, en mâchant, en déglutissant. Il aurait fallu leur répondre, sourire. Et surtout s'accepter heureux puisque les autres considèrent qu'il a toutes les raisons d'être heureux : la sérénité blonde et lisse de sa femme, la grâce féline de ses deux filles dont la plaisanterie familiale dira une fois de plus que ce sont « deux belles filles à marier », et cette table couverte face à une baie vitrée derrière laquelle, de ce seizième étage, on peut étudier comme sur un plan la topographie parisienne, et son cabinet médical situé dans le même immeuble, ce qui provoquera, traditionnellement, une remarque bourrue d'un parent (« Il y en a qui ont de la chance, ils n'ont qu'un palier à traverser pour aller au travail »)... L'homme a imaginé tous ces petits bonheurs dont la somme est censée le rendre heureux. Une grande panique s'est emparée de lui. Il a attrapé son manteau, tiré derrière lui la porte en essayant d'éviter le claquement et s'est précipité vers l'escalier en craignant de croiser devant l'ascenseur les premiers des invités...

Le vieillard soulève une brassée de branches mortes et l'ajoute à un amas de feuilles et de tiges sèches au pied d'un arbre. L'homme et la femme écoutent ses pas lents sur le gravier, plus sonores à cause du froid et du silence. Donc tout cela a toujours existé, pensent-ils. Cette vie si différente de la leur, une vie emplie de ce calme, des gestes qui leur laissent le temps de remarquer l'imperceptible blêmissement de la lumière, cuivrée, rose, mauve à présent, de le suivre dans un long ruissellement de leur propre rêverie. Abandonner son regard au milieu des branches ciselées dans le ciel glacé, deviner, sans vraiment le comprendre, que ces minutes sont mystérieusement importantes et que même ce distrait coup d'œil posé sur la petite touffe d'herbe entre les pierres de la vieille clôture est nécessaire à cette fin de jour, à sa lumière, à son ciel, à sa vie unique. Et si intense est la sensation d'appartenir déjà à cette vie qu'ils décident, chacun à sa manière, d'engager une conversation avec le vieux gardien à la fin de son récit. Sa voix semble d'ailleurs légèrement changée, moins impersonnelle, elle tient compte de leur présence devant cette dalle.

— Les rouges appelaient cette façon d'exécuter l'« hydre de la contre-révolution ». Ils attachaient une dizaine d'officiers ensemble en groupe serré. Épaule contre épaule, dos contre dos. Et ils les poussaient par-dessus le bord d'une barge ou du haut d'un môle. Certains se débattaient, d'autres se figeaient en essayant de faire le mort avant même de mourir. D'autres encore pleuraient, affaiblis par les blessures… Celui-ci a pu se dégager, déjà sous l'eau, déjà les pieds pris dans la vase. Il a forcé le fil de fer sur ses poignets, a fait surface, caché par un bloc de granit de la jetée. C'est bien plus tard que les visages des autres ont commencé à le hanter. Surtout les yeux de celui dont il a repoussé sauvagement le corps pour s'arracher à l'eau.

Le vieillard les regarde avec l'air d'attendre une question, une réplique. Et ce regard appartient non plus à un étrange génie des lieux, « une espèce de pope un peu fou et vieux d'au moins un siècle », mais à leur semblable. Ses paroles percent plusieurs époques qu'ils n'ont pas connues. C'est bien cette attitude très humaine qui suspend dans leur gorge la question pourtant préparée. Ils s'aperçoivent soudain que le crépuscule est tombé, que seule une étroite bande de couchant éclaire encore d'un rouge trouble ce lieu hérissé de croix. Ils se sentent tout à coup seul à seul avec quelque vertigineuse intuition, une percée qui incise leur vie d'un trait aveuglant... Le visiteur en manteau bleu foncé remarque que la femme marche déjà dans l'allée d'un pas qui se retient pour ne pas paraître pressé. Ou plutôt c'est elle qui le voit s'écarter discrètement et se sauver en contournant les tombes. Ils se retrouvent à la sortie au même moment, mais évitent de se regarder comme font ceux qui ont assisté à une scène d'agression et ne sont pas intervenus... Au-delà de la clôture, il y a encore un peu de clarté, rose et fluide. L'homme se retourne, voit la femme qui cherche la clef de sa voiture, la main plongée dans un petit sac à dos en cuir. Pour un instant, il a la sensation de revenir dans la vie silencieuse qui les a réunis tous deux sous les arbres du cimetière. Le visage de la femme lui paraît intensément familier. Il a l'impression de connaître le timbre de sa voix, sans l'avoir jamais entendue, de connaître, dans un partage très profond, le climat de chacun de ses jours et sa douleur d'aujourd'hui. En ouvrant la portière, elle lève, une seconde, son regard. L'homme, à quelques mètres d'elle, lui sourit, fait un pas dans sa direction. « C'est la première fois que vous venez ici ? » Il sourit, s'approche, « c'est la première fois... ». Sourit, fait un pas vers elle...

26

Non, leurs voitures sont parties depuis un moment déjà, en se faufilant rapidement dans la coulée chuintante de l'autoroute. Et c'est dans la torpeur de la conduite que l'homme revoit mentalement la scène qui n'a pas eu lieu. Il s'approche, sourit : « Vous savez, c'est la première fois que je viens ici et... » Égarés dans la fuite traçante des phares, sur des voies de plus en plus divergentes, ils se souviennent du récit qui les a amenés, par ce jour glacé, dans ce coin perdu : « Vous verrez, c'est un véritable jardin, enfin, plutôt une forêt vierge tant il y a d'arbres, d'herbes et de fleurs. Et chaque croix a comme une minuscule verrière dans laquelle on allume une veilleuse... » Ils se disent que, pour voir ce jardin, il aurait fallu venir en été ou en automne et qu'à présent il est trop tard. Y retourner un jour ? se demande l'homme. Dimanche prochain ? Revoir ces allées désertes, les branches noires dans le ciel du soir, cette femme qui... Il se secoue. Trop tard. La ville l'avale dans sa complexité sombre, mouvante, striée de rouge et de jaune. Avant de commencer à chercher le prétexte qui va justifier sa fugue aux yeux des siens, il pense à la femme qui, à ce moment même, s'enlise elle aussi quelque part dans ce magma de rues et de feux. « La revoir est au fond aussi impossible que de ressusciter les morts qu'invoquait ce vieux fou », se dit-il avec un brin de cynisme mélancolique pour reprendre définitivement pied dans la réalité...

Le vieillard les accompagne du regard jusqu'à la grille, puis baisse les yeux sur le nom qu'indique la dalle et dont les rayons au ras du sol font ressortir les caractères gravés. Au loin, le bruit du moteur s'amenuise et disparaît comme le filet de sable dans le sablier.

Il reste, hormis le vieux gardien, cette longue silhouette qui semble chercher en vain l'issue dans le dédale des passages et des allées transversales. C'est le tout dernier visiteur, un homme jeune encore et qui vient ici quotidiennement depuis trois ou quatre jours. Malgré le froid, il porte une simple veste de velours qui par sa coupe étroite et allongée rappelle l'habit d'étudiant d'autrefois. Un cache-nez blanc grossièrement tricoté forme sur sa poitrine une sorte de jabot moussant. Son visage pâle est de celui qui, bien que transi, ne souffre plus, son corps devenant aussi froid que l'air glacé.

C'est lui qui, en observant les visiteurs, vient d'imaginer leurs sentiments, d'esquisser leurs vies. D'abord, ce groupe de badauds, ensuite les deux solitaires qui étaient sur le point de se parler et qui ne se reverront jamais plus. Il passe sa vie à deviner la vie des autres... Tout à l'heure, il a remarqué que ce bouleau à deux troncs avait été fendu par l'orage d'hier juste à l'endroit de la fourche et que le vent risquait d'une minute à l'autre d'élargir la profonde entaille et d'abattre le tronc jumeau dans un éclatement aigu du bois. Il se dit maintenant que tout le silence de cette journée est suspendu à ce cri muet. « Le silence dont on sonde le fond grâce à cet éclatement suspendu », note-t-il dans un cahier qu'il tire d'un grand sac semblable à celui d'un facteur.

Cet homme en veste d'étudiant est l'un de ces invisibles exilés russes qui, dans un isolement de plus en plus farouche avec l'âge, poursuivent une chimère d'écriture et finissent leur vie dans un grenier encombré de livres, ensevelis presque sous les pyramides de pages que personne n'aura le courage de déchiffrer. Il en a connu quelques-uns, mais se disait qu'une telle fin n'arrivait qu'aux autres. Dans ses pyramides à lui, il y aura l'histoire du comte-aventurier qui vendit la maison de son enfance et celle du danseur qui, en mourant, appelait son amant et assassin...

Le vieux gardien allume la petite veilleuse dans la croix au-dessus de la tombe près de laquelle se termine toujours sa ronde du soir. Oui, la tombe du condamné qui s'arracha à l'« hydre de la contre-révolution ». L'homme en veste de velours a suivi ce récit déjà hier, seul face au vieillard. Un détail l'a intrigué : le nom tracé sur la pierre tombale est celui d'une femme. Il n'a pas osé demander un éclaircissement... Il voit maintenant une flamme d'allumette qui, protégée au creux des mains du gardien, les éclaire de l'intérieur, puis s'anime sur la mèche de la veilleuse dans le cœur de la croix. Le minuscule battant vitré se referme, la flamme ondoie souplement, se calme. Le jeune homme frissonne tant cette lumière et cette chaleur abritée lui rappellent le confort d'une chambre très ancienne dans sa mémoire. Quelques pas à peine le séparent du vieillard.

29

— Pourriez-vous me parler de cette femme ?

Le regard du vieux gardien semble traverser de longues étendues d'obscurité, des villes nocturnes peuplées depuis longtemps par des ombres. On voit qu'il tente de comprendre à qui il a affaire : à l'un de ces curieux qui viennent pour emporter deux ou trois anecdotes. Ou bien à un fugitif qui s'est évadé d'un déjeuner familial et s'est réfugié ici pour retrouver le souffle. Ou peut-être à celui dont il n'espérait plus la venue ?

Il se met à parler en se dirigeant lentement vers la grille du portail qui aurait dû être fermée il y a au moins une heure. Dans ses paroles perce une très grande lassitude.

— Tout le monde voulait voir en eux des amants. Et dans la mort de ce personnage douteux, un meurtre.

C'est le ton habituel de ses récits : fruste, tranché, égal. L'homme en veste d'étudiant s'attend déjà à une anecdote de plus. Il voudrait partir, boire un verre de vin chaud, se coucher… Soudain, le vieillard, comme s'il avait deviné cette envie de fuite, s'exclame dans une pointe sonore où l'on entend presque une plainte et une excuse de ne pas savoir raconter autrement :

— Vous êtes le premier à qui je parle d'elle !

Tout le monde à Villiers-la-Forêt (les hommes plus manifestement peut-être que les femmes) désirait que ce fût un meurtre. Cette version correspondait à quelque incontournable cliché de l'imagination chez les gens sans grande imagination, au schéma classique d'un meurtre passionnel. Ou, bien plus simplement, à cette envie de se figurer deux corps nus, d'abord unis par l'amour, puis séparés par la violence d'un bref combat et la mort.

Intrigués, inhabituellement brillants, les habitants discouraient sur le crime, en inventant de nouvelles versions, en critiquant l'enquête qui piétinait. Mais en fait, c'étaient bien les corps qui les intriguaient. Car il fallut tout à coup accepter leur apparition au milieu du calme ensommeillé et campagnard de Villiers-la-Forêt, inscrire leur nudité amoureuse ou criminelle dans la paresse de ces journées de juillet qui sentaient la poussière chauffée au soleil, la vase tiède de la rivière. Oui, c'est dans ce paysage doux et lent qu'ils firent irruption : cet homme dans ses vêtements gorgés d'eau, allongé sur la rive, le crâne fracassé. Et cette femme aux cheveux défaits et ruisselants, aux seins nus, une femme assise dans l'immobilité d'un roc sculpté à côté de l'homme agonisant.

C'est ainsi que la scène avait été rapportée par un témoin essoufflé — le bègue que les Villersois appelaient « Fou-fou » à cause de son éternel « f-f-fou-vous savez », amorce de phrase qui lui permettait de se lancer dans une conversation. Cette fois, il était si bouleversé que son bafouillement dura plus longtemps que d'habitude. Les hommes à la petite terrasse du Royal le dévisagèrent avec un sourire indulgent, les plus jeunes se mirent à le parodier. L'effort et ces ricanements amenèrent des larmes à ses paupières. Cette fragilité ajoutée à son élocution défectueuse le faisait passer pour un simple d'esprit. Il parvint à vaincre l'étranglement de ses « fou-fou » juste pour signaler la présence des deux corps sur la rive. C'est son visage torturé qui persuada les hommes. Ils se levèrent et le suivirent comme on suit les aboiements d'un chien qui désespère de faire comprendre l'importance de son appel.

Sur la berge, durant quelques minutes, ils restèrent aveugles. Tout était si radieux autour d'eux, dans ce bel après-midi d'été. Une brume de chaleur enveloppait les broussailles des saules d'une lumière molle, laiteuse. L'eau aux éclats mats clapotait sous les minuscules promontoires herbeux qui surplombaient, çà et là, sa coulée. Ce bruit flasque et assoupissant donnait envie de s'étendre dans l'herbe, d'écouter distraitement les notes éparses des oiseaux, les cris lointains des coqs qui parvenaient jusqu'ici comme pour mieux mesurer tout cet espace estival. À une centaine de mètres, un pêcheur agitait sa canne. Encore plus loin, le long de la rive, on voyait le bâtiment de l'ancienne fabrique de bière tout recouvert de guirlandes de houblon. Et dans un plan en retrait, vers l'horizon, s'amoncelaient les premières maisons de la ville basse, puis, dans un étagement familier, les toits de la ville haute — avec la pointe noire du clocher, l'abondance verte des platanes au-dessus de la gare, le tournant de la route de Paris.

Les gens arrivaient, informés on ne savait comment, se saluaient d'un petit signe de tête furtif et leur foule composée de voisins, de connaissances, de parents se figeait devant la scène inconcevable : un homme, couché, avec une large marque brune sur le crâne chauve, la bouche ouverte, les yeux vitreux et une femme assise sur une grande souche vermoulue rejetée par la rivière, une femme d'une beauté et d'une impudeur qui faisaient mal aux yeux.

C'était d'ailleurs la sensation que tout le monde éprouva sur cette rive. Un malaise visuel, comme si un cil avait glissé sous la paupière et brouillé la vue. Cet homme mort qu'on n'osait pas toucher avant l'arrivée de la police, cette femme aux seins à peine cachés par des lambeaux de tissu — deux extraterrestres tombés dans cette journée de l'été 1947, l'été que tous les journaux avaient annoncé comme celui « des premières vraies vacances de paix ».

Il y eut enfin dans cette immobilité gênée un geste qui rompit l'envoûtement. Une vieille dame s'inclina et enleva une longue et fine tige d'algue collée au front du mort. La foule, en libérant toute son énergie compressée, explosa dans un sifflement coléreux : rien ne devait bouger avant l'arrivée des policiers ! Et c'est alors que la scène leur apparut comme réellement survenue. Dans un livre, se disaient certains d'entre eux, tout se serait résolu bien plus vite. Mais dans la réalité de cette banale journée de juillet, il y eut cette longue attente qui se prolongeait absurdement au-delà de toute limite convenable. Il y eut cette tige d'algue et la chemise qui finit par sécher sur le corps de la victime. Il y eut des groupes qui se formèrent, des mots encore plus insignifiants que d'habitude, les larmes de Fou-fou, des coups d'œil de plus en plus hardis que les hommes jetaient sur les seins à moitié nus de la femme pétrifiée. Il y eut la silhouette du facteur sur son vélo qu'on voyait au loin quand on parvenait à détourner le regard comme aimanté par le noyé, par son visage couvert de lentilles d'eau. Il y eut cette écœurante bonhomie du réel qui ne se soucie pas des effets de l'intrigue et même les gâche souvent par sa lenteur pâteuse.

Jusque dans l'identification du couple, cette lourdeur du réel se fit sentir. « Mais cette femme, furent-ils nombreux à murmurer, je l'ai vue mille fois ! Oui, je vous assure, elle travaille à la bibliothèque, dans cet hospice de vieux Russes, vous savez… Oui, c'est elle qui est arrivée à Villiers plus tard que les autres, juste avant la guerre… »

Quant à l'homme, ils reconnurent en lui ce retraité russe qu'on apercevait parfois courbé dans un petit potager en pente vers la rivière. Personnage peu volubile et qui ne se faisait pas remarquer. Sa bouche, à présent largement ouverte, apparaissait comme l'ultime dérision de la vie à l'égard de son caractère taciturne.

Quelques Russes mêlés à la foule voulurent eux aussi contribuer à la reconnaissance des deux personnages. C'est ainsi que dans le chuchotement qui se transmettait d'un groupe à l'autre le nom d'Olga Arbélina fut divulgué. Puis celui de Serge Goletz. Accompagnés par ces mentions : la princesse Arbélina ; Goletz, ancien officier de l'Armée blanche. Mais ces précisions avaient pour les habitants français la même résonance désuète que les « marquis et vicomtesses » d'une pièce romantique oubliée. Ils prêtèrent bien plus d'attention à ce jeune pêcheur. Il accourut en apportant un soulier qui manquait au pied gauche de Goletz. Personne ne savait pourtant ce qu'il fallait faire de ce soulier… Comme avant, on entendait le clapotis de l'eau tiède, des cris lointains de coqs. Et sans savoir le formuler, certains furent frappés par cette idée déroutante : donc, si j'étais à la place de ce pauvre Russe, étendu par terre, la bouche ouverte, oui, si je venais de mourir comme lui, cela ne changerait rien à ce soleil, à cette herbe, à la vie de tous ces gens, à leur promenade du dimanche. Cet après-mort ensoleillé, chaud, à la senteur de joncs et d'algues paraissait plus effrayant que n'importe quel enfer. Mais ils étaient très peu nombreux à s'aventurer jusqu'au bout de ce raisonnement. D'ailleurs les policiers arrivaient enfin.

Le malaise provoqué chez les Villersois par la journée trop radieuse qui avait accueilli le drame sur la rive se dissipa dès les premiers pas de l'enquête. Car tous ils s'adonnèrent à la reconstitution des faits, mais en partant dans le sens opposé à celui qu'avait choisi le juge d'instruction. Il cherchait à savoir s'il y avait eu un crime ou non. Pour eux, le meurtre ne faisait pas de doute. Il leur restait donc à réunir en un couple d'amants l'homme et la femme qu'ils avaient découverts grâce à Fou-fou un dimanche de juillet. Et c'est la difficulté de cet assemblage sentimental et charnel qui enflamma tous les esprits à Villiers-la-Forêt. Car, ainsi que pour certains époux dont on se demande : « Mais qu'est-ce qu'ils font ensemble ? », il était impossible d'imaginer une rencontre entre deux natures aussi dissemblables.

Déjà leurs visages, leur complexion, l'expression des yeux s'opposaient comme les fragments d'une mosaïque qui ne s'accordent pas et, forcés, font éclater tout le tableau. Cette femme de quarante-six ans, grande et belle, aux cheveux abondants d'une teinte légèrement cendrée, aux traits dont la régularité atteignait celle, froide et détachée, des camées. Cet homme de soixante-quatre ans, au visage large, éclairé d'une jovialité satisfaite, au crâne nu et verni d'un hâle luisant, au regard plein d'assurance, un homme trapu, aux avant-bras gros et courts, aux ongles carrés, jaunâtres.

Mais qui plus est, il fallait les imaginer ensemble (et c'était un fait que l'enquête établirait par la suite) dans une barque au milieu de la rivière illuminée de soleil. Il fallait les réunir dans cette invraisemblable promenade galante, les voir accoster et s'installer dans l'herbe, derrière les broussailles des saulaies. Voir l'homme planter dans le sol une grande bouteille de vin qu'il avait protégée de la chaleur sous le siège de la barque, dans l'eau qui stagnait sur les vieilles planches. Une heure après, ils regagnaient la barque et, les rames abandonnées, dérivaient jusqu'à cet endroit fatal, à la hauteur du pont détruit, où le drame se produirait : l'endroit où la femme, selon ses aveux embrouillés, avait provoqué la mort de son compagnon ; où celui-ci, selon la version privilégiée par l'enquête, s'était noyé, victime de sa propre maladresse, de la boisson, de la collision malencontreuse avec un pilier.

Tout crime passionnel acquiert, pour les spectateurs désengagés, un intérêt secrètement théâtral. Les habitants de Villiers-la-Forêt, passé la stupéfaction des premières minutes, découvrirent ce côté divertissant dont il fallait dissimuler l'attraction sous les airs graves et ils s'adonnèrent au jeu. L'ennui de leur quotidien y était pour beaucoup, mais aussi le déroulement de l'enquête. Auditions des témoins, confrontations, perquisitions, saisies — le seul emploi de ces termes dans les discussions à perte d'haleine offrait à chacun d'eux un rôle nouveau, inattendu, en les arrachant à leur qualité de boulanger, d'institutrice, de pharmacien. Justement le pharmacien (qui restait oisif depuis que sa pharmacie avait été détruite par un bombardement erroné des Alliés) ne parlait plus que ce langage à mi-chemin entre jurisprudence et roman policier, comme s'il y retrouvait le goût de sa nomenclature latine.

Le fait de devoir prêter serment avant la déposition eut aussi une importance considérable. À ce point que l'adolescent qui pêchait à la ligne au moment du drame voulut répéter à tout prix, devant le juge d'instruction, la formule « la vérité et rien que la vérité » dont son âge pourtant le dispensait.

La noyade de Goletz, accidentelle ou criminelle, était vite devenue pour les Villersois un sujet de conversation inépuisable, car toujours neuf grâce à la progression de l'enquête. Mais surtout un sujet passe-partout qui abolissait la frontière invisible entre la ville haute et la ville basse, entre les groupes autrefois étanches et facilitait miraculeusement le rapprochement entre les inconnus. Tout ce bouillonnement verbal reposait en fait sur peu d'éléments matériels. À la faveur du « tout se sait » des petites villes, on apprit que la perquisition chez Goletz n'avait mis au jour qu'un pistolet avec une seule cartouche dans le chargeur, une collection de nœuds papillon (certains, par erreur, parlaient d'une collection de papillons) et de courts billets écrits sur des bouts de papier qui consignaient les déplacements de quelqu'un à Paris. Quant à la princesse Arbélina, personne ne l'avait jamais aperçue en compagnie de cet homme. Un témoin, il est vrai, les avait vus entrer ensemble dans la longue baraque de tir, l'une de ces distractions vaguement foraines dans le grand parc de la ville haute. Mais cette visite, objectaient les autres, avait eu lieu seulement la veille de la promenade en barque. Et donc, en l'espace de quelques heures, leur rencontre était devenue possible. Quel geste, quelle parole (venant de l'homme ? de la femme ?) l'avaient rendue telle ?

Ce prétendu rendez-vous dans la baraque de tir, la collection des nœuds papillon qui correspondait si peu à l'image d'un retraité arrosant son potager, les quelques rares visites qu'un mystérieux « ami parisien » rendait à l'héroïne du drame — ces maigres détails s'étaient révélés suffisants pour déclencher une interminable avalanche de versions, d'hypothèses, de conjectures auxquelles s'ajoutaient quelques bribes que l'instruction aurait laissées filtrer. Les voix excitées, intarissables se mêlaient dans un chassé-croisé de vérités, d'affabulations et d'absurdités qu'on ose avancer uniquement au cours de l'orgie verbale qui suit un crime retentissant dans une ville de province.

Tout le monde à Villiers-la-Forêt durant ces mois d'été s'improvisa conteur et détective. Grâce à ces bouches innombrables, les ombres de l'homme et de la femme dans la barque revivaient chaque jour leur dernier après-midi. Les habitants en parlaient dans la file d'attente devant la boulangerie, sur la terrasse du Royal, sur le carré poussiéreux du jeu de boules, dans le train pendant le trajet d'une heure qui les séparait de Paris. Ils guettaient chaque renseignement nouveau, chaque confidence, sans quoi leur tableau du crime pouvait rester moins complet que celui du voisin.

Et puis, quelques jours après les faits, ils découvrirent cet article dans un journal parisien. Deux étroites colonnes en tout et pour tout, mais dans un voisinage qui donnait le vertige. La relation du drame se trouvait intercalée entre les fiançailles de la princesse Élisabeth et cette information brève : « Le complot contre la République a été déjoué. Le comte de Merwels et le comte de Vulpian ont été inculpés. » Jamais encore les Villersois n'avaient eu le sentiment de vivre aussi pleinement l'actualité de la planète. L'article sur le drame survenu dans leur ville se terminait par ce constat : « Il appartient maintenant à l'enquête de déterminer s'il s'agit d'un banal accident ou d'un meurtre prémédité et habilement exécuté, hypothèse qui semble d'ores et déjà trouver créance auprès des habitants de Villiers-la-Forêt. »

Le drame dans la barque changea même certaines habitudes très anciennes de la ville. Les gens qui, au soir, aimaient déambuler le long de la berge poussaient désormais leur flânerie un peu plus loin, jusqu'à cette clairière au milieu des saules où se serait déroulé le rendez-vous fatal. Les jeunes, eux, avaient quitté le lieu traditionnel de leurs baignades et s'épuisaient dans la plongée à l'endroit de la noyade, en espérant retrouver la montre de Goletz, une lourde montre en or, avec un aigle bicéphale sur le couvercle...

Cette fièvre investigatrice fut générale. Cependant, chacune des deux populations de Villiers-la-Forêt, française et russe, reconstituait en fait une histoire bien distincte.

Pour les Français, l'aventure de l'étrange couple marqua, avant tout, le véritable début de l'après-guerre. Si l'on pouvait de nouveau descendre la rivière dans une vieille barque, à vau-l'eau, enlaçant une femme, une bouteille de vin sous le siège, c'est que le temps de paix était définitivement revenu. Le dénouement mortel ne faisait que confirmer cette impression. Car un bref compte rendu de la noyade par un journal parisien avait réussi pour la première fois à concurrencer la rubrique « Épuration » qui se répétait d'un numéro à l'autre et communiquait souvent des condamnations à mort... D'ailleurs, dans le même journal, on annonçait le début du Tour de France 47, le premier depuis la guerre.

Les Russes, eux aussi, voyaient dans la mort de Goletz un événement pour ainsi dire historique. Ceux qui en cet après-midi de juillet dévoraient des yeux l'homme étendu dans l'herbe et sa compagne au corps paraissant nu sous le fin tissu mouillé, tous ces habitants russes du quartier bas de la ville sentaient presque physiquement que la coulée des journées calmes et sans imprévu se brisait là, sur cette rive. Oui, ils éprouvèrent, dans leur chronologie personnelle, la naissance d'un avant et d'un après.

Le début de cette chronologie remontait à la révolution, à la guerre civile, à la fuite à travers la Russie incendiée par les bolcheviques. Ensuite était venue pour eux l'époque de l'enracinement à Paris, à Nice et, pour certains, dans la monotonie ensommeillée de ce Villiers-la-Forêt. Plus tard, en 1924, cette terrible décision des Français qui reconnaissait le régime des Soviets. En 1932, pis encore : l'émigrant russe Pavel Gorgoulov assassine le président Paul Doumer ! Durant quelques semaines, toute la partie russe de la ville avait vécu dans la peur des représailles... Puis la guerre avait éclaté et paradoxalement les avait en quelque sorte réhabilités aux yeux des Français — grâce à la victoire de ces mêmes bolcheviques sur Hitler... Enfin le tout dernier événement, cette incroyable liaison de la princesse Arbélina et du ridicule Goletz.

Cette femme avait marqué la chronologie russe de Villiers-la-Forêt par sa seule installation dans la ville au printemps 1939. Dès le premier jour les émigrants s'étaient mis à attendre un changement merveilleux qu'une princesse devait immanquablement susciter dans leur vie. Ils savaient déjà qu'Olga Arbélina appartenait à l'une des familles les plus illustres de la Russie et portait le nom de son mari, un certain prince géorgien qui venait de la quitter en la laissant seule, sans moyens, un jeune enfant sur les bras. L'accueillir parmi eux, gens d'origine modeste, s'offrait comme une revanche sur la diaspora parisienne, imbue de ses titres, arrogante et fermée. Ils rêvaient, un moment, de vivre dans un beau mélodrame *Princesse en exil...* Mais cette princesse-là était sans doute une mauvaise comédienne. Elle semblait ne pas souffrir de sa relégation à Villiers, vivait aussi pauvrement qu'eux-mêmes et les traitait avec une simplicité qui décevait. On l'aurait préférée hautaine, on eût aimé lui pardonner son orgueil de caste, on était prêt à partager sa répulsion pour les nouveaux maîtres de la Russie ! Mais elle restait très discrète sur ce chapitre et aurait même affirmé, un jour, au grand dam des vieilles pensionnaires de l'hospice russe : « La révolution a été conçue moins dans la boue des quartiers populaires que dans la crasse des palais... »

Une déception encore plus vive les guettait : la maladie de son enfant. Ou plutôt, une nouvelle fois, le calme avec lequel la princesse la vivait. Le mot d'hémophilie avait fait surgir dans les esprits de la colonie russe l'ombre du malheureux tsarévitch. Tout le monde s'était mis à chercher quelque mystère dynastique, les pensionnaires citaient, nom par nom, les descendants de la reine Victoria, coupables de l'introduction du fléau dans tant de maisons nobles. On attendait une fin tragique toute proche, on affublait déjà la princesse Arbélina d'un deuil de mère inconsolable. Mais lorsqu'on avait évoqué très précautionneusement (avec cette précaution étudiée qui est pire que toute maladresse) ce lignage britannique, Olga avait répondu en riant presque : « Non, non, nous n'avons pas attendu la reine pour nous procurer ce trésor. » De plus, le cas de son enfant paraissait ne pas avoir, de loin, la gravité du mal qui avait poursuivi le fils du tsar. Ce garçon n'affichait, au demeurant, aucune souffrance particulière et parlait si peu qu'il pouvait facilement passer pour muet…

Ainsi le miracle qu'ils avaient tous attendu s'était borné à l'enrichissement considérable de la bibliothèque que la princesse dirigeait et à ce sorbier planté devant le perron de l'étrange maison où elle seule avait accepté d'habiter, ce long appentis en brique rouge accolé au mur de l'ancienne fabrique de bière dans laquelle les émigrants s'étaient installés au début des années vingt en aménageant des logements, un hospice pour des personnes âgées, une salle de lecture, une cantine… Oui, elle les avait cruellement déçus !

Cependant, aucune de ces frustrations ne pouvait égaler cette dernière : le rendez-vous vaudevillesque avec ce… Quelqu'un se rappela à ce moment que Goletz avait travaillé comme équarrisseur. Avec cet équarrisseur donc qui avait eu, pour se moquer d'eux sans doute, la bêtise de se noyer !

Les conjectures avancées par les Villersois péchaient visiblement par manque de nuances. Le voisinage de la mort efface le grouillement des détails et préserve, dans les physionomies humaines, seul le contour général. Ainsi Goletz devenait tantôt « retraité russe sans histoires », tantôt « cet équarrisseur », parfois l'« ex-officier ». L'ami de la princesse Arbélina (on aurait retrouvé l'une de ses lettres signée L.M.) — « poète et journaliste connu mais qui avait peur de son épouse et du qu'en-dira-t-on de l'émigration parisienne ». Et le mari d'Olga — « sacré viveur, héros malgré lui, don Juan géorgien ». La mort, tel un projecteur violent, découpa ces trois profils simplifiés, mais après tout assez justes peut-être : le mari, l'amant et le prétendant, commentaient les apprentis détectives de Villiers-la-Forêt.

Au cours de l'enquête, on dut recourir aux services d'un interprète, un Russe. Et c'est lui probablement qui provoqua quelques fuites que les habitants ne tardèrent pas à tisser dans leurs affabulations. D'ailleurs ces informations éventées paraissaient assez vraisemblables et le paraîtraient davantage lorsque l'affaire serait close. L'une d'elles était citée plus souvent que les autres. On se la transmettait en imitant, pour plus d'authenticité, sa forme dialoguée :

— Vous prétendez donc toujours avoir souhaité la mort de M. Goletz

— Oui, j'avais l'intention de ne pas laisser vivre un homme comme lui.

— Pouvez-vous me dire à quel moment l'idée de le tuer vous est venue ?

— C'était le soir où il m'a forcée à aller me promener avec lui dans le parc.

— Comment pouvait-il vous y forcer ?

— Il savait que je lui obéirais…

45

Et là les versions jaillissaient dans tous les sens en proposant mille motifs imaginables de la mystérieuse dépendance d'Olga Arbélina vis-à-vis de Goletz.

Il arrivait également que durant ces discussions passionnées, au Royal ou sous les peupliers de la place du marché, quelqu'un tentât de faire accréditer un mensonge totalement farfelu. D'après l'un de ces faussaires, la princesse russe aurait décrit ses relations avec l'équarrisseur de cette manière sibylline : « Cet homme a rassemblé en lui toute la laideur du monde. Et moi, je vivais encore dans la beauté de l'hiver dernier. Je voyais encore l'empreinte d'une main sur la vitre, au milieu des fleurs de givre . »

Et le plus surprenant était à quel point cette réplique inventée sans doute de toutes pièces alimentait, elle aussi, les suppositions très raisonnables. Qui avait donc laissé cette empreinte ? L'amant parisien, cet incertain L.M. ? Ou bien un inconnu dont les enquêteurs n'avaient su révéler l'existence ? Quant aux lecteurs de la bibliothèque russe, ils interprétaient cette étrange parole comme un signe de folie naissante. « Oh, vous savez, s'exclamaient les vieilles pensionnaires de la maison de retraite, il y a déjà un moment que la princesse n'avait plus toute sa tête à elle ! »

Dans ces écheveaux d'interprétations personnelles, il y avait pourtant un sujet qui intriguait indifféremment tous les habitants de Villiers-la-Forêt, les Français comme les Russes : l'impossibilité d'imaginer les corps des deux protagonistes du drame dans une union charnelle. Tant ces corps étaient physiquement incompatibles. Un tel acte d'amour, pour beaucoup presque contre nature, amena dans les conversations, surtout entre les hommes, cette interrogation déconcertante qui se répandit ensuite à travers la ville : « Comment a-t-elle pu se donner à lui ? » C'était certainement la variante épurée de ce qui se disait en réalité…

Du reste, imaginer la princesse Arbélina dans les bras de ce Russe trapu, chauve et inélégant permettait aux hommes de Villiers-la-Forêt de se venger en quelque sorte de cette femme. La plupart d'entre eux éprouvaient un regret jaloux : cette créature au corps de statue avait donc été si facilement abordable puisque ce moujik l'avait courtisée avec tant de succès ! Les plus aigris évoquèrent alors l'âge de la femme — quarante-six ans… Ils poussaient ce corps définitivement inaccessible vers la vieillesse, vers l'inappétence de la vieillesse. L'homme peut être impitoyable avec la femme dont le corps lui a échappé, surtout si c'est par sa propre lâcheté.

Après, une fois l'orgueil mâle apaisé, la question essentielle revenait : « Mais finalement, par quelle invraisemblable lubie du destin ont-ils pu se retrouver ensemble ? »

D'ailleurs, à force d'inlassables rodages, le scénario du drame finit par se figer dans une concision de maxime. Tel fut le cas, entre autres, de la parole que les rumeurs attribuaient au juge d'instruction : « C'est la première fois de ma vie que je dois convaincre une personne qu'elle n'a pas tué. » Un autre fragment, avec la même brièveté aphoristique, rapportait la réponse du juge à l'interprète. Ce dernier s'étonnait : « Mais ne croyez-vous pas qu'en se chargeant de ce crime elle voudrait en taire un autre ? » La réponse tranchait :

— Un tueur casse une vitrine, l'avoue et, emprisonné, escamote un meurtre. Mais on ne se charge pas d'un meurtre pour dissimuler une vitrine cassée…

C'est ainsi que durant ces mois d'été l'histoire était imaginée à Villiers-la-Forêt. Ceux, peu nombreux, qui partaient en vacances découvraient, au retour, de nouveaux détails, d'étranges révélations dont les voisins se hâtaient de leur faire part. Leur jeu à mille voix reprenait de plus belle…

Et c'est avec un grand retard, au début de l'automne, qu'ils apprirent cette nouvelle ahurissante : depuis un certain temps déjà, une ordonnance de non-lieu avait mis fin à cette histoire des amants russes. C'est alors seulement qu'ils constatèrent que la maison de la princesse Arbélina était vide et qu'on ne voyait plus ni elle ni son enfant.

Oui, le rideau était tombé au moment où leurs mises en scène prenaient de plus en plus corps, où ils étaient si proches de connaître la vérité !

Les Villersois avaient du mal à cacher leur désappointement. Ils étaient déjà habitués à ce climat agréablement fiévreux que l'amour et la mort de l'équarrisseur faisaient régner dans leur ville. Ils regrettaient surtout, mais souvent sans s'en rendre compte, cette vie secrète que leur avaient fait découvrir les malheureux occupants de la vieille barque. Il était apparu que dans leur bourgade sans éclat pouvait se tramer une vie tout autre — déchirante de passions, criminelle, multiple. Imprévisible. Une vie dans laquelle un obscur retraité était capable, peu importe à quel prix, d'enlacer une femme redoutable de beauté et qui, pour des raisons ténébreuses, se laissait séduire. Une vie souterraine, libre, pleine de promesses et de tentations. C'était en tout cas la façon dont la plupart des habitants ressentirent la fulgurante liaison entre la princesse et l'équarrisseur.

Mais l'événement le plus surprenant se produisit un peu plus tard, lorsque les premiers brouillards commencèrent à pénétrer, au matin, dans la ville basse. Un jour, tout le monde, comme par enchantement, oublia le drame dans la barque, la femme assise sur la berge, le noyé étendu dans l'herbe. Comme s'ils n'avaient jamais existé !

Les Villersois parlèrent des coupures d'électricité dont les journaux publiaient les horaires, de la viande qui commençait à manquer, du mariage de la princesse Élisabeth, des comédiens dans *Les plus belles années de notre vie*... Et si quelqu'un s'était avisé de rappeler l'enquête de l'été dernier, il eût commis une maladresse impardonnable, semblable à celle d'une histoire drôle usée par des rires de moins en moins sincères.

D'ailleurs, bientôt les crues d'automne inondèrent le lieu du rendez-vous tragique et la rive où, sous les yeux des spectateurs, l'homme et la femme s'étaient figés dans leurs poses involontairement théâtrales. La barque, dont les Villersois aimaient toucher le bord à l'endroit de la marque profonde de la collision, se retrouva parmi d'autres embarcations déchues, sa terrible singularité effacée au milieu des coques écaillées, estompée dans le brouillard.

L'étendue des prés recouverts d'eau était si morne, les branches des vergnes si frileuses et torturées qu'il ne venait plus à l'esprit de personne à Villiers-la-Forêt de chercher quel genre d'amour ou de haine avait réuni sur cette rive deux étranges estivants russes.

La nuit est tombée. Le vieux gardien s'est tu déjà depuis un moment. La main posée sur la serrure de la grille, il attend maintenant que l'homme en veste d'étudiant parte. Mais celui-ci semble ne pas remarquer ce geste. Ses yeux immobiles sont remplis d'un flux de silhouettes, de lieux, de figures grimaçantes, de cris, de jours.

L'histoire a été racontée avec la simplicité des anecdotes précédentes : un homme, une femme, une liaison inexplicable, une mort ou un meurtre. Et l'oubli. Pourtant ce dernier visiteur a su discerner cette fine tige d'algue collée au front du noyé. Il a deviné l'acuité troublante que la présence de ce corps sans vie transmettait aux senteurs d'été, au bruissement des insectes dans les herbes de la berge. Il a entendu les répliques chuchotées par les curieux. Il a éprouvé cette crainte délicieuse avec laquelle, plus tard, ils viendront plonger leurs doigts dans la cassure sur le bord de la barque.

Le regard ébloui par ce monde deviné, il reste figé, tendu vers les paroles qu'il semble encore distinguer là-bas : la voix étrangement cadencée de la femme qui répond au juge. Il croit comprendre à présent même les phrases entravées du bègue.

Le vieillard tire un lourd trousseau de clefs, le secoue. Mais l'autre n'entend pas. Son intuition l'isole dans la nuit : « Voir ce que les autres ne voient pas, ne veulent pas voir, ne savent pas voir, ont peur de voir — comme tous les visiteurs de ce cimetière qui défilent depuis l'éternité devant ce vieillard. Oui, deviner que la robe de la femme assise sur la rive, cette robe déchirée au cours d'un bref et atroce combat, perdait peu à peu, en séchant, sa transparence de tissu mouillé et commençait à dissimuler mieux son corps. Voir l'opacité grandissante de ce tissu est déjà vivre en cette femme… »

Le vieillard tire lentement la porte, tourne la clef dans la serrure. Ils restent tous deux à l'intérieur du cimetière.

— Хотите чаю ?

Cette invitation à boire le thé semble réveiller l'homme en veste de velours. Il acquiesce et, en marchant à côté du vieillard, remarque que, sur les croix, plusieurs veilleuses dans leurs minuscules verrières brillent toujours, parsemées à travers la nuit. De loin, la fenêtre allumée dans la maison du gardien ressemble elle aussi à une veilleuse qui s'élargit au fur et à mesure qu'ils approchent et les laisse entrer comme fait la flamme d'une bougie quand on la regarde longuement, en pénétrant dans sa vie souple et violente.

II

Elle savait que la douleur, physique comme morale, est à moitié due à notre indignation devant la douleur, à notre étonnement devant elle, à notre refus de l'accepter. Pour ne pas souffrir, elle employait toujours la même astuce : énumération. Oui, il fallait constater, d'un regard le plus indifférent possible, la présence des objets et des êtres rassemblés par la situation douloureuse. Les nommer très simplement, les uns après les autres, jusqu'à ce que leur invraisemblance totale éclate aux yeux. Ainsi qu'elle les énumérait à présent en remarquant d'abord ces rideaux tirés dont les bords étaient attachés l'un à l'autre par une demi-douzaine de pinces à linge. Ces rideaux sombres, le plafond éclairé de biais par une lampe posée sur une chaise. Et sur le plafond, sur le mur aussi, ces deux ombres anguleuses d'un noir tranché : celle, en M majuscule, des jambes pliées d'une femme couchée sur le dos. Et une autre forme, mobile celle-ci : une tête gigantesque, à deux cornes, apparaissant, par moments, entre les triangles des jambes repliées. Oui, ces deux femmes unies par le travail silencieux que l'une d'elles effectuait sur le corps de l'autre, dans cette chambre étouffante, par une fin d'après-midi d'août…

Une douleur précise, pointue comme celle d'une piqûre, lui fit serrer fortement les paupières en interrompant son énumération. Il fallait la reprendre vite pour ne pas se laisser le temps de s'indigner. Oui, donc ce soleil d'août dont on reconnaît la lenteur poussiéreuse malgré les rideaux et les volets fermés. Et derrière les volets, sur le trottoir, à quelques centimètres de l'intérieur calfeutré de la pièce, la rencontre de deux passants, leurs paroles (« Moi, je vous le dis, on ne verra pas tellement la viande l'année prochaine… »), puis le martèlement d'un tramway et, en réponse, le grésillement sonore des verres dans l'armoire. Et comme l'amplification de ce bruit trop ténu — le cliquetis d'un instrument métallique sur un plateau.

La tête recouverte d'un large carré blanc à deux cornes réapparut au bout de cette table d'opération improvisée. « Je ne te fais pas trop mal ? » Et elle replongea entre les genoux écartés de la patiente.

Ce sourire silencieux aussi, il fallait l'additionner à son inventaire. Et le recommencer en cherchant la plus grande précision des détails. Une pièce étroite, un incroyable entassement de meubles : cette armoire en bois presque noir, un secrétaire, un piano avec des chandeliers fixés de chaque côté du clavier, deux fauteuils serrés comme dans une salle de cinéma, un guéridon, des étagères — tout cela surchargé de livres, de statuettes, de bibelots, de vases avec des faisceaux de tiges desséchées. Sur les murs, la marqueterie des tableaux, portraits anciens aux traits à peine visibles, paysages clairs, aériens et, sans transition, la géométrie abstraite. Dans l'angle, presque sous le plafond, le rectangle brun et doré d'une icône camouflée sous un long pan de tissu... Au milieu de ce fouillis, ces draps raides, frais, l'odeur de l'alcool, cette table semblable à une banquise. Derrière la fenêtre, quelques cris scandés, ces échos égarés que les participants emportent machinalement après une manifestation ou une fête. Une bribe musicale s'y tisse — le sanglot joyeux d'un accordéon qui fait deviner, par sa tonalité, la perspective de l'avenue dans la chaleur d'août...

La douleur changea de nature, devenant plus âpre, plus humiliante dans sa banalité physiologique. Olga sentit que les mots frémissaient déjà en elle et allaient, dans une plainte indignée, muette, s'en prendre à sa propre bêtise (« Quelle idiote ! À mon âge ! »), à la perfidie vigilante, mesquine de la vie (« Le moment a été bien choisi, il n'y a rien à dire ! Ou plutôt c'est moi qui ai été bien choisie, sinon j'aurais pu garder quelques illusions sur le meilleur des mondes... »). Elle se hâta de reprendre son jeu d'inventaire. Oui, ces cris festifs derrière la fenêtre : le deuxième anniversaire de la libération de Paris... Le matin, en se rendant chez son amie, elle avait remarqué l'abondance de drapeaux sur les façades... Oui, cette ville à la fois animée et ensommeillée, cette maison d'un étage à la périphérie du quinzième arrondissement, ce soleil qui s'écrase contre les volets fermés du rez-de-chaussée. Et dans une chambre isolée du monde, deux femmes. La première, étendue sur une table recouverte d'un drap, la seconde, penchée sur le bas-ventre de la première, la tête agrandie d'une énorme coiffe blanche et cornue, en train de pratiquer un avortement clandestin.

Olga sentit que l'absurdité de la situation déjouait son indignation. On eût pu s'indigner si cette douleur avait violé quelque logique, compromis une justice. Mais il n'y avait autour d'elle aucune logique. Juste des fragments épars : des picotements désagréables qui amenaient la chair de poule sur ses cuisses, cet étouffant après-midi du 25 août 1946, cette pièce encombrée de meubles, cette femme faisant subir à l'autre une opération jugée criminelle. Olga répéta mentalement : « Un avortement clandestin », et pensa que l'invraisemblance de sa situation aurait pu être encore plus saisissante. Il eût suffi d'imaginer combien son corps à moitié nu était proche des passants derrière les volets. Oui, ce corps qu'on venait d'amputer d'une minuscule vie éclose en lui, un corps si singulier mais qui dès le lendemain allait se fondre dans la foule d'autres corps, indistinct de leur masse.

Elle entendit un nouveau cliquetis du métal sur le plateau. La tête cornue de son amie surgit au bout de la table :

— C'est fini ? !

Elles le dirent d'une seule voix dans une involontaire coïncidence de la question et de l'affirmation, comme cela arrive aux personnes qui se connaissent depuis très longtemps et finissent par suivre, inconsciemment, le cours des pensées de l'autre…

« Et pourtant, pensa Olga, nous resterons toujours muettes sur l'essentiel. Même cette énumération qui fait oublier la douleur, je ne lui en parlerai jamais. Le deuxième anniversaire de la Libération, cette minuscule mort dans mon ventre, ce portrait qui me regarde du mur. Comment expliquer ? Il faudrait pouvoir demander si l'autre a des pensées de ce genre, si tous ces petits riens remplissent aussi sa vie intérieure et lui paraissent importants… » Ces notes d'accordéon, tout à l'heure, ce fut l'envie brusque d'une joie légère, ébouriffante, très française, ou du moins qu'on imagine comme française. Le désir momentané mais brûlant d'être sans passé, sans pensées, sans poids, d'être rieuse, ivre pour vivre ici et maintenant. Et tout de suite la honte d'avoir eu cette envie. Cette vigilante censure qui veille sur notre bonheur. Une voix impitoyable, toujours aux aguets. Une voix qui lui redit la petite vie détruite dans son ventre — pour punir immédiatement l'envie d'être heureuse. Oui, tous ces éclats de joie et de peur qui nous composent et dont on ne parle jamais.

Non, rien de tout cela dans leur conversation qui, à midi, avait précédé l'opération. Elles s'étaient souvenues de cette accoucheuse parisienne qui fut guillotinée, il y a quelques années, pour avoir pratiqué des avortements clandestins. Elles bavardaient sur un ton plaisant, avec des mines qui feignaient un effroi théâtral : « Les Français vont nous guillotiner ! » L'anecdote leur permettait de passer sous silence ce qui était sur le bout des lèvres, dans les yeux, leurs vraies vies faites de petits riens graves, essentiels, inavouables.

— Je range mes instruments de torture et tu vas pouvoir te lever. Ta robe de chambre, je la mets ici, sur le fauteuil...

Son amie lui toucha l'épaule, lui sourit, puis s'en alla en emportant le plateau recouvert d'une serviette froissée. « Ce sourire, je l'ai déjà ajouté à mon inventaire contre-douleur. » Oui, ce 25 août 1946, cette pièce transformée en brocante de toutes les vieilleries russes et le visage souriant d'une femme — un visage mutilé, portant depuis l'adolescence cette profonde balafre enfoncée dans la joue gauche, pareille à un grand papillon rose aux ailes déchirées. Ce sourire qui fait bouger le papillon, le sourire le plus enfantin, le plus désarmé du monde et dont les inconnus détournent le regard pour ne pas laisser paraître leur dégoût... Le visage de Li. Li, lys... Pendant une fête du temps de leur enfance dans la Russie d'antan, une enfant de dix ans sanglote — les autres sont travestis en fleurs, et son costume à elle, une robe-lys, a été égaré. On entend sa plainte : « Li-li-lia ». On rit, on fabrique un surnom. L'enfant devient Li. On la console avec un costume de remplacement — celui d'un mage, avec un turban à plume de paon, un manteau étoilé, une baguette magique. Li tombe amoureuse du rôle. À chaque fête, c'est elle désormais qui s'occupe de la magie, elle apprend la prestidigitation, sait lancer les feux d'artifice. On a presque oublié son vrai prénom, Alexandra... Un soir de fête, une fusée multicolore la frappe au visage avant de tomber dans l'herbe et d'exploser dans une gerbe d'étincelles qui fait hurler de joie les enfants. Son cri à elle se fond dans ce tumulte de rires et d'applaudissements. Elle a quinze ans...

Dans son énumération, tout à l'heure, Olga a fait entrer cette enfant. Une enfant défigurée parce que quelqu'un lui avait trouvé un costume de mage. L'enfant qui allait traverser des guerres, des famines, l'indifférence et le dégoût dans les yeux des autres, et se retrouver dans une pièce étouffante, perdue au milieu de la fourmilière parisienne, le 25 août 1946, en train de faire souffrir, en le soignant, le corps dénudé d'une femme.

Avec la fraîcheur dans les fenêtres enfin ouvertes, le soir apporta aussi la merveilleuse sensation du recul de la douleur. Couchée sur un canapé serré entre le piano et les fauteuils, Olga entendait son amie s'affairer à la cuisine. Le tintement de la vaisselle, le chuintement de l'eau. Li... Dans cette agréable distraction qu'éprouve une femme le soir, assoupie par la suite machinale de gestes. Li... Si proche, depuis si longtemps connue et, en même temps, impénétrable. L'autre est fait de questions qu'on n'ose pas lui poser…

Li passa la tête dans la porte entrouverte :

— Tu ne t'ennuies pas ?

« Donc elle pensait à moi. Voilà l'une de ces questions imprononçables : qu'est-ce que tu penses de moi ? Et pourtant nous passons notre temps à supposer comment les autres nous voient, à nous imaginer nous-mêmes vivre en eux. Et je vis certainement en elle. Mais quelle étrange créature ce doit être ! »

Elle essaya de se figurer cette Olga imaginée par Li, une Olga amoureuse et très aimée, vivant une passion mouvementée avec son amant (« Elle l'appelle sans doute "amant" »). La grossesse, pour cette Olga rêvée, est un vrai déchirement. L'amant, marié, est trop en vue dans la colonie russe de Paris pour reconnaître un enfant illégitime. Donc un avortement. L'héroïne d'un beau drame d'amour…

Elle tendit l'oreille. Un petit air chantonné se mêlait maintenant au bruit de la vaisselle. « Ma bonne vieille Li, pensa Olga, je dois être un peu tout ça dans ses pensées : amant, passions et palpitements. Et si elle savait que la chose qui m'a vraiment agacée dans cette histoire, c'est de ne pas me souvenir quand cet "amant" est venu me voir la dernière fois. C'est-à-dire d'être presque sûre qu'il n'est pas venu en juin, ni plus tard. Et que donc cette grossesse ressemble fort à une conception immaculée. Non, il est certainement venu en juin, la preuve… Mais je ne me rappelle plus, je n'en garde aucun souvenir. Oui, là où Li imagine un déchirement, il y a juste cette désespérante confrontation des dates oubliées, des rendez-vous effacés... Les autres nous font vivre dans des mondes surprenants. Et nous y vivons, ils viennent nous rencontrer là-bas, ils parlent à ces doubles qu'ils ont eux-mêmes inventés. En fait nous ne nous rencontrons jamais dans cette vie. »

La nuit, c'est le rire de Li qui la réveilla. Un petit rire aigrelet et enfantin de son amie qui dormait dans les fauteuils mis, pour la circonstance, l'un face à l'autre. Il fallut quelques secondes à Olga avant de comprendre que Li pleurait doucement dans son sommeil. La lune fondait sur le couvercle du piano, les meubles, les objets semblaient attendre, interrompant l'existence qu'ils menaient une seconde avant. Et la plainte de son amie résonnait tout près et aussi dans le lointain infini de cette vie repliée sur ses songes... Olga resta un long moment éveillée en écoutant la respiration de Li se calmer peu à peu.

Le matin, ne trouvant son amie ni dans la pièce ni à la cuisine, Olga sortit dans la courette à l'arrière de la maison. Elle s'assit sur un vieux tabouret, dans le soleil léger, transparent, et ne bougea plus, le regard posé sur un petit arbre rabougri qui s'entêtait à pousser dans une fissure, sous la gouttière. Elle ne voulait surtout pas rompre ce bonheur simple, cette absence de pensées, cette lente coulée de l'air qui avait encore la fraîcheur des pavés froids, de la nuit, mais y ajoutait déjà l'odeur d'oignon grillé. Olga appliqua la nuque contre la surface rêche du mur. Il lui sembla soudain être capable de vivre en suivant seulement le déploiement de ces senteurs, vivre dans cette lumière, dans la sensation immédiate, corporelle du bonheur. Sur le mur d'en face quelques étroites fenêtres percées en désordre évoquaient des vies inconnues qui lui paraissaient attendrissantes dans leur simplicité…

Ce bonheur dura le temps qu'il fallut pour se rendre compte de sa réalité. Il était là, mais déjà les pensées de la veille, les pensées de toujours dans leur habit de la veille affluaient : cet « amant », certainement le dernier homme de sa vie, la minuscule mort opérée dans son corps. Tout cela provoquerait en elle, dans les jours à venir, une longue dispute inutile avec des arguments qui la justifieraient ou l'accableraient. Elle entendait déjà des paroles se former en elle, cette voix vigilante qui surveillait ses moments de bonheur : « Tu as eu ta minute de félicité grâce à un petit meurtre. La félicité dans cette arrière-cour sentant l'oignon. Bravo ! »

Elle se leva, s'approcha de l'arbre, huma les petites corolles claires qui parsemaient ses branches… Les paroles de son amie se firent entendre à l'autre bout de la courette, venant de la cave — l'atelier de Li. Olga descendit les marches, ne comprenant pas encore à qui pouvaient s'adresser ces répliques insistantes et joyeuses.

— Non, non, cher ami, n'oubliez pas que vous êtes un satyre ! Allez, offrez-moi une grimace de concupiscence ! Oui, très bien, voilà, un regard enflammé par le désir, des lèvres humides de luxure… Parfait ! Gardez la pose… Et vous, madame, effarouchez-vous, tressaillez ! La nymphe qui sent déjà, dans sa nuque, le souffle de ce monstre lubrique… Bien ! Ne bougez pas…

La cave était éclairée d'une lumière tranchée, théâtrale. Li, figée derrière un trépied, l'œil collé à son appareil, visait un grand panneau en contreplaqué. Il représentait, dans une exubérante peinture de plantes et de feuilles, une belle nymphe au corps blanc et galbé qu'un satyre, surgissant des roseaux, enlaçait. La nymphe cligna des yeux un peu convulsivement. Le satyre toussota. « Ne bou-ou-geons pa-a-s ! » répéta Li d'une voix de prestidigitateur et le déclic sonna.

Les visages du satyre et de la nymphe se détachèrent du contreplaqué et laissèrent à leur place deux ronds noirs, vides. Li se redressa et en apercevant Olga lui lança un clin d'œil. Un homme et une femme sortirent de derrière le panneau. Il était amusant de voir leurs têtes quitter les corps des personnages peints et atterrir sur des corps très correctement habillés : une robe d'été, une chemise claire avec une cravate. Ils semblaient eux-mêmes un peu déroutés par cette transformation subite.

— Les photos seront prêtes après-demain, vers midi, précisa Li en les accompagnant jusqu'à la sortie.

Elles déjeunèrent dans cette cave où plusieurs panneaux peints étaient disposés le long des murs.

Sur l'un d'eux, Olga reconnut un donjon en feu, un mousquetaire qui sortait par la fenêtre en serrant dans ses bras une jeune beauté évanescente. Un peu plus loin un couple de baigneurs bronzés se prélassait au bord d'une étendue d'azur, sous les palmiers. Les trous de leurs visages absents se découpaient bizarrement sur le fond du ciel tropical. Au premier plan, Olga distingua avec étonnement une traînée de vrai sable, un grand coquillage… Li suivit son regard.

— Ça, c'est déjà ancien. Du temps où je cherchais à tout prix l'illusion du volume, le trompe-l'œil. J'ai remarqué que les gens appréciaient beaucoup la ressemblance…

Olga l'écoutait en pensant avec un émerveillement attendri : « C'est bien Li. Insaisissable. Qui est-elle ? Prestidigitatrice. Peintre. Photographe. Infirmière. Trois ans sur le front pendant la Première Guerre. Et sous l'Occupation, emprisonnée, torturée, oui, ces mains couvertes de brûlures… Cette nuit, elle a pleuré dans son sommeil. De quoi rêvait-elle ? »

Li se leva et, oubliant le repas, tira un panneau, puis un autre, les installa sur les supports. Ce n'était pas la première fois qu'elle montrait à Olga sa collection, mais comme chez tous les grands passionnés son enthousiasme se renouvelait à chaque reprise et donnait aux spectateurs l'impression de découvrir ce qu'ils avaient déjà vu.

— Il me fallait tout le temps inventer, expliquait-elle en passant sa tête dans un rond découpé.

Celui-ci, c'est ma période mythologique. Tu reconnais ?

Une jeune fille, vêtue d'une tunique transparente, s'approchait d'un lit et l'éclairait avec une bougie. Un éphèbe ailé y dormait dans un abandon voluptueux. Le visage de Li surgissait tantôt dans le halo de la bougie, tantôt sur l'oreiller.

— Et après, un jour, une illumination ! Et ma période littéraire commence. Regarde !

C'était, cette fois, un homme à la barbe touffue, en longue blouse paysanne, un géant qui se tenait près d'une isba, appuyé sur le manche d'un araire. Le personnage qui posait à côté de lui paraissait, dans ses habits citadins, le type même de l'homme moyen.

— Tu vois, s'exclama la photographe en insérant son visage dans la découpure, un certain monsieur N. rendant visite à Tolstoï, à Iasnaïa Poliana. Et tu ne peux pas imaginer combien de messieurs N. ont déjà réussi à faire croire qu'ils étaient à tu et à toi avec l'écrivain. Et pas seulement les Français, même les Russes se font piéger...

Olga sentit une légère ivresse la gagner. Ce n'était pas le goût, oublié, du bon vin que Li avait servi, mais l'enivrement de la nonchalance avec laquelle son amie maniait la vie.

— J'ai même concocté ma petite théorie à propos de tous ces mirages. Ce monsieur N. qui a voulu (surtout pour plaisanter, mais pas seulement pour plaisanter) se faire photographier en compagnie de Tolstoï, qu'est-ce qui l'a empêché, dans la

67

vie, de lui serrer la main ? Des petits hasards de l'existence. Même pas son origine modeste. Tolstoï se promenait à pied comme lui et vivait à Moscou dans la rue voisine. Même pas l'âge : ce monsieur N. avait vingt ans quand Tolstoï est mort. En somme, ce qui les a séparés, c'est le manque de chance le plus banal. Le même qui fait que ce passant-là glisse sur une peau de banane et se casse une jambe alors que le précédent vient de l'éviter de justesse.

— Tu as donc décidé de donner un petit coup de main au destin ?

— Non, je voudrais tout simplement que les gens qui viennent ici apprennent à défier le hasard. Qu'ils se libèrent. Qu'ils ne prennent pas leur vie pour la seule existence possible. Tu sais, j'ai même trouvé une devise. Écoute ! « Tolstoï marche sur le trottoir d'en face... Traversez ! » Ces photos, ils se les envoient les uns aux autres pour le 1er avril. Et moi je veux qu'elles changent leur vie, qu'elles les fassent vivre dans l'attente de l'imprévu, du miracle. Je veux que...

Olga faillit demander : « Mais l'Amour et Psyché ? Il est peu probable que tes clients les rencontrent, même en traversant la rue... » Elle ne dit rien. Malgré le ton badin, elle avait senti dans la voix de Li une intonation vibrante, tendue. C'est ainsi qu'on livre son credo à un ami, en se protégeant derrière la dérision.

Le visage de Li apparut à ce moment dans la découpure suivante, donnant vie au corps d'une dame qui tenait en laisse un spitz blanc. L'homme

68

qui l'accompagnait portait dans l'ovale vide du visage un pince-nez fixé à l'aide d'un fil de fer très fin. « C'est astucieux, non ? » s'exclama la photographe en riant et, délaissant la dame avec son chien, elle enfonça la tête dans le trou au pince-nez.

Le rire les gagna quand Olga alla se mettre derrière le panneau de la nymphe. Elles se regardèrent des deux extrémités de la cave — Li en écrivain à pince-nez, Olga en satyre bondissant dans les roseaux. Ensuite ce fut la rencontre du satyre et de la dame au petit chien, puis de Psyché et du gros estivant dans son maillot à rayures... En riant, elles passaient la tête dans les panneaux, improvisaient des conversations entre les personnages. « Le satyre marche sur la rive d'en face... Traversez ! » s'exclama Li entre deux accès de rire...

Un client arriva, pour une simple photo d'identité. Et sans se l'avouer, elles constatèrent toutes les deux que la présence de cet homme figé dans son complet sombre, mine sérieuse, devant l'objectif était en fait non moins étrange, dans son anonyme mystère personnel, que tous les nymphes, satyres et mousquetaires...

Lorsque le jour déclina, avec les rayons de plus en plus allongés entra la sensation qu'une parenthèse riante et irréfléchie prenait fin. Le temps s'inversa et coula non pas de sa source matinale, mais vers ce moment où il faudrait se lever, faire ses adieux en essayant de garder un ton plaisant et enjoué. C'était ce bref moment où les solitudes se découvrent, où l'on se sent désarmé, incapable d'endiguer la fuite de la matière légère, impalpable du bonheur. C'est peut-être pour retenir encore un peu la joie de cet après-midi que Li lui fit la démonstration de cet appareil photographique. Son mécanisme était camouflé dans un gros volume très bien imité, avec une reliure épaisse et la tranche dorée. On voyait à peine le reflet d'un minuscule objectif...

— Je l'ai acheté à un officier américain, expliquait Li. On le pose sur une étagère, il réagit automatiquement au changement de la lumière. Il fait cinq poses, à trois secondes d'intervalle...

Olga l'écoutait à peine. Quand Li se tut et que l'on ne pouvait plus laisser durer le silence, elles parlèrent ensemble, dans un rapide croisement de paroles, de regards, de gestes

— Tu sais, je quitte définitivement L.M.

— Tu sais, je vais retourner vivre en Russie.

Les mots de surprise, les commentaires furent aussi croisés, dans un va-et-vient déréglé de questions et de réponses :

— En Russie ? Tu crois vraiment qu'ils seront sensibles à tes photos fantaisistes ? Tous ces satyres, là-bas...

— Je suis sûre, Olga, qu'il t'aime toujours. Relis son dernier livre, c'est de toi qu'il parle... Pourquoi te hâter de rompre comme ça ?

— Mais si, cela marchera comme sur des roulettes. Tu comprends, Olga, sous ce régime ils sont devenus trop sérieux, il faut qu'ils réapprennent à rire !

— Tu vois, on sent que tout est fini quand on ne peut plus supporter certains détails. Nous nous voyons toujours dans des chambres d'hôtel. Et chaque fois il apporte pour moi une paire de pantoufles brodées, des sortes d'escarpins en tissu. Et le matin, en partant, il les emporte jusqu'à la nouvelle rencontre. C'est son talisman. Les escarpins restent cachés, sans doute dans un tiroir de son bureau... Tu comprends ?

C'est déjà dans la rue, en allant à la gare, qu'Olga eut cette pensée : depuis des mois chacune d'elles se préparait à annoncer sa rupture avec le passé. Cet homme, ce L.M. qu'elle allait quitter. Cette Russie que Li allait retrouver. Et quand le moment était venu, elles l'avaient déclaré d'une seule voix, dans un dialogue embrouillé, haletant, faux. En faisant leurs adieux, elles étaient pressées de retourner à la solitude pour explorer le soudain avenir de l'autre — le « déchirement » qu'imaginait Li, la Russie, ce gouffre blanc qui devenait tout à coup une destination pensable. Elles se séparèrent et la vraie conversation commença, dans leur esprit, l'entretien infini avec l'ombre de l'autre. « L'échange de mots dans lequel nous passons la moitié de notre vie », se dit Olga en sortant de la maison de Li.

La rue ne la libéra pas comme elle l'avait espéré. Les deux jours passés à Paris se concentrèrent dans une fatigue obtuse, remplirent sa tête d'un brouhaha de réflexions mille fois abordées pendant l'opération. Des réflexions inusables, massives comme des pierres taillées sur lesquelles sa pensée venait tout le temps s'agacer : son âge, ce semblant d'amour épuisé qui était très probablement son dernier amour, la nécessité de considérer cela comme l'unique vie possible... Et, désormais, ce néant vertigineux de la Russie qui lui coupait le souffle et dont elle ne savait même pas quoi penser.

Dans un couloir du métro, en prenant la correspondance, elle aperçut un petit attroupement, des têtes levées vers une plaque commémorative fixée sur le mur. Elle s'approcha, lut la légende : « À cet endroit le 23 août 1941 le colonel Fabien abattit le premier Allemand... » Le journal qu'elle déplia dans la rame publiait un reportage sur le deuxième anniversaire de la libération de Paris. L'une des photos montrait Molotov qui, mine ulcérée, quittait la tribune des invités, en signe de protestation. « C'était hier, pensa-t-elle, pendant que Li s'occupait de moi... » Elle crut toucher l'essence même de la vie : l'invraisemblance chaotique, l'absurdité bouffonne de tout cet entremêlement de destins, de dates, de hasards...

Elle ouvrit son sac, retira un épais volume relié en cuir, cet appareil photographique camouflé qu'au moment des adieux, avec une curiosité enfantine, elle avait demandé à Li de lui prêter. Le cuir sentait bon et l'objet lui-même attirait par sa compacte efficacité de mécanisme intelligent.

Mais surtout il lui rappelait les panneaux dans l'atelier de Li. Oui, la merveilleuse simplicité de leurs sujets. « Il faut vivre comme ces personnages sur le contreplaqué, pensa Olga avec une joie subite. Je complique tout, je fouille. Tous ces escarpins brodés, quelle foutaise ! Non, Li a raison : deux personnages, une situation. Elle devrait me peindre : une femme qui quitte son amant. Sur le contreplaqué, sans détails, sans psychologie, car c'est là que l'on commence à se raconter des histoires ! »

Cette brève explosion de colère joyeuse lui donna la force de monter l'escalier de sortie, de traverser la place sans s'affaler sur le banc que son regard avait repéré. Et même de faire taire cette petite voix venimeuse qui sifflait en elle : « Vieille femme fatiguée, tu joues la brave et provoques la rupture pour ne pas être jetée par ton amant. » Elle réussit à résister à cette voix et même à l'apostropher : « Quelle garce ! » C'était une voix jeune, venant d'une autre époque de sa vie, un de ses anciens moi qui n'avait pas vieilli et l'irritait souvent par ces remarques cyniques. Elles blessaient toujours juste. « Petite garce ! Il faudra un jour en découdre avec elle… », répéta-t-elle, et cette parole retint les larmes de lassitude qui lui brûlaient déjà les paupières.

Dans le train aux voitures presque vides, les deux jours passés à Paris lui parurent très lointains, vécus par quelqu'un d'autre qu'elle. Des jours remplis de paroles et de pensées fiévreuses, excessives. Une sorte de fuite en avant, un engrenage d'erreurs qu'il fallait corriger en commettant d'autres gestes erronés.

Derrière la fenêtre se déployait lentement la somnolence du crépuscule. Dans les petites gares, les flaques d'eau sur les quais reflétaient le haut du ciel d'un gris légèrement mauve, un ciel d'hiver eût-on dit, malgré la tiédeur de cette soirée d'août et l'abondance sombre et lourde de la verdure.

Les noms de villages se succédaient dans leur agréable défilé connu par cœur : Cléanty, Saint-Albin, Buissières. De temps en temps la senteur d'un feu de branchages allumé au fond d'un potager entrait par fenêtre baissée, évoquait une vie douce et tentante dans sa simplicité imaginée.

C'est au milieu de ce profond apaisement que son enfant, son fils, revint à ses pensées. Pendant ces deux journées parisiennes, il était en elle, à chaque instant, dans chaque mouvement de son âme, mais protégé, séparé de ce qu'elle vivait. Maintenant, il était là et c'est lui qui apportait ce calme où, comme après une longue fuite, elle reprenait lentement le souffle… Elle le voyait déjà rentrer le lendemain à midi, avec d'autres enfants d'émigrants russes, de leur colonie de vacances. Plus qu'un être précis, elle le ressentait en elle, telle une atmosphère très physique, faite de mille fragilités, d'un frémissement permanent de fragilités, de ce battement du sang qu'il fallait écouter avec une ouïe profonde, instinctive, à l'affût du moindre vacillement de cet équilibre. Elle enten-

74

dait son corps, son sang, sa vie, cette silencieuse musique dont une fausse note pouvait rompre le rythme. Elle l'entendait de même que, sur ce chemin du retour, elle entendait le calme du ciel, le silence des champs… Elle oublia Paris.

Et se souvint qu'un jour, au printemps, elle lavait les vitres et il avait failli en casser une, se hissant sur le rebord de la fenêtre qu'il avait crue ouverte à cause de la transparence toute neuve. La vitre avait émis un tintement vibrant, mais avait résisté. D'un geste rapide, elle avait poussé les deux battants, aperçu dans les yeux apeurés de l'enfant le reflet de son propre effroi. Ils semblaient entendre l'explosion du verre, voir une gerbe d'éclats coupants. Ils savaient ce que cela signifiait pour un enfant comme lui. « Je voulais t'embrasser… », dit-il tout bas et, penaud, il descendit de la fenêtre…

En marchant sur le quai à Villiers-la-Forêt où la nuit était déjà tombée, Olga entendit de nouveau dans ses tempes, dans sa gorge (on ne sait jamais où elle se cache), cette voix moqueuse, agressive qu'elle appelait « petite garce ». La voix disait que ce calme serait de courte durée, que de nouvelles angoisses, mesquines, opiniâtres, allaient éroder rapidement la sérénité de ce soir, et que… Olga parvint à s'en débarrasser en rejetant ses cheveux en arrière comme pour mieux sentir la fraîcheur de la pluie sur son front.

C'est ce soir de septembre (elle préparait son infusion de fleurs de houblon) qu'Olga comprit enfin quel souvenir évoquaient pour elle les personnages peints dans l'atelier de Li. Le souvenir de ce bal masqué...

Pendant la guerre, cette infusion qui aidait à dormir donnait l'illusion d'un dîner ou, du moins, remplaçait le thé. Plus tard, sa préparation s'était transformée en un rituel qui, au soir, par la répétition des gestes devenus inconscients, mettait les pensées inquiètes en sommeil, laissait vivre dans une intimité silencieuse avec soi-même. Elle aimait cette heure vague qu'aucun temps ne parvenait à mesurer, ce flottement dans le repos. Les fleurs, semblables à de minuscules pommes de pin, gonflaient leurs pétales dans l'eau bouillante, puis se refroidissaient, descendaient une à une sur le fond de la petite casserole en cuivre. Le regard s'oubliait dans l'imperceptible transmutation du liquide doré, se clarifiait suivant sa décantation...

Ce soir-là, la voix de la « petite garce » réussit à rompre l'agréable vacuité des pensées. D'abord

Olga se réjouit presque en entendant ce que sa persécutrice lui reprochait, tant ses propos étaient anodins. « Même dans ce rituel stupide tu n'as pas assez d'esprit de suite. Tantôt tu la bois chaque jour, ton infusion, tantôt une semaine passe sans que tu t'en souviennes. Tu la bois quand tu es angoissée. Encore une ruse, une astuce pour conjurer la douleur… » Olga ne rétorqua pas, en espérant que les reproches allaient en rester là. Mais la voix reprit, en devinant cet espoir : « Après la vie que tu as eue, avec l'enfant que tu as, tu aurais dû être depuis longtemps de marbre, invulnérable à toutes ces petites blessures de l'existence. Tu devrais être une mater dolorosa… souriante, oui, un léger sourire de mépris pour narguer le destin. Et toi, un mot te blesse, une réplique de quelque vieux fou à la bibliothèque te poursuit durant des semaines. Tu as parlé à Li des escarpins brodés et maintenant tu les imagines chaque fois que tu mets tes mules… Mater dolorosa en pantoufles brodées. Tu as manqué ton genre ! »

Cette fois Olga objecta : « Mais ma vie est presque entièrement vécue. » Elle savait que cet argument étouffait la voix de la petite garce quand toutes les autres raisons se révélaient vaines. « Oui, j'approche cet âge où rien de véritablement nouveau ne pourra plus arriver avant la mort. Pas de miracle. La très improbable toute dernière rencontre ? Celle qu'on fait surtout pour se prouver que cela est encore possible. Mater dolorosa en escarpins brodés… »

La petite garce se taisait et Olga sentait dans ce

petit recoin de son esprit comme le silencieux contentement de quelqu'un dont on avait dû reconnaître la supériorité. Au moins, elle pouvait maintenant reprendre son long flottement à travers la soirée. Elle brassa distraitement les fleurs de l'infusion, prépara le bol et une petite passoire. « Le temps que ça refroidisse… », pensa-t-elle en goûtant la délicieuse oisiveté de ces minutes.

L'enfant dormait déjà dans sa chambre. Et le calme et la pureté de ce sommeil étaient de temps en temps comme approfondis par un lointain écho de l'horloge sur le clocher de Villiers-la-Forêt. Elle finit par accorder sa pensée à ce rythme nocturne. Il ne restait dans cette pensée fatiguée que résignation. L'acceptation de cette maison biscornue, accolée dans toute sa longueur au mur de l'ancienne fabrique de bière où habitaient d'autres émigrants et qu'ils appelaient la Horde d'or. L'acceptation de sa vie ici, dans cette petite ville sans charme particulier, lieu tout à fait fortuit et pourtant prédestiné, le seul qui voulût l'accueillir après sa fuite de Paris, sa rupture avec l'émigration parisienne, le départ de son mari. L'unique endroit sous le ciel. Cette maison entre le mur de la Horde d'or et la berge de la rivière. Elle sourit : sa place ici-bas.

En retenant le dépôt doré des fleurs avec une cuillère, elle se mit à verser l'infusion dans le bol. Elle souriait toujours en se disant que Li pouvait très bien la peindre en vieille sorcière devant sa potion magique…

Soudain, un rapide rapprochement se produisit

dans sa pensée : les personnages sur les panneaux, Li et… ce bal masqué ! Comment avait-elle pu ne pas remarquer cette ressemblance plus tôt ?

Bon nombre d'invités travestis allaient se retrouver, plus de trente ans après, sur les panneaux d'une extravagante photographe installée dans le sous-sol d'une vieille maison parisienne. Oui, dans le tournoiement fiévreux de cette fête d'autrefois, Olga avait aperçu un mousquetaire d'opérette, une reine avec sa haute coiffe moyenâgeuse, un fantôme qui faisait onduler son accoutrement blanc. Et même, dans l'une des petites salles vides de la demeure, un Othello, homme gros et outrageusement badigeonné de noir qui, sans doute ivre, arrachait à un piano un air de bravoure désespéré, en maculant les touches blanches avec les empreintes brunâtres de ses doigts…

… Cette adolescente de douze ans qui se faufile, en cachette, à travers la grande propriété inondée de musique et de rires, c'est elle-même, un lointain reflet d'elle-même Les adultes sont trop occupés par leur mascarade pour remarquer son ombre qui glisse le long des murs en évitant les tourbillons costumés. L'enfant qui vient de quitter, sans permission, la petite dépendance où elle devait passer cette nuit de fête éprouve avec une acuité troublante son autonomie, sa liberté, son étrangeté dans ce monde en joyeuse folie. Et surtout la singularité de ce début de vie qui est le sien : son père a été tué à la guerre russo-japonaise, sa

mère « s'est enterrée vivante » (disent les adultes)
dans un isolement fervent fait de prières, de longues heures passées sur la tombe de son époux, de
séances nocturnes avec une spirite célèbre qui la
ruine et lui fait entrevoir les traits du défunt.
L'enfant vit dans la famille de son oncle, celui qui
« vendra sa dernière chemise pour pouvoir faire
une fête ». Ce bal masqué ouvre, par un beau soir
de juin, une longue suite de festivités, de parties
de chasse, de spectacles amateurs sur une estrade
à l'entrée du jardin... L'enfant devine que la
liberté dont elle jouit prouve que quelque chose
s'est déréglé dans cette grande demeure. Elle sait
que, du temps de sa grand-mère, on n'aurait
jamais accepté qu'un enfant se mêle à la fête des
adultes. Ce laisser-aller l'inquiète et en même
temps l'excite... Dans un salon, elle tombe sur un
personnage étrange : une très jeune fille, habillée
en mage, qui dort assise à l'angle d'un petit
canapé. Son haut bonnet couvert d'étoiles trône à
côté d'elle, sa baguette magique a glissé sur le
plancher. L'enfant ramasse cet instrument de
magie et ne sachant quoi en faire effleure de son
bout le front du mage. La jeune fille laisse
entendre un chuchotement, mais ne se réveille
pas. Le mage est « une fille de parents pauvres »
qu'on charge pendant les fêtes des feux d'artifice
et des tours de magie... L'enfant lui vole sa
baguette et s'en va poursuivre son exploration.
Dans les couloirs elle est bousculée par des bandes
de personnages qui déferlent brusquement dans
un éclatement de cris, froissement coléreux des

soies, claquement de talons... Enfin fatiguée, presque somnambulique, elle parvient à une espèce d'étroit salon sans fenêtre, endroit reculé et dont elle n'a jamais connu l'usage. Il est éclairé par une bougie autour de laquelle la cire fondue forme déjà un petit lac brillant sur le vernis de la table. L'enfant s'arrête sur le pas de la porte. Sa première impression la fascine : un homme, un véritable colosse, déguisé en paysan de contes populaires, est à moitié allongé dans un large fauteuil et il anime de ses mains une grande marionnette qu'il a installée sur son ventre. Mais la marionnette se met à parler d'une voix féminine, musicale, étrangement musicale et comme éplorée... Oui, c'est une femme assise à califourchon sur le corps énorme de l'homme qui a étendu ses bras sur les accoudoirs. De temps en temps la femme interrompt son murmure et son visage se transforme en celui d'un oiseau de proie : elle crible la face ensommeillée de l'homme de piqûres de baisers rapides, insistants... Tout cela est si bizarre, surtout dans cette pièce où l'on croit encore entendre la toux du vieux valet des grands-parents. L'enfant voudrait toucher le corps de la femme, un corps très mince, nerveux et qui est enveloppé dans le bouillonnement de mousseline. Ce corps mobile semble surgir directement du ventre de l'homme. On dirait qu'elle n'a pas de jambes — juste cette gaze de mousseline qui cacherait le tronc creux d'une marionnette. Et la fine et longue cigarette qu'elle tient dans une main rejetée loin de leurs corps donne l'impression de voltiger toute seule dans l'obscurité... Soudain le visage de l'homme s'éveille, il pousse un soupir bruyant. Ses mains se crispent sur les accoudoirs. Et l'enfant comprend que ce ne sont pas des accoudoirs mais les jambes de la femme, ses longues cuisses sous le reflet noir des bas. L'homme, à demi allongé dans le fauteuil, remue lourdement, plonge ses mains dans la mousseline et secoue la femme avec une telle violence que la longue cigarette roule par terre. Ses mains énormes enfilent l'habit léger de la femme comme la robe vide d'une marionnette. L'idée de ce corps absent fait peur. L'enfant s'apprête à fuir, fait deux pas à reculons et, tout à coup, avec un bruit qui lui paraît assourdissant, laisse tomber la baguette du mage. La femme se retourne en pivotant sur le corps de l'homme...

Olga but l'infusion dans sa chambre. En posant le bol sur la table de nuit, elle entendit de nouveau la voix de la « petite garce » : « Tu as tous les tics d'une femme vieillissante. Ce bol, bientôt des fioles de médicaments, un petit reliquaire de fin de vie... » Mais ces paroles blessaient moins que d'habitude. À présent elle savait où se cachait cette voix persifleuse : dans la grande demeure en fête où une adolescente découvrait la complexité caverneuse de la vie. Oui, il y avait aussi, dans sa fuite à travers les couloirs, ce laquais qu'elle avait surpris en train de boire le champagne dans les verres des invités...

Ses pensées s'emmêlaient déjà. « Elle est vraiment efficace, cette infusion, eut-elle le temps de se dire, il faut que je la conseille à Li qui se bourre de somnifères et puis pleure dans ses cauchemars... » Le sommeil afflua si vite que sa main tendue vers la lampe suspendit son mouvement à mi-chemin.

Lundi matin, à la bibliothèque, le défilé des lecteurs était ininterrompu, à croire qu'ils s'étaient concertés exprès derrière la porte et entraient l'un après l'autre, pour lui raconter chacun son histoire. Il est vrai que la bibliothèque était pour plusieurs d'entre eux, solitaires et souvent honteux de leur solitude, l'unique endroit où il y avait quelqu'un, elle, Olga Arbélina, pour les écouter.

Vint d'abord l'infirmière de la maison de retraite, de cet « hospice russe » situé au rez-de-chaussée de l'ancienne fabrique de bière. Une longue femme sèche dont on ne voyait plus la jeunesse sous un air de deuil orgueilleux et maussade qu'elle s'était imposé. Elle portait le deuil d'une personne qui n'avait jamais existé et qui était née au hasard d'une conversation lorsque, pour cacher sa solitude, elle avait esquissé un lointain amoureux, pilote de chasse anglais dont elle ne pouvait pas, en pleine guerre, dire grand-chose pour des raisons trop évidentes. D'une confidence à l'autre, ce fantôme avait vécu sa vie invisible, s'enrichissant dans le cœur de celle qui l'avait inventé d'une multitude de détails, multipliant les exploits, montant en grade... Sa vie avait inévitablement pris fin avec la fin de la guerre. Sinon il eût fallu ou bien avouer le mensonge ou bien le transformer en un amant peu pressé de revoir sa bien-aimée… Personne parmi les émigrants russes de Villiers-la-Forêt n'était dupe, mais on avait fini par aimer ce pilote abattu dans les tout derniers combats de la guerre…

La porte, à peine refermée derrière elle, se rouvrit. Un homme, la tête tournée en arrière, entrait tout en continuant sa discussion avec quelqu'un dans le couloir. Il ne l'interrompit pas mais tout simplement dirigea ses paroles vers Olga, assise derrière son présentoir. Cela ne changea rien au sens de son récit car l'histoire était toujours la même, sans début ni fin, et pouvait être écoutée à partir de n'importe quel moment. Cet ancien officier de cavalerie racontait ses batailles contre les bolcheviques. Combats singuliers, offensive de plusieurs divisions, guets-apens, blessures et morts de chevaux qu'il regrettait, semblait-il, plus que celles de ses meilleurs amis… De temps à autre son interminable récit était entrecoupé du sifflement d'un sabre qui s'enfonçait dans la chair de l'ennemi. Son visage se contractait dans une grimace sauvage et il criait un bref « s-s-chlim ! » en arrondissant les yeux pour imiter en même temps l'expression d'une tête coupée…

Les lecteurs entraient, s'accoudaient au présentoir, commentaient les livres qu'ils rapportaient, demandaient conseil et, immanquablement, en venaient à leur propre histoire… Pas tous, cependant. Celui-là, par exemple, fut discret et rapide. Olga l'appelait le « médecin-entre-nous » en souvenir de leur première rencontre : un jour il avait soigné son fils mais, en partant, avait murmuré : « Je veux que ça reste entre nous. Vous savez, l'exercice illégal dans ce pays… »

Peu de temps avant l'heure de la fermeture, Olga eut la visite de cette jolie jeune femme qui deux ans auparavant avait épousé un vieux collectionneur de tableaux et propriétaire de plusieurs galeries d'art. Pour une femme qui avait passé sa jeunesse dans la misère de la Horde d'or, y avait travaillé comme serveuse à la cantine et portait le nom banal de Macha, ce mariage ressemblait à l'apparition du beau prince, bien que le mari ne fût ni beau ni prince, mais laid et grincheux. Les Russes de Villiers-la-Forêt essayaient de ne pas voir ce côté-là des choses, sachant à quel point les miracles, même imparfaits, étaient rares dans ce monde… Le récit de Macha se composait d'un catalogue de personnalités parisiennes qu'elle avait rencontrées dans les galeries de son mari. L'effort, très visible, qu'elle avait fait pour retenir tous ces noms, souvent à particule, était égal à celui qu'elle faisait maintenant en s'efforçant de les dire avec une indifférence très mondaine. On sentait que si elle revenait de temps en temps à Villiers-la-Forêt, à la Horde, c'était pour goûter sa délicieuse délivrance de ces lieux, de son passé misérable, pour se promener au milieu de tous ces gens comme à travers un mauvais songe qu'elle pouvait rompre à tout moment en regagnant Paris…

La directrice de la maison de retraite fut, ce

jour-là, la toute dernière à venir. Elle dut patienter, en attendant que Macha finît sa liste de célébrités. Lorsque celle-ci eut quitté la salle, la directrice exhala bruyamment son soulagement :

— Ouf ! Je pensais que c'est à notre âge qu'on devenait bavard. En attendant la vieillesse quand on n'aura que ça à faire… Mais vous avez entendu cette pie ! Je suis sûre qu'à nous deux, il nous faudrait une semaine pour avoir jasé autant qu'elle…

Les paroles de la directrice se transformèrent en un chuchotement intérieur qui poursuivit Olga toute la soirée. « À notre âge… en attendant la vieillesse… » C'est dans ces conversations pour rien, au détour d'une réplique insignifiante, que la réalité se dénude et blesse à mort. Entre ces deux femmes, Macha et la directrice, elle se croyait bien sûr plus proche de la première qui avait trente-cinq ou trente-six ans. Et voilà que celle qui avait dépassé depuis longtemps la cinquantaine l'entraînait, elle qui allait seulement en avoir quarante-six, vers cette attente de la vieillesse.

Dans la salle de bains, elle passa un moment à scruter le miroir. « En fait, c'est très simple, se disait-elle, les cheveux comme les miens deviennent vite cendrés. Il faudrait expliquer à chacun : voyez-vous, j'ai cette sorte de cheveux, mais je ne suis pas aussi vieille que ma chevelure… » Elle secoua la tête pour chasser cette vision stupide d'une femme qui plaidait la singularité de ses cheveux.

En entrant dans la cuisine, elle vit son infusion qui refroidissait dans la petite casserole en cuivre et tout à coup éprouva une agréable douceur faite de résignation. Oui, se résigner, s'installer dans cette « attente de la vieillesse », avec des petits rituels un peu maniaques. Concasser ses anciens désirs en minuscules parcelles, très légères, facilement accessibles — comme ces minutes de vague à l'âme, le soir, comme le mince filet du liquide que tout à l'heure elle verserait dans le bol…

Olga ne comprit pas elle-même ce qui soudain se révolta en elle. Elle agit dans la joie de la toute première impulsion encore irréfléchie. L'infusion fut déversée dans l'évier, le dépôt de pétales, ramassé en une boule et jeté par la fenêtre ouverte. Elle pensa à Li et se dit que c'était cette pensée qui avait provoqué la révolte : « Elle est plus âgée que moi (de nouveau cette arithmétique : de trois ans plus âgée !) et pourtant elle se lance dans un projet insensé. Dans une nouvelle vie ! »

Elle fut prise d'une gaieté un peu nerveuse, de celle qui eût voulu narguer les esprits raisonnables. « Non, mais cette Li, quelle sacrée femme ! Elle, elle n'a pas froid aux yeux ! » répétait-elle en tournant dans sa chambre. Puis s'arrêtait, saisissait un objet, le frottait comme pour enlever la poussière, le remettait à sa place, ajustait la petite nappe sur le guéridon, tirait avec force les coins de l'oreiller. « Sacrée Li ! » Soudain son regard tomba sur ce gros volume relié en cuir. L'appareil photo ! L'appareil espion que Li lui avait prêté et qui, oublié depuis, avait failli se transformer, par l'habitude du regard, en un livre tout à fait ordinaire dans la rangée d'autres livres. Olga sentit ses doigts parcourus d'un fourmillement d'excitation joyeuse pendant qu'ils manipulaient l'intérieur nickelé du faux livre. Elle éteignit la lumière, posa l'appareil sur l'étagère, enfonça le bouton lisse sur sa tranche comme son amie lui avait enseigné...

Elle s'en souvint seulement trois jours plus tard quand sa rébellion, le soir de l'infusion déversée, lui paraissait déjà lointaine et inutile comme le sont souvent les grandes décisions exaltées que l'on prend tard dans la nuit et dont on se sent confus le lendemain.

Ce jour-là, elle devait aller à Paris : on lui avait promis de lui faire rencontrer quelqu'un qui pouvait peut-être lui faire connaître un grand spécialiste des maladies du sang qui pourrait probablement... C'est par ces longs détours de vagues connaissances qu'elle continuait à chercher le médecin miraculeux que les parents d'enfants condamnés ne désespèrent jamais de trouver... Elle savait qu'elle passerait chez Li et décida, par la même occasion, de lui rendre son appareil espion.

Une semaine après, elle fut très étonnée de recevoir un petit mot qui accompagnait trois clichés en noir et blanc. « Les deux premiers sont ratés, il n'y avait pas assez de lumière », commentait Li.

Olga les étala sur l'appui de la fenêtre et c'est la vision de son propre corps qui pour quelques secondes comprima sa respiration.

D'ailleurs sur la première photographie on ne la voyait pas. L'espace était éclairé en biais et laissait voir dans sa partie réussie leur chat qui d'habitude dormait à la cuisine. Cette fois il était éveillé et semblait surpris en flagrant délit d'une activité mystérieuse, nocturne. Ses oreilles se dressaient à l'affût des bruits, ses yeux aux prunelles en lames de rasoir découpaient la faible lumière qui se projetait sur lui. Toute sa silhouette se tendait dans la préparation d'une fuite feutrée, bondissante... Olga s'obligea à pousser un petit rire pour se débarrasser de l'impression troublante que laissait, pour une raison inconnue, cette veille attentive du chat.

En examinant les deux autres clichés, elle se rappela que la nuit de sa joyeuse révolte, lorsqu'elle avait installé l'appareil espion, elle avait dû se lever pour enlever sa chemise et ouvrir la fenêtre tant cette nuit de septembre était chaude. Elle n'avait pas, à ce moment-là, le moindre souvenir de l'appareil caché sur l'étagère. Et pourtant le minuscule objectif s'était animé et, avec une discrétion parfaite, il avait opéré cinq prises de vues, à trois secondes d'intervalle.

Sur le cliché suivant, Olga se vit de dos, assise sur le bord du lit, les bras levés, la tête noyée dans le turban de la chemise rejetée... Sur le dernier, elle se tenait debout devant la porte-fenêtre, le corps incliné, une main entourant ses seins comme pour les protéger des regards, l'autre posée sur la poignée. Le dessin de son visage n'était pas précis. De ses yeux le cliché n'avait gardé qu'un triangle d'ombre. Cependant, on devinait que ce regard s'emplissait du silence aéré de la nuit, que le long du galbe blanc de ce bras coulait la fraîcheur presque palpable.

Cette femme nue devant la fenêtre ouverte lui paraissait très différente d'elle-même, étrangère à elle. Il lui était facile de reconnaître la beauté de ce corps. Et même sa jeunesse qui, au premier coup d'œil sur le cliché, lui avait coupé la respiration. Et encore une singularité qu'elle ne parvenait pas à formuler, un secret qui dépassait les mots et dont le goût, comme celui de la menthe, glaçait l'odorat, soulevait la poitrine..

Pendant tout le temps qu'elle examinait les clichés, la voix de la « petite garce » ne cessa de souligner des incohérences étranges : « Pourquoi les deux premiers sont tout noirs, le troisième à peine éclairé et les deux derniers réussis ? — Tais-toi, c'est sans doute la faute de l'appareil... — Et pourquoi la porte est ouverte ? — Un courant d'air. — Et le chat ? — Tais-toi, je ne veux rien savoir ! »

Cette altercation n'entama pas son étonnement devant la femme photographiée. Tard le soir seulement (elle entendit un léger bruit du côté de la chambre de l'enfant et se releva rapidement, prête à venir au moindre appel) les reproches de la petite garce retentirent de nouveau dans sa tête :

Toutes ces photographies, c'est bien joli, mais il vaudrait mieux penser de temps en temps à ton fils... »

Olga ne répondit pas. Elle alla à la porte, l'ouvrit, écouta le silence le long du couloir. Leur étrange maison se composait de ce couloir avec, à une extrémité, sa chambre, la cuisine et la salle de bains, et à l'autre, la chambre de l'enfant. Un débarras doté d'un étroit vasistas se trouvait à mi-chemin et faisait office de bibliothèque. L'enfant disait : la pièce aux livres…

N'entendant plus rien, elle se recoucha. Que pouvait-elle répondre à la voix qui la poursuivait de ses reproches ? Lui dire que, dans cette « pièce aux livres », il y avait, sur le rayonnage le plus élevé, inaccessible à l'enfant, une bonne douzaine de volumes consacrés à sa maladie. Et qu'elle en connaissait chaque paragraphe, tous les traite-ments décrits, la plus infime étape dans la progres-sion du mal. Répondre qu'il lui arrivait de faire des songes où l'évolution de la maladie s'accélérait et s'achevait en une seule journée. Et que penser à cela tout le temps eût été ne pas vivre, perdre la raison, donc ne pas laisser vivre l'enfant. Il avait besoin d'une mère tout bêtement normale, c'est-à-dire unique, constante dans sa tendresse et son calme, constante dans sa jeunesse…

La petite garce se taisait. Olga se leva de nou-veau (elle regrettait déjà de ne pas avoir préparé l'infusion), alla vers le miroir et, ramassant ses che-veux en une épaisse tresse, se mit à les raccourcir avec une paire de grands ciseaux… Elle se disait que ces photographies, les histoires des lecteurs à la bibliothèque, les interminables disputes avec la petite garce, l'anxieuse arithmétique des âges féminins, tout ce flux qui remplissait ses jours était en fait le seul moyen de ne pas penser tout le temps aux volumes perchés sur le rayonnage interdit à l'enfant dans la pièce aux livres. Se noyer dans ce flux était sa façon à elle de lui paraître une mère comme les autres. De se paraître à elle-même une femme comme les autres afin de pouvoir mieux simuler cette mère.

Avant de s'endormir, elle répéta à plusieurs reprises, dans un chuchotement silencieux, en essayant d'atteindre le plus grand naturel : « Tu sais, on ira peut-être demain ou après-demain à Paris, je voudrais te montrer… Non ! Donc on ira à Paris, on m'a fait connaître un médecin qui… Non. Quelqu'un qui est vraiment sympathique, un grand spécialiste de ta… Non. De tes problèmes… » D'habitude sa pensée opérait à son insu. Cette fois, elle se rendit compte de cet exercice presque inconscient. « Je pense à lui tout le temps quand même », se dit-elle comme s'il s'agissait d'une amère victoire sur la voix qui la persécutait.

Le lendemain matin, à la bibliothèque, elle avait hâte d'en finir avec les préparatifs habituels du début de la journée. Il lui était impossible de maîtriser cette envie comique d'étaler, à la dérobée, derrière son présentoir, les trois clichés et de les examiner encore une fois, avant l'arrivée des premiers lecteurs. Oui, de les examiner ici, dans un lieu indifférent, ce qui devrait donner aux photographies un éclairage neutre. Il y avait dans son désir une part de cette attirance maniaque que provoquent certains clichés vers lesquels le regard est entraîné avec la dépendance d'un morphinomane, comme pour s'assurer que leur charme mystérieux ne s'est pas effacé ou, au contraire, en espérant y découvrir un nouveau détail qui transformera leur monde instantané.

Elle ouvrit deux colis avec les nouveautés mais, impatiente, décida de les enregistrer plus tard et se mit à brocher les journaux français et russes. D'ordinaire elle prenait la peine de les feuilleter, tout en étant sûre d'apprendre leur contenu dans les interminables commentaires des lecteurs.

Cette fois, elle parcourut juste les titres des premières pages. « Le vol des bijoux de la duchesse de Windsor »... « Joséphine Baker, officier de la Résistance »... « Le malaise algérien : accès de fièvre ou crise de croissance ? »... « À partir du 7 octobre, accélération de la vitesse des trains, un nouvel effort de la S.N.C.F. Paris-Bordeaux en 6 h 10, Paris-Marseille en 10 h 28... »

Enfin, elle put examiner tranquillement les trois clichés. La femme photographiée l'intrigua de nouveau par sa beauté et sa jeunesse. L'oreille épiant des pas derrière la porte, elle scrutait ce corps en essayant d'être impitoyable. Mais cette inconnue qui rejetait sa chemise de nuit et, sur la photographie suivante, se dressait devant la fenêtre n'avait dans son corps rien qui eût pu trahir un affaissement, un déclin. Le dos qui se découvrait sous la chemise relevée était d'une souplesse presque juvénile. Et, bien que ce moment de sa vie fût découpé au hasard, l'appareil avait saisi ce qui, pour elle, distinguait son corps des corps féminins qu'elle avait observés durant sa vie : ces chevilles dont les attaches très fines étaient comme pincées par l'index et le pouce d'un sculpteur géant, et aussi la fragilité des clavicules trop légères, semblait-il, pour supporter l'arrondi des seins pleins, lourds. Oui, ces particularités dont on ne sait pas, souvent jusqu'à la mort, si les autres les voient, les apprécient ou les jugent sans grâce.

Plus intensément encore que la veille, cette femme surprise devant la fenêtre noire donnait l'impression de vaciller au bord d'une étonnante révélation. « Elle est totalement… comment dire ? méconnaissable ? autre ? Enfin, moi, j'étais autre à cet instant… » Elle inclinait le cliché pour changer l'angle d'éclairage, en espérant que les mots allaient se détacher soudain de sa surface et condenser son mystère dans une formule… Les premiers lecteurs du jour apparaissaient déjà dans la porte.

Ce fut d'abord une très vieille pensionnaire de la maison de retraite qui pénétra dans la salle. D'habitude les livres lui étaient apportés par l'infirmière. Mais ce matin-là, elle eut la force de venir en personne, tout étonnée, toute radieuse d'avoir pu endurer ce long trajet d'un étage à l'autre, tout éblouie aussi par la luminosité du soleil automnal qui éclatait aux vitres. On devinait les exploits qu'avait dû accomplir ce petit corps, presque transparent dans sa robe de chambre, pour monter des marches glissantes, traverser de longs couloirs où s'engouffraient des courants d'air sentant la cuisine, la rue, l'humidité de la rivière. Elle lutta longtemps avec la porte qui, en se refermant, faillit l'entraîner par la violence de son ressort, lui arracher le bras. Dans le regard qu'elle leva sur Olga, il y avait, mêlé à l'émerveillement, le reflet à la fois inquiet et orgueilleux laissé par tous ces dangers vaincus… « Il faut… il faut absolument qu'au printemps… je vous montre ces fleurs, disait-elle, manquant parfois de souffle, à Olga qui la raccompagnait à sa chambre. Vous verrez, elles poussent presque au pied des arbres, en perçant les feuilles mortes. Je suis sûre que même les Français ne les connaissent pas. Au printemps. Nous irons ensemble. Vous verrez. C'est d'un blanc pâle. Et d'une beauté ! » Aller au printemps prochain chercher dans le bois ces fleurs blanches était une promesse qu'Olga entendait depuis plusieurs années déjà...

La ronde des lecteurs reprit. L'officier de cavalerie raconta l'histoire de son meilleur cheval, celui qui était dressé à se coucher et à se lever, obéissant à un sifflement convenu. Puis il joua de nouveau un combat au sabre et imita son « s-s-chlim ».

Il y eut ensuite quelques lecteurs qu'Olga appelait, pour elle-même, « candidats ». C'étaient ceux qui avaient réussi à quitter les logements, très dépréciés, de l'ancienne fabrique de bière et s'étaient installés dans la partie haute de Villiers-la-Forêt en rêvant, secrètement ou sans se cacher, d'aller vivre un jour à Paris.

Mâcha vint aussi et, penchée sur le présentoir, murmura sur un ton de confidence : « Je ne reviendrai pas avant quinze jours. Je pars à Nice. Avec lui... » Olga savait déjà que ce « avec lui » signifiait : pas avec le mari.

Dans cette intermittence volubile de personnages glissa l'ancien pharmacien qui vivait dans une oisiveté obligée après que l'aviation alliée eut détruit son établissement. Depuis la catastrophe, il s'était rapproché de la communauté d'émigrants de la ville basse, s'était même mis à apprendre leur langue et peu à peu avait endossé ce rôle de Français par excellence que chaque Français assume en vivant parmi les étrangers. Inconsciemment peut-être, il exagérait certains traits qui sont considérés comme typiquement français et se réjouissait si les habitants de la Horde d'or s'exclamaient devant ses jeux de mots licencieux ou sa galanterie : « Ah, ces Français, ils sont incorrigibles ! » Quand il fut parti, Olga se dit en souriant : « Quoi qu'on en dise, lui seul a remarqué que je me suis coupé les cheveux. » Et elle répéta mentalement les paroles du pharmacien : « Oh, madame ! Quel coup vous portez à nos cœurs ! Cou, bien entendu, sans p final. Il n'en a pas besoin, sa courbe parfaite lui suffit. J'espère que ce n'est pas le dernier de vos trésors que vous offrez à nos yeux... » Elle alla ranger les livres rapportés par le pharmacien et, se rappelant les grands gestes et la mimique de l'homme, pensa : « Ils sont quand même incorrigibles, ces Français. »

La grande infirmière maussade et constamment endeuillée vint en fin de matinée et demanda un livre récemment publié où, disait-elle, il devait y avoir des cartes d'après lesquelles on pourrait établir le lieu exact de l'ultime combat aérien de son bien-aimé britannique...

Olga ne vit pas le jour passer. Ou plutôt elle le passa dans les histoires de tous ces lecteurs qui la noyaient sous leurs paroles. « Ils m'ont chassée de ma propre vie », se disait-elle avec rancœur.

Elle eut l'impression de revenir dans sa vie seulement à la fin de la journée, après la fermeture. D'habitude, elle partait à huit heures précises, sinon la bibliothèque se transformait en un salon de débats : les lecteurs, surtout ceux qui habitaient dans le bâtiment même de la Horde, ne s'en allaient qu'à minuit, après avoir bu plusieurs tasses de thé, refait toutes les révolutions et toutes les guerres du monde et raconté, pour la énième fois, l'histoire de leur vie… Ce soir-là, Olga ferma la porte à clef et resta un long moment assise derrière le présentoir où s'empilaient les livres rendus. Les visages de la journée flottaient encore comme des spectres dans la pénombre de la pièce vide. Elle se voyait telle que tous ces visiteurs devaient la voir : bibliothécaire à vie, femme abandonnée par son mari et en rupture avec sa caste, mère d'un enfant condamné…

Un léger frottement interrompit ce tête-à-tête silencieux. Elle leva les yeux. La poignée de la porte s'abaissait lentement. Sans raison, la lenteur de ce mouvement faisait peur. Quelques secousses qu'une main transmit à la porte avaient aussi cette force lente et sûre. Après une seconde de silence, une voix d'homme qui ne s'adressait à personne et pourtant n'excluait pas que quelqu'un se fût enfermé dans la bibliothèque fredonna presque : « Et l'oiseau s'est envolé ! En oubliant d'éteindre la lumière. Bizarre… » Et déjà plus au fond dans le couloir, la même voix répondit à une lectrice retardataire : « Trop tard, ma mignonne ! Mme Arbélina est la précision même. Il est huit heures et quart. La précision, comme vous le savez, est la politesse des rois et… des princesses… »

Olga essaya d'appliquer cette voix à tel ou tel

visage connu, puis y renonça. Une voix encore jamais entendue. Elle prit le dernier livre à ranger, le volume qui dissimulait sur le bois clair de son bureau cette tache d'encre désagréable à la vue car semblable à un homme ventru et qu'elle cachait toujours avec une feuille de papier ou avec un livre. Soudain, comme un papillon de nuit qui s'échappe des plis d'un rideau, les trois clichés glissèrent à terre. Elle en avait perdu le souvenir depuis le matin, dans le bruit des mots. Le sang échauda ses joues. « Et si un lecteur, demain, avait pris ce livre ? » Elle imagina la scène, la honte, les rires, les potins…

Et quand son regard plongea de nouveau dans la pièce nocturne où une femme nue se tenait près d'une porte-fenêtre noire, le mystère de cet instant se laissa approcher très simplement. Personne ne savait que la femme était là, en pleine nuit, dans la fraîcheur qui montait de la rivière. « Comme personne ne sait que je suis dans cette bibliothèque vide éclairée juste par cette petite lampe de table. J'ai vécu une demi-heure de vie qui leur restera inconnue. » Elle se dit que la femme photographiée aurait pu sortir par la porte-fenêtre, faire quelques pas sur le pré qui descendait vers le courant… Cette liberté la grisa. Une femme nue qui marche dans l'herbe, dans la nuit sans lune et qui n'est plus ni bibliothécaire, ni épouse abandonnée, ni une certaine princesse Arbélina…

En rentrant, elle s'arrêtait de temps en temps et regardait autour d'elle : les petites maisons de la basse ville, les arbres, les premières étoiles entre leurs branches.

Son étonnement le plus vif était de découvrir la présence très proche de cette vie qui pouvait rester inconnue des autres.

Deux jours après cette étrange soirée cachée aux autres, elle reçut une lettre de L.M. (son « amant parisien », ainsi que l'appelaient, elle le savait, les habitants de la Horde). C'est par ces lettres d'une demi-page qu'il l'invitait à Paris. Cette dernière se distinguait des précédentes par un ton grave et, on eût dit, légèrement vexé. Une sorte de reproche se lisait entre les lignes : moi, je reviens d'Allemagne où l'on m'a fait visiter l'enfer et vous, ici, en France, vous vivez votre petite vie d'opérette. Ce ton voulait dire également : oui, je sais, nous ne nous sommes pas vus depuis plusieurs mois, mais tu n'as pas le droit de me juger, mon travail de journaliste prime toutes les sentimentalités du monde.

Le soir, elle écrivit un brouillon de réponse. Une lettre qui mettait fin à cette longue suite d'entrevues qu'ils avaient appelée, pendant un certain temps au moins, « amour ». Dans les lignes qu'elle traçait, rayait, réécrivait ce mot ne se rencontrait plus. Et privé de ce pivot, tout ce qu'ils avaient vécu se transformait en un amas de dates, d'inflexions de voix, de chambres d'hôtel, de bouts de rue, de différents silences de nuit, de plaisirs dont il ne restait plus que la carapace du souvenir. Elle essaya de lui dire tout cela... La cadence des phrases se transmit à son corps et lui imposa un va-et-vient machinal le long du couloir de son étroite maison. Dans l'entrée son regard s'attarda sur la vieille commode. L'angle de sa tablette avait été scié suivant un arrondi irrégulier. C'était L.M. qui avait fait ça : pour que l'enfant ne se blesse pas en jouant, expliquait-il. Il était très fier de ce service rendu. « Comme tous les hommes qui offrent une aide manuelle à une mère seule », pensa-t-elle. Quand il venait la voir à Villiers, il touchait chaque fois, en entrant, cet angle coupé, comme pour vérifier son travail et parfois même lui demandait : « Alors, c'est efficace ? N'hésite pas à me dire s'il y a un coup de scie à donner... » À présent, en traversant cette entrée, elle se disait qu'elle aurait dû, osant la vérité, parler dans sa lettre de cet angle coupé — une des vraies raisons de rupture ! Mais l'eût-il compris ? Oui, ne parler que de cet angle. Ou peut-être aussi de cette mise en scène : un homme, torse pâle, allongé dans l'obscurité à côté d'elle, parle abondamment, tantôt encouragé par le désir, tantôt énervé par son absence... Toute la vérité se serait résumée dans ces deux éclats.

Le brouillon terminé, elle alla à la cuisine où sur le fourneau éteint se refroidissait son infusion. Sa lettre de rupture ouvrait une nouvelle époque, lui sembla-t-il. Peut-être justement celle qui serait occupée par l'« attente de la vieillesse », comme disait la directrice. Tout ce qui paraissait transitoire, capable encore de changer deviendrait définitif — cette cuisine avec les boursouflures familières de la peinture fatiguée des murs, cette basse et longue bâtisse en brique, sa maison, et sa présence de moins en moins surprenante dans ce Villiers-la-Forêt, dans la ronde des saisons presque indistinctes comme elles sont en France où l'été s'attarde longuement dans l'automne et où l'hiver, sans neige, n'est qu'un automne prolongé. Sa vie ressemblerait désormais à ce vague glissement… Avant d'aller se coucher (l'infusion ne pouvait rien, ce soir-là, sur son émotion), elle reprisa la chemisette de son fils. Étalé sur ses genoux, le tissu s'imprégna rapidement de la tiédeur de son corps, de ses mains. La chemisette au col tout effiloché venait visiblement déjà de cette nouvelle époque de sa vie où rien d'étranger ne s'interposerait plus entre elle et son enfant. Aucune visite, aucune passion. Elle ferait la chasse à chaque pensée qui l'éloignerait de lui. Mais lui ne remarquerait pas ce changement, pas plus qu'il n'apercevrait, au matin, une multitude de points de fil bleu sur le col de sa chemise…

À peine quelques jours après cette soirée où la lettre définitive fut écrite et la grande décision prise dans l'intense et tendre amertume, Olga en perdrait tout souvenir. Ses résolutions, son recueillement assagi, sa résignation — tout se trouverait effacé par un seul geste.

Au cours d'une soirée claire et fraîche de l'arrière-saison, dans un moment de grande sérénité, elle surprendrait son fils près de ce petit récipient en cuivre dans lequel se décantait son infusion de fleurs de houblon. Elle l'apercevrait figé dans cette attente brève et crispée qui suit un geste qu'on veut à tout prix secret. Oui, cette fixité hypnotique qui s'intercale entre ce geste dangereux ou criminel et la décontraction exagérée des mouvements et des paroles qui viennent après. Ce qu'elle croirait alors deviner lui paraîtrait d'une monstruosité si invraisemblable qu'instinctivement elle reculerait de quelques pas. Comme si elle avait désiré remonter le temps, en pressentant déjà que le retour à leur vie d'autrefois devenait, à cet instant-là même, impossible

Plus tard, il lui arriverait de tressaillir à la pensée qu'en le surprenant elle aurait pu être découverte elle-même par lui entre les rideaux légèrement écartés sur la fenêtre de la cuisine…

Le ciel était encore clair et les arbres se découpaient dans sa transparence avec une netteté d'eau-forte. La luminosité mauve de l'air donnait à leurs silhouettes une apparence d'irréalité… De temps en temps, Olga ramassait une feuille morte ou un éclat de spath et les examinait dans cette vision translucide, trompeuse. Même ses doigts qui serraient le manche d'une pelle avaient, dans ce rose fluide, un reflet surnaturel. Ce début de crépuscule, froid et pur, promettait, elle le savait, une nuit calme et limpide. Une belle nuit de l'arrière-saison.

Elle travaillait lentement, au rythme des lumières et des couleurs qui s'enrichissaient d'un bleu de plus en plus foncé, viraient au violet. Les tiges sèches qu'elle arrachait dans le parterre le long du mur cédaient avec une facilité agréable, avec la résignation de fleurs d'été éteintes. De la terre remuée montait une odeur piquante, capiteuse. Il faisait déjà sombre, mais elle prolongeait cette lente cérémonie de travaux simples qui laissait l'esprit au repos...

C'était un samedi. Durant l'après-midi, elle avait recopié pour la deuxième fois sa lettre d'adieu à L.M. Et pour éviter la tentation de recommencer, elle l'avait mise sous enveloppe en décidant de la poster lundi matin. Depuis deux jours déjà, grâce à ce fait accompli, elle avait l'impression de vivre dans un apaisant reflux de sentiments. Oui, c'était comme si elle marchait à marée basse, sur les fonds dégagés, en ramassant distraitement tantôt un galet, tantôt un éclat de coquillage...

C'est dans cette distraction bienheureuse qu'elle poursuivait son travail. Penchée vers le sol, elle parvint enfin sous la fenêtre de la cuisine et se redressa.

Trop brusquement ! Le vertige l'assourdit et fit tanguer la fenêtre éclairée et les rideaux. Son corps se remplit d'une faiblesse mate, vaporeuse. Le mur sur lequel elle appuya sa paume sembla se ployer doucement. Pour arrêter ce flottement, elle immobilisa le regard sur l'écart lumineux entre les rideaux... Elle vit un inconnu, un très jeune homme qui se tenait près du fourneau...

Elle vit son geste. Avec cette précision qu'ont les mouvements et les objets derrière la fenêtre d'une pièce observée d'un extérieur nocturne, par un temps froid. Une précision presque hallucinante à cause du vertige.

La main du jeune inconnu voltigea rapidement au-dessus de la petite casserole en cuivre. Puis ses doigts froissèrent un fin rectangle de papier et le glissèrent dans la poche de son pantalon. Il s'écarta du fourneau et jeta un regard anxieux sur la porte de la cuisine…

Encore chancelante, elle recula de quelques pas. Un arbuste surgit derrière elle, la repoussant souplement de ses branches. Elle s'arrêta, n'entendant que le battement sourd du sang dans ses tempes, ne voyant que la percée de lumière entre les rideaux.

Devinant tout, ne comprenant encore rien, elle vit sous ses paupières s'assembler des fragments dispersés : ces doigts en voltige au-dessus des fleurs de houblon infusées, les trois photographies de la femme nue, la porte ouverte la nuit où elles avaient été prises, deux jours passés chez Li, l'avortement… Ses yeux noyés dans l'épaisseur cotonneuse du vertige discernaient déjà avec horreur le sens de cette mosaïque désassemblée. Mais la pensée, engourdie par la montée du sang, se taisait.

Le brouillard se dissipait pourtant peu à peu, la mosaïque devenait de plus en plus irrémédiable. Ses fragments colorés rappelaient un gros reptile, d'un rouge foncé, qui s'enflait rapidement dans son cerveau. À ce moment-là, le vertige s'évapora, la clarté revint. Olga eut une parcelle de seconde pour comprendre… Mais le reptile gonflé de sang éclatait, lui brûlait la nuque, figeait sur ses lèvres un cri. La mosaïque resta brisée : trois photos, la porte ouverte, elle, toute nue, debout, l'infusion qui donnait parfois un sommeil si long. Ce fut comme un mot oublié qui laisse entrevoir, un instant, ses lettres, sa tonalité et disparaît immédiatement, en offrant juste la certitude de son existence.

Oui, ce reptile gluant, bouffi d'un sang brun existait. C'est lui que sa pensée éclaircie retint, telle la preuve d'une folie momentanée. Et même la voix de la « petite garce » s'était tue, terrifiée par ce qui venait de se laisser deviner,

Son regard était à présent fixé sur le jeune inconnu qui, dans la cuisine éclairée, feuilletait nonchalamment un cahier ouvert sur la table. C'était son fils !

Mais avant de comprendre comment l'enfant de sept ans qu'il demeurait pour elle depuis tant d'années avait pu grandir à ce point, il se produisit dans sa vue une sorte d'accommodation rapide qui lui fit mal aux yeux. Le visage du jeune homme penché sur le cahier et le visage de l'enfant qui vivait en elle frémirent à la même seconde et flottèrent l'un vers l'autre pour se fondre dans des traits intermédiaires. Ceux, à mi-chemin entre l'un et l'autre, d'un adolescent de quatorze ans.

Elle comprenait maintenant que le jeune homme avait surgi au moment du vertige, le visage et le corps mûris par l'horreur de la mosaïque qui avait révélé l'impensable. Oui, ce très jeune homme mince, pâle, avec le reflet transparent, presque invisible de la toute première moustache, appartenait au monde de la mosaïque qui, au contact de la pensée, se transformait en un reptile luisant, aux yeux vitreux, indéchiffrables. Le monde qui horrifiait mais ne se laissait ni penser ni dire.

La lumière entre les rideaux s'éteignit. Dans l'obscurité, la main guidée par le mur, elle se dirigea vers la porte. Son pied heurtait des mottes de terre, des tiges arrachées. Il lui sembla regagner la maison après une absence de plusieurs années… Dans l'entrée les dessins du papier peint l'étonnèrent comme si elle les voyait pour la première fois. Elle s'inclina et machinalement exécuta le geste qu'elle répétait presque tous les jours. Attrapant une paire de chaussures empoussiérées, elle plongea sa main dans l'une, puis dans l'autre, tâta l'intérieur. Pour débusquer la pointe d'un clou tapi dans la semelle. Soudain la chaussure lui échappa et tomba par terre. Sa main venait d'entrer si facilement sous le cuir usé ! Elle se rendit compte qu'elle restait encore sur le souvenir de ses doigts qui s'entortillaient péniblement dans les étroites chaussures d'enfant.

Elle se redressa en gardant dans la main la sensation de cet élargissement progressif. « Quatorze ans. Il a quatorze ans… », se surprit-elle à murmurer tout bas. Le visage de l'adolescent dans lequel elle venait de reconnaître son fils imprégnait très profondément ses yeux. Elle le voyait dans cette invisible mutation qui reliait le visage de l'enfant à celui du jeune homme. Tout était encore malléable dans ses traits, tout gardait encore la plasticité enfantine… Et pourtant, c'était un être nouveau. Et presque aussi grand qu'elle ! Oui, dans quelques mois il aurait sa taille... Toute une période de la vie de son enfant était donc passée inaperçue !

Elle rangea les chaussures et ressortit dans l'obscurité. « Je ne l'ai pas vu grandir... C'était un enfant infiniment discret, silencieux... Un enfant absent. Et puis le départ du père l'a figé dans son âge d'alors. Et aussi la guerre, ce vide de quatre ans. Mais surtout sa maladie, je faisais plus attention à une égratignure qu'à dix centimètres gagnés. Et son indépendance farouche. Et sa solitude. Et ce trou perdu, ce Villiers-la-Forêt... »

Ces mots la rassurèrent. Elle prolongeait leur débit exagérément logique car elle ne savait pas ce qu'elle allait pouvoir faire quand ils s'épuiseraient. Non, elle ne savait pas. Elle marchait dans le noir, sur la pente herbeuse qui séparait leur maison de la rivière. Et chuchotait ces raisons qui, elle le sentait, ne diraient jamais l'essentiel de ce qui les unissait, elle et son enfant... C'est la branche d'un saule qui l'interrompit tout à coup. Une branche qui lui frôla la joue d'un attouchement très vivant. Olga s'arrêta. Ce saule avec sa silencieuse cascade de rameaux. Dans leur filet quelques étoiles. Le reflet de la lune au creux de l'empreinte d'un pas remplie d'eau. L'odeur fraîche, nocturne des tiges endormies au bord du courant, l'odeur de l'argile humide...

« Et si je restais ici ? Ne pas rentrer, ne pas revenir dans la vie de cette maison... Marcher à l'infini sur cette herbe argentée... » Mais ses pas la menaient déjà vers la porte. En montant sur le petit perron en bois, elle revit la bande de terre retournée le long du mur où elle avait jardiné à peine une heure avant. Ce temps lui paraissait immémorial et plein d'un bonheur et d'une simplicité paradisiaques.

Dans l'entrée, accrochée au portemanteau, la veste de son fils pendait, une des manches retroussée en accordéon, comiquement courte. Olga la tira d'un mouvement rapide, comme si elle avait voulu corriger discrètement une maladresse. Aucun geste ne serait plus anodin...

Elle appuya sur l'interrupteur et réprima un « ah » en portant sa main à ses lèvres tant l'intérieur de la cuisine lui semblait rapetissé. La taille du jeune homme, même invisible, s'imposait à ces murs, aux meubles, en les réduisant comme ces rêves pénibles qui nous font pénétrer dans un appartement familier qui se resserre à vue d'œil et imite à la fin l'habitacle des figurines d'une boîte à musique... Oui, en s'arrêtant au milieu de la cuisine, elle avait l'impression d'examiner l'intérieur d'une maison de poupée dont la petitesse, à la fois séduisante et dénaturée, dégageait une menace obscure. Même la petite casserole sur le fourneau paraissait plus petite qu'avant et révélait enfin sa vraie forme — légèrement évasée, ventrue.

Olga savait déjà que tout à l'heure elle allait déverser le liquide brunâtre de l'infusion, jeter le dépôt de fleurs. Elle ouvrit le robinet en s'apprêtant à se laver les mains, mais à ce moment son regard tomba sur le crayon orange qui, en marque-page, était glissé dans le cahier oublié sur la table.

110

Elle le retira, en étudia la couleur. Ce ton orange évoquait obstinément un souvenir. « Aucun geste ne sera plus anodin », répéta en elle un écho chuchoté. Et rapidement, sans qu'elle pût y opposer la moindre résistance, la mosaïque vue pendant le vertige se mit à rassembler ses fragments : une main anxieuse qui survole le fourneau, le chat qui sur le premier cliché surveille une femme endormie, la porte ouverte par laquelle l'animal a pu se glisser, ce jeune homme qui vivrait désormais sous le même toit qu'elle... Elle sentit s'enfler dans sa tête une grosse bulle de peau glaireuse, bossuée. Le reptile... La mosaïque se composait de plus en plus vite : la main au-dessus de l'infusion, son sommeil de mort, certains jours, cet enfant qui avait la même taille qu'elle, ce crayon orange... Encore un tour et ces éclats allaient se figer dans une certitude sans issue...

Elle jeta un regard sur le fourneau. Les fleurs trop longtemps macérées avaient bruni et ressemblaient, sous une fine couche de liquide, à la peau humide d'une bête recroquevillée, la même qui, enflée à l'extrême, lui déchirait le cerveau. La mosaïque recommença sa ronde : la main, le jeune homme près du fourneau, le sommeil...

Olga saisit le petit récipient, d'un geste fébrile versa l'infusion dans le grand bol et la but à grands traits... La mosaïque s'effaça. Le reptile dans son cerveau creva sans bruit, en enfonçant sous ses paupières une multitude d'aiguilles rouges. La cuisine reprenait ses dimensions habituelles. Elle éprouvait un soulagement dérisoire comme si elle venait de persuader un interlocuteur sceptique.

En traversant le couloir, elle aperçut la lumière à l'intérieur de la pièce aux livres. Une lampe y était restée allumée sur une étroite table serrée entre les rayonnages. Un gros volume ancien attira son regard par la gravure sur la page ouverte. C'était l'un des tomes de l'encyclopédie zoologique que son fils aimait feuilleter. Elle se pencha vers la gravure, lut la légende : « Un boa constricteur attaquant une antilope. » La gravure, d'un réalisme pointilleux, produisait un effet inattendu comme tout excès de zèle. Car même si l'on voyait les moindres touffes de poil sur le pelage tacheté de l'antilope, son aspect rappelait un être vaguement humain : l'expression des yeux, la position du corps entouré des anneaux du gigantesque serpent. Quant au boa, son tronc musclé, couvert d'arabesques et prodigieusement gros, ressemblait à une épaisse cuisse de femme, une jambe ronde, indécemment pleine et tendue d'un bas orné de dessins...

Elle s'assit pour pouvoir mieux l'examiner. La gravure l'amusait : l'enfant ne se doutait certainement pas de cette double vision du boa-femme. C'était rassurant. Elle avait donc eu tort de s'alarmer ainsi tout à l'heure. Tant qu'il ne voyait que ce gros serpent bariolé...

L'image se mit à tanguer lentement devant son regard. La fatigue était agréable, douce au toucher des yeux. Elle eut envie de baisser les paupières, de faire durer ces minutes pacifiées. Ses yeux se fermaient déjà d'eux-mêmes. Croyant encore que c'était tout simplement la lassitude du soir, elle tenta de se secouer, mais réussit juste à éveiller cette dernière pensée : « Il faut que je me lève, j'ai les mains encore pleines de terre, je vais tacher le livre… »

Le sommeil la pénétra rapidement, avec une violence calme, irrésistible. Il se mêla à la senteur fine et agréable des pages anciennes. Ces pages qu'on hume en aspirant fortement, en fermant les yeux.

Ce furent les tout derniers cognements à la porte d'entrée qui la réveillèrent. Ces coups insistants auxquels, excédé d'attendre, on imprime une sorte de mélodie tambourinante en espérant que le changement de cadence va attirer l'attention.

Elle bondit de la chaise, essaya de recomposer dans l'ordre le décor immédiat : ce soleil qui éblouissait la minuscule fenêtre, la pendule dont les aiguilles se trouvaient dans une position étrange, indiquant presque onze heures et surtout elle-même, cette femme en robe froissée, aux mains couvertes de traînées terreuses, une femme qui tourne dans un petit débarras en faisant tomber des livres et ne parvient pas à trouver un miroir...

Le tambourinement exécuta les mesures d'un roulement militaire et se tut. Olga sortit dans le couloir, puis revint et, sans trop savoir pourquoi, referma le volume de l'encyclopédie.

« Et s'ils ont deviné ? se demanda-t-elle, perplexe. Mais deviné quoi ? » Absurdement, elle imagina que les autres pouvaient découvrir qu'elle leur avait caché l'âge de son fils. Oui, c'est cette crainte stupide qui traversa son esprit encore engourdi : on constaterait soudain que l'enfant n'était plus un enfant, mais un adolescent qui avait presque sa taille…

Devant la glace, dans l'entrée, elle rajusta rapidement sa robe, arrangea ses cheveux et sembla retrouver l'usage de ses traits. Cependant, en ouvrant la porte, elle s'attendait, malgré elle, à voir toute une grappe de physionomies animées de curiosité malveillante et moqueuse.

La porte s'ouvrit sur le vide lumineux du ciel. Il n'y avait personne sur le perron et le pré qui descendait vers la rivière brillait des gouttelettes du givre fondu, désert lui aussi. La fraîcheur ensoleillée de l'air lavait les poumons, pénétrait le corps. Si seulement c'était possible ! Oui, cette même matinée, mais libérée de tout le reste : de ces voix qui se contredisaient chaque minute dans sa tête, des regards des autres qui la vidaient d'elle-même, des innombrables peurs, celles de la veille surtout…

Cet espoir ne dépassa pas une longue inspiration à l'odeur d'herbe glacée… Puis, sa vue glissa le long du mur et elle vit cette femme qui, en s'appuyant sur le rebord de la fenêtre, essayait de voir à l'intérieur. Le retour de la peur fut si brusque qu'il fit naître une idée invraisemblable : « Mais c'est moi ! Hier… » Oui, dans un éclair de folie, Olga se reconnut en cette femme inclinée vers la vitre. Mais immédiatement, une autre pensée, moins fantasque, plus angoissante encore, chassa cette ressemblance : « Elle espionne ! »

La femme se mit à frapper à la vitre avec l'index replié, en mettant l'autre main en visière pour éviter le reflet...

Olga l'appela. La femme se redressa : c'était l'infirmière de la maison de retraite. « Quelque chose est arrivé à l'enfant ! » — cet affolement souleva, comme une rafale de vent, un tourbillon d'autres crispations anxieuses : « S'il lui est arrivé quelque chose, c'est à cause de moi, à cause de cet instant de bonheur, là, sur le perron... » Ce n'étaient même pas des pensées, mais une suite de visions — l'écoulement du sang qu'il faudrait comprimer sur ce corps enfantin et la faute dont il faudrait se charger pour amadouer le destin.

L'infirmière s'approcha, la salua d'un air chagrin et froid. « Non, c'est autre chose, sinon elle aurait parlé tout de suite », pensa Olga. Elle avait vu tant de fois arriver ces messagers de malheur...

Il lui sembla intercepter à ce moment-là un regard curieux de l'infirmière. Celle-ci avait dû remarquer le relâchement du sommeil sur son visage, les traces de terre sur ses mains. Olga serra les doigts, les cacha derrière son dos et d'un signe de tête invita l'infirmière à entrer. Dans le couloir son anxiété s'accrut. L'infirmière s'arrêta, la main posée sur la commode, précisément à l'endroit où l'angle dangereux avait été scié. « Elle a flairé quelque chose », pensa de nouveau Olga, et elle se

116

rabroua immédiatement : « Idiote ! Qu'y a-t-il à flairer dans cette masure ? »

— Vous boirez bien un thé avec moi ?

La voix d'Olga retentit comme la réplique d'un rôle trop bien appris.

Dans la cuisine, elle vit la petite casserole en cuivre et, sur la table, le crayon orange. L'infirmière suivit son regard d'un objet à l'autre. Olga saisit la casserole, la mit dans l'évier, rangea le cahier et le crayon. Elle sentait que les yeux de la visiteuse ne la lâchaient plus et éprouvait une envie méchante de la rappeler à l'ordre : « Tout cela ne vous regarde pas ! »

— Merci pour le thé, je n'aurai pas le temps. Je viens pour vous dire… pour vous dire que cette nuit… Xénia Efimovna…

Xénia, la pensionnaire qui depuis des années promettait à Olga de lui montrer les fameuses « fleurs blanches » inconnues de tous, venait de mourir… Et il fallait maintenant, disait l'infirmière, aller à Paris, voir son fils et sa belle-fille, les prévenir. À plusieurs reprises déjà, Olga, en qualité de princesse Arbélina, avait accompli de telles missions délicates.

— Je sais que nous sommes dimanche, s'excusait la jeune femme. Ça vous gâche toute la journée. Je sais… Mais personne à part vous ne trouvera les mots qui conviennent…

Olga l'écouta, en goûtant la délicieuse simplicité de la vie. Le bon sens de cette vie, sain et robuste, qui fait part même de la mort…

Dans le train, le souvenir des fleurs blanches

sous les arbres d'un bois rêvé la sauva de cette pensée qui l'agressa soudain : « Et si, ce matin, je m'étais réveillée de moi-même, après ce long sommeil anormal ? »

Elle comprit qu'il fallait de toutes ses forces s'accrocher aux apparences claires et frustes de la vie.

À Paris, elle s'acquitta de sa mission avec une sorte de ferveur. Le murmure grave des condoléances, la mine contrite du fils, les soupirs de son épouse eurent, cette fois, une valeur de preuve. Oui, cet intermède qu'ils s'appliquèrent à jouer, tous les trois, démontrait qu'elle restait pour les autres uniquement la « princesse Arbélina ». Et que personne ne devinait en elle la présence de cette femme qui, seulement la veille, guettait, figée sous la fenêtre de sa maison, les gestes d'un adolescent…

Une autre preuve fut la rue. Olga avançait dans la foule, épiait l'expression des visages, comme fait un opéré durant sa première promenade en essayant de comprendre, à travers les yeux des passants, si les séquelles sont visibles ou non.

Elle passa aussi chez Li. En ce dimanche, son amie peignait. Sur un panneau en contreplaqué les traits d'un couple de personnages se précisaient déjà : une femme en robe blanche, épaules nues, un homme légèrement plus petit qu'elle, les cheveux bouclés nimbant le rond vide de son visage…

— À propos, je voulais te demander — la voix

118

d'Olga se teinta d'une nonchalance appuyée. Cette infusion que je t'ai conseillée, ça a de l'effet sur tes insomnies ?

— Oh oui ! Et comment…

Li répondit sur le même ton distrait, sans détacher son pinceau de la surface du tableau…

Durant le chemin du retour, Olga eut l'impression que tous les passagers avaient ouvert leur journal à la même page. Elle jeta un coup d'œil sur celui que lisait son voisin. Oui, c'était cette douzaine de portraits qui les intriguait tous. « Le verdict du tribunal de Nuremberg », disait le gros titre qui surplombait les photos. Les condamnés avaient les yeux clos, leurs portraits étaient là pour attester leur mort. En bas de la page on voyait un soldat américain qui faisait la démonstration du nœud dont on s'était servi lors de l'exécution. L'épaisseur de la corde, très blanche, très belle même, paraissait démesurée. On eût dit le cordage d'un navire ou un long rouleau de pâte destiné à quelque gigantesque bretzel… Le voisin d'Olga sortit en laissant son journal sur la banquette. Elle parcourut l'article. Dans un encadré, deux colonnes de chiffres indiquaient pour chacun des condamnés l'heure et la minute du début de la pendaison et celles de la mort. « C'est-à-dire le temps durant lequel ils se débattaient dans ce bretzel », pensa Olga. Les chiffres lui rappelaient ceux, ennuyeux et sibyllins, des cours de la Bourse :

	Trappe ouverte à	*Déclaré mort à*
Ribbentrop	1 h 14	1 h 32
Keitel	1 h 20	1 h 44
Rosenberg	1 h 49	1 h 59...

Elle leva les yeux. Les passagers commentaient leur lecture, s'interpellant d'une banquette à l'autre, pointant le doigt sur tel ou tel endroit de l'article. « Non, pas les cours de la Bourse. Plutôt les résultats d'un match », se dit Olga en observant cette animation. À sa droite, un homme qui faisait penser à un père de famille mal interprété dans une comédie de mœurs s'inclinait vers son vis-à-vis, certainement son épouse, et lui lisait le compte rendu du procès à haute voix. La femme, elle, avait l'air visiblement gênée par la déclamation trop excitée de son mari. Elle restait bien droite, son sac sur les genoux, dominait la tête penchée du lecteur et, de temps en temps, haussait les sourcils et soupirait en levant les yeux. Le mari, sans remarquer ces petites grimaces condescendantes, levait l'index pour appuyer sa lecture :

— Tous sont morts dignement... dignement, tu parles ! — sauf Streicher qui proféra des invectives à l'adresse des assistants... Hermann Goering seul a réussi à échapper au déshonorant gibet... Emmy Sonnemann, Frau Goering, embrassa son mari à travers les mailles de la grille et lui passa, de la bouche à la bouche, l'ampoule de cyanure de potassium... Regarde, ils mettent la photo de l'ampoule...

La petite gare de Villiers-la-Forêt était déserte. Le tableau des horaires lui rappela avec une cocasserie cruelle (arrivée-départ) les chiffres dans l'encadré des pendaisons. Elle traversa la place entourée de platanes, tourna vers le quartier bas de la ville. Dans le silence du soir plana, un instant, la vibration des rails...

La journée qu'elle venait de vivre débordait d'un délire souverain. Un délire malgré tout rassurant car tout le monde l'acceptait comme vie. Il fallait les imiter. Être heureuse comme ce matin-là, en jouant à la princesse Arbélina qui présentait ses condoléances. Accepter ces passagers passionnés par l'ampoule qui avait transité à travers la grille d'un parloir au cours d'un long baiser humide. Depuis des mois, ils découvraient dans leurs journaux des dizaines de millions de tués, de brûlés vifs, de gazés. Et voilà que l'Histoire se ratatinait dans une minuscule ampoule qu'une femme poussait de sa langue entre les lèvres d'un homme...

Elle rentra chez elle presque sereine. En montant sur le petit perron en bois, elle réussit à regarder le parterre le long du mur sans aucune émotion particulière...

Cependant, le soir même, un détail apparemment inoffensif perça sa torpeur... Elle lissait ses cheveux devant le miroir de sa chambre. Le glissement du peigne dissipait agréablement les pensées. Et c'est dans ce reflet assoupissant qu'elle vit la porte battre doucement et s'arrêter à mi-chemin. Cet entrebâillement silencieux qui laissa entrer le souffle d'une fenêtre ouverte créa une étrange attente. Olga se souvint de la nuit où un courant d'air l'avait réveillée en faisant grincer la porte de sa chambre, oui, la nuit des trois clichés pris par l'appareil-livre. D'aussi loin qu'elle se rappelât, cette porte grinçait légèrement (il y a toujours, dans une maison, un couteau qui coupe mieux que les autres et une chaise qu'on évite de donner aux invités). Cette fois-ci, la porte s'ouvrit sans bruit... Olga posa le peigne et, avec un sentiment aigu de commettre, par caprice, un acte dangereux, elle sortit dans le couloir, tira la poignée, puis la repoussa. La porte décrivit lentement sa courbe et vint percuter le petit butoir cloué au plancher. En silence. Sans émettre aucun crissement... Olga perçut dans ses tempes un étirement glacial, comme si ses cheveux étaient farcis de neige. Elle répéta le geste. La porte glissa, s'ouvrit largement. Muette... Olga sentait que tout cela se passait en dehors de sa vie habituelle. Oui, dans une étrange arrière-salle de cette vie. Elle s'inclina, toucha les gonds du bas, puis, en se redressant, ceux du haut. Dans le halo de la lampe ses doigts luisaient. L'huile était transparente, presque sans trace de cambouis. Récente... La neige dans ses cheveux sembla fondre en un bouillonnement de petites étincelles brûlantes. Elle poussa la porte encore une fois, d'un mouvement lent, somnambulique. Les yeux fixés sur les gonds, la respiration retenue, elle attendit une seconde interminable. La porte glissait, feutrée, en réduisant souplement son ombre sur le mur, comme une aiguille son

122

angle sur le cadran d'une horloge... C'est juste avant de toucher le butoir qu'elle fit entendre ce bref gémissement. Olga appliqua sa main au mur, s'assit sur un petit tabouret bas, dans le couloir. Elle respirait par saccades. Sa chambre par-delà cette porte ouverte avait un aspect inaccoutumé. On eût dit une chambre d'hôtel dont on peut prévoir d'avance l'intérieur, mais qui apparaît, malgré cela, étrangère. Ce lit, cette lampe sur une étagère, cette armoire à glace... Elle-même, assise de l'autre côté du seuil, semblait sur le point de repartir. Il lui fallut un effort musculaire pour chasser de son visage ce sourire tendu — cette joie d'avoir rejeté, ou au moins retardé, la conclusion définitive...

Elle n'osa plus, ce soir-là, toucher la poignée et dormit, la porte largement ouverte.

Elle passa les jours qui suivirent à inscrire les livres en retard au catalogue. Et ce travail mécanique répondait à la mise en ordre qui se fit progressivement dans son esprit. Même le brochage quotidien des journaux qui avait toujours été pour elle une corvée aidait cette réconciliation avec la vie. Il lui arrivait à présent de lire rapidement des passages entiers de tel ou tel article. Elle se réjouissait de leur inanité dans laquelle elle trouvait la meilleure preuve que rien ne pouvait perturber le bon sens de la routine humaine...

« Le Führer simulait une crise de nerfs, chaque fois qu'on le contrariait... » Dérangée par une visite, elle ne retrouvait pas tout de suite le texte interrompu et ses yeux parcouraient les rubriques voisines. La plainte de cette Parisienne qui dans « La parole aux lecteurs » s'indignait que « les plaques indicatrices des rues soient cachées par les marquises des cafés ». Puis la présentation d'une jeune comédienne : « Élevée au couvent des Oiseaux, elle joue dans *Antoine et Antoinette...* » Retombant sur le premier texte, elle constatait qu'il s'agissait des ultimes confidences de Ribben-trop : « Je n'arrive pas à comprendre. Hitler était végétarien. Il ne pouvait pas supporter de manger la chair d'un animal mort. Il nous appelait des *Leichefresser*, mangeurs de cadavres. Quand j'allais chasser, je devais même le faire secrètement parce qu'il désapprouvait la chasse. Alors comment un tel homme peut-il avoir ordonné des massacres de masse ? »… Et la page suivante était occupée par le grand schéma de la « bombe au plutonium » avec des explications presque savoureuses de sa puissance meurtrière. Avant l'arrivée du prochain lecteur, Olga eut le temps de voir la photo d'un jeune musicien aux cheveux calamistrés. La légende disait : « Romano Mussolini joue admirablement bien de la guitare. Le fils du Duce est un bon jeune homme qui a tout oublié du passé et qui voudrait que le monde entier en fît autant »…

Les lecteurs entraient, déposaient leurs livres sur le présentoir et ce geste servait de prétexte pour entamer la conversation. L'ancien officier de cavalerie blâmait les Américains « qui ont laissé échapper Goering ». Macha chuchotait son voyage secret à Nice, en jetant sur la porte des regards exagérément inquiets… Ils prenaient le sourire de la bibliothécaire pour un signe d'intérêt, mais Olga souriait à son insu, en répondant mentalement aux échos profonds de ses propres pensées. « Je croyais que la sagesse consistait à débusquer ce délire que les autres ne remarquent pas. Et il se trouve que c'est tout le contraire. Sage est celui qui sait rester d'une certaine façon aveugle. Qui ne se déchire pas le cœur en traquant toute cette folie quotidienne. Qui accepte la rassurante fausseté des mots : guerre, criminels, triomphe de la justice, ce jeune guitariste innocent qui a oublié le passé, et cette Macha qui se moque de ce passé parce qu'elle a un beau corps qui jouit et fait jouir... »

Elle émergea brusquement de sa réflexion. Devant le présentoir, la directrice de l'hospice était en train de parler de l'enterrement de Xénia, le lendemain matin : « Oh, vous savez, chère Olga, à notre âge (vous êtes bien sûr plus jeune que moi) on se demande déjà : le prochain départ ce sera pour moi, peut-être ? » ..

Durant ces journées de mise en ordre, elle sut clarifier aussi le mûrissement soudain, et passé inaperçu pour elle, de son fils. L'argument de la guerre acquit une simplicité arithmétique : 39-45, six ans. Six ans d'étrange survie où tout ce qui pouvait protéger son enfant avait disparu. Médicaments, nourriture, complicité des autres de plus en plus parcimonieuse. Un souvenir surtout revenait avec insistance : ce retour du marché, par une journée morne, transie de pluie. Un marché triste, désert, où un chasseur lui avait vendu invraisemblablement cher, comme se vendaient tous les vivres à l'époque, un oiseau au plumage ocellé, au bec maculé de sang séché. Enveloppé dans un bout de papier, l'oiseau paraissait encore tiède, malgré le vent d'automne. Son corps était souple, on eût dit même fluide à cause des plumes très lisses et du peu de chair qu'elles recouvraient... À un moment, sur la route, Olga dut se ranger sur le bas-côté pour éviter la boue qui giclait sous les roues d'une colonne de camions militaires. Le rire strident d'un harmonica lui cingla les oreilles. Elle reprit son chemin, sous le ciel bas, dans la pluie. Le corps de l'oiseau réchauffé au creux de sa main était l'unique parcelle de vie préservée dans cet univers de boue et de froid... Elle eut le temps de préparer le repas avant que l'enfant, couché la jambe dans une gouttière de plâtre, ne la priât de lui montrer l'oiseau...

Oui, toute la guerre se condensa dans ce retour du marché, dans sa peur que l'enfant ne vît le bel oiseau se transformer en un morceau de nourriture... Il avait sept ans quand, au printemps 1939, ils avaient quitté Paris et étaient venus à Villiers-la-Forêt. Sept ans plus six ans rendus invisibles par la guerre. Plus cette année 46 qui allait bientôt finir. Quatorze ans.

D'ailleurs le temps dans lequel vivait l'émigration, surtout à l'intérieur de la Horde, était bien singulier, lui aussi. Un temps fait de leur passé russe dont ils surgissaient parfois, au milieu de la vie française, hagards, maladroits, poursuivant en soliloque la conversation commencée dans leur vie d'autrefois. Ils avaient tous l'âge de leurs dernières années russes. Et personne ne s'étonnait de voir un homme aux cheveux gris s'agiter comme un gamin en mimant des combats au sabre, des chevauchées fougueuses, des têtes coupées...

Un jour, en pensant à cet enfant qui n'avait pas

changé en elle durant tant d'années, elle l'imagina travesti en jeune sentinelle... Quelque temps avant leur rupture, son mari avait appris à l'enfant à monter la garde dans l'entrée de leur appartement parisien. L'enfant mettait une vareuse qu'elle lui avait confectionnée avec l'ancien uniforme de son mari, prenait son fusil en bois et se figeait dans un garde-à-vous solennel en guettant le bruit des pas dans l'escalier. Après leur séparation et le départ du père, il avait continué à monter la garde durant plusieurs semaines. Elle voyait sa petite silhouette immobile dans l'entrée obscure, avait envie de tout lui expliquer, mais le courage lui manquait : le père était parti soi-disant pour une longue, très longue mission. L'enfant avait deviné lui-même et avait mis fin à ses factions. Comme s'il avait perçu le malaise de sa mère et avait voulu lui éviter toute douleur nouvelle...

Oui, il était resté pour elle cet enfant silencieux qui monte une garde secrète et désespérée.

Le jour de l'enterrement de Xénia, tout le monde dans la petite église russe de Villiers-la-Forêt éprouva cette surprise apparemment banale mais d'autant plus saisissante : on mourait à la Horde d'or comme partout ailleurs, on y grandissait et devenait vieux et toute une génération russe était née sur ce sol étranger, tous ces jeunes qui n'avaient jamais vu la Russie. Comme par exemple le fils de la princesse Arbélina qui se tient là, derrière un pilier, examinant avec curiosité une icône brunie par les flammes des cierges..

Olga écoutait sans vraiment entendre la voix du prêtre et les vibrations sonores du chœur, et elle s'étonnait de l'insignifiance des pensées qu'un moment aussi grave ne parvenait pas à chasser. Elle se rappela de nouveau le rêve de Xénia : aller au printemps cueillir les mystérieuses fleurs blanches dans le bois derrière la Horde. « Qu'est-ce qui reste maintenant de ce rêve ? » L'interrogation paraissait stupide. Pourtant Olga devinait qu'en répondant : « Rien ! », elle eût trahi quelqu'un qui écoutait ses pensées. Elle voyait le contour du visage pâle de Xénia au milieu des ornements blancs du cercueil. Et la question qui l'agaçait par sa naïveté : « Mais que restera-t-il de ce bois printanier ? » touchait soudain à l'essentiel de sa vie, de la vie de tous ces gens si différents serrés sous la voûte basse de l'église, de la vie de cette journée d'automne bleue dont le ciel apparaissait lorsqu'un retardataire ouvrait timidement la porte…

À ce moment, elle aperçut son fils à moitié caché par un pilier. Elle dut fermer les yeux tant la vue de cet adolescent mêlé aux autres, détaché d'elle, indépendant et abandonné à lui-même, la pénétra d'une tendresse lumineuse et poignante.

C'est ce soir-là, à l'approche de la nuit, qu'Olga aperçut sous le vieux buffet de la cuisine un crayon orange qui avait roulé jusqu'à ce recoin étroit et poussiéreux, inaccessible au va-et-vient de la serpillière…

L'infusion de fleurs de houblon refroidissait

dans sa petite casserole en cuivre. Comme avant… Les heures sonnaient au loin, les arbres nus autour de la Horde ne pouvaient plus retenir leur vibration musicale. Profitant de l'attente, Olga essuyait le plancher : au matin, en entrant dans une cuisine rafraîchie, il serait plus facile de commencer sa journée, pensait-elle, et elle s'en voulait de toutes ces petites faiblesses dont ses jours allaient désormais se remplir.

Elle aperçut le crayon sans reconnaître tout de suite sa couleur. Sa main tapota dans la poussière à quelques centimètres de sa cachette, mais ne l'atteignit pas. Elle se courba davantage, le visage presque au sol, le bras tendu, l'épaule pressée contre l'angle du buffet. Une sorte de caprice superstitieux lui imposait cette recherche… Quelques larges mouvements de la serpillière finirent par chasser le crayon. Il roula sur le plancher avec un bruit grêle. C'était le crayon qu'elle avait vu glisser dans le cahier de son fils. Un crayon orange. Elle en ôta la poussière, se lava les mains. Et soudain cette couleur ravivée l'aveugla. « Mais c'est la même qui… », murmura-t-elle et déjà, en traversant le couloir, elle poussait la porte de la pièce aux livres.

Montée sur une chaise, elle tira de l'angle le plus éloigné du rayonnage quelques volumes au hasard. Ouvrit l'un, puis l'autre. Tantôt un paragraphe par un trait vertical, tantôt une phrase par un tracé horizontal y étaient soulignés presque sur chaque page. C'étaient des livres de médecine traitant des maladies du sang. La maladie de son fils surtout.

Elle avait toujours cru que ces lignes fortement appuyées avaient été laissées par les lectures de son mari. Elle l'imaginait souvent ainsi : un homme au front labouré par un pli douloureux, aux yeux meurtris qui cherchaient dans ces paragraphes une raison d'espérer. Elle lui pardonnait beaucoup, presque tout, pour ces pages marquées d'orange… Les deux derniers volumes de cette rangée avaient été achetés déjà après leur rupture. En se mettant sur la pointe des pieds, elle réussit à les attraper. Les pages sous ses doigts s'animèrent dans un éventail hâtif. Elles portaient, elles aussi, la trace du crayon orange…

Le contenu de ces deux livres lui était connu jusqu'au découpage des chapitres, et pour celui-ci jusqu'à cette tache transparente, à la page 42, semblable à celle de la stéarine fondue. Elle ne lisait pas, mais reconnaissait l'intonation de sa propre voix qui avait prononcé, silencieusement, tant de fois, chacun de ces mots, en espérant découvrir un pronostic encourageant, un médicament nouveau… À présent, elle sentait se poser sur ces pages le regard de son fils. Elle levait les yeux et, encore incrédule, murmurait : « Donc, il sait tout cela… » Puis reprenait les phrases qu'il avait soulignées.

« L'hémophile doit être un homme de bureau et ne pas faire un métier de force »…

« Quatre-vingt-dix pour cent des hémophiles n'atteignent pas leurs vingt ans »…

« La transmission peut sauter une ou deux générations »...

« Un des hémophiles suivis par le professeur Lacombe était ankylosé des quatre articulations des genoux et des coudes, au point d'être véritablement impotent »...

« Ces pertes sanguines auraient certainement entraîné la mort sans la répétition des transfusions »...

« Il entra dans un autre service où il ne fut pas transfusé et mourut d'hémorragie »...

« L'injection de chlorure de calcium ne provoque aucune espèce de trouble chez l'homme, tandis qu'il suffit parfois d'introduire 50 centigrammes de ce même sel dans le courant sanguin d'un chien de forte taille pour le tuer en quelques secondes »...

« À la suite d'une simple prise de sang surgit un hématome allant de l'épaule jusqu'au milieu de l'avant-bras »...

« Il faut interdire aux malades le mariage »...

« D'après Carrière, 45 % des hémophiles meurent avant d'avoir atteint leur cinquième année, 11 % seulement atteignent leur vingt et unième année »...

« Dans la nuit le malade a eu quelques vomissements de sang noir »...

Sur une page, une grande encoche, toujours au crayon orange, marquait un étrange arbre généalogique : les antécédents héréditaires et familiaux d'un hémophile. Olga connaissait cette famille anonyme comme la sienne avec laquelle elle l'avait souvent comparée. Son regard parcourut en un coup d'œil les lignes de parenté qui ressemblaient aux vaisseaux transmettant le sang malade :

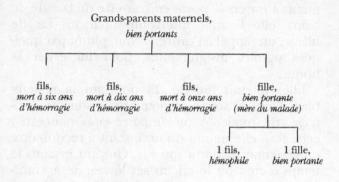

Elle leva les yeux au-dessus de la lampe et crut rencontrer un regard jeune, calme et désabusé. « Il savait donc tout. Il sait tout », répéta-t-elle. Le regard sembla acquiescer par un léger battement des paupières.

Si elle n'avait pas deviné le secret de ce marquage au crayon orange, elle serait certainement intervenue le lendemain soir lorsqu'elle surprit de nouveau ce très jeune homme, fragile et aux mouvements de danseur, qui virevolta près du fourneau.

Le jeu de cet inconnu répéta avec la fidélité d'une hallucination la scène déjà vue : une rapide palpitation de sa main au-dessus du récipient en cuivre, une volte-face vers la table, vers le cahier prétexte, une seconde d'immobilité, une nonchalance exagérée des doigts qui feuilletaient les pages...

Oui, en remarquant cette voltige de mouvements à travers la porte entrouverte de la salle de bains, elle l'aurait interrompu par un cri de blâme, un rappel à l'ordre... Non, plutôt par quelques paroles insignifiantes, pour lui éviter la honte.

Elle resterait muette. Et pourtant la ressemblance avec le soir de septembre, le soir du jardinage, fut totale. À une nuance près peut-être : cette fois, elle ne mit qu'un instant à reconnaître en ce jeune inconnu son fils. Oui, un instant, le temps d'étouffer le cri sur ses lèvres, de le transformer en paroles anodines et, enfin, en silence. Mais surtout, cette fois, il n'y eut plus de doute.

Plus tard, elle comprendrait que le cri s'encastra dans sa gorge surtout à cause de ce souvenir...

C'était il y a deux ans. Le dernier printemps sous l'Occupation. Par la fenêtre ouverte de la cuisine elle voit son fils qui court vers la maison. Elle ne voit d'ailleurs que sa main collée à la poitrine. En nageant, il a heurté une planche de l'ancien débarcadère... Il s'enfuit dans sa chambre. Elle entre, l'oblige à montrer ce qu'il voudrait cacher. « Rien de grave, je t'assure ! » Sa voix enfantine est désespérément calme. Il enlève quand même la main. Sur sa poitrine, au-dessus du cœur, un bleu qui devient presque à vue d'œil un gonflement violacé, puis toute une poche de sang. Cet héma-tome rappelle un sein féminin, lisse, noir. Elle sent que confusément le garçon est gêné par cette res-semblance... Pendant la guérison, elle se rappelle les conseils donnés par l'un des volumes qui occupent le haut des rayonnages de la pièce aux livres. Les parents d'un enfant hémophile doivent, disait l'auteur, « gagner sa confiance », lui faire comprendre que « rien ne le distingue de ses

camarades », savoir par un ton amical « désamorcer la peur »… Elle se met à parler à son fils sur ce
ton emprunté qui leur a toujours été étranger.
Poli, il se tait, évite son regard. Avec chaque nouvelle parole, elle a l'impression de s'enliser dans
un mensonge qui sera difficile à résorber. Pour
rompre la fausseté de ce dialogue inventé pour un
parent et un enfant abstraits, elle force son ton de
confidence : « Tu avais peur ? J'ai écrit à ton père,
mais… » Il bondit et se sauve. Dix minutes plus
tard, un habitant de la Horde arrive tout essoufflé
pour la prévenir. Ils courent vers les ruines du
pont. Son fils, mince silhouette élancée, marche,
en équilibriste, sur une poutre d'acier qui sur-
plombe la rivière. Une petite foule disparate suit
sa progression vacillante. Olga s'arrête, le regard
hypnotisé par les ondulations de ce corps cherchant son chemin au-dessus du vide. Le cri se fige
sur ses lèvres. C'est un somnambule dont le pas est
suspendu au souffle retenu des autres… Parvenant
au bout de la poutre, il tourne sur lui-même, chancelle, agite les bras en s'accrochant à l'air qui se
solidifie sous les regards tétanisés des témoins, se
redresse, regagne le point de départ, descend… Ils
rentrent sans échanger un mot. C'est seulement
quand la porte se ferme derrière eux qu'il dit très
bas : « Je n'ai peur de rien. » Elle ne l'écoute pas.
Elle suit sur son avant-bras, fin et maculé de
rouille, ce minuscule filet rouge qui sinue entre les
grains de beauté. Une petite écorchure toute
fraîche, qu'elle comprimera en reconnaissant,
sous ses doigts, la consistance unique de ce sang.

C'est en voyant, dans un éclair de mémoire, ce somnambule au-dessus du vide qu'elle réprima son cri…

Ce soir-là, elle ne réussit pas à s'interdire de comprendre. Tout était trop évident : ce récipient en cuivre, une main qui le survole, avec la nervosité précise d'un acte criminel, en secouant un petit rectangle de papier sur le liquide brun, son ombre qui s'éloigne déjà du fourneau, pivote, se réfugie dans une pose expressément neutre.

Elle tira la porte de la salle de bains. Une seconde après, des pas rapides traversèrent le couloir. Dans le miroir légèrement embué, elle aperçut son visage. Entouré de tresses humides, cet ovale la frappa par l'expression d'une jeunesse apeurée, méconnaissable. Mais c'est surtout le bien-être de son corps qui fut angoissant, l'extrême sensibilité de chacun de ses muscles sous le tissu du peignoir. Elle sentit presque avec terreur le poids souple de ses seins, la tiédeur humidifiée de sa peau…

Dans la cuisine, elle but l'infusion en quelques gorgées, en s'interrompant juste pour enlever les pétales qui collaient à sa langue… Puis, installée dans la pièce aux livres, elle se mit à attendre, comme une condamnée, le déferlement du sommeil. Ce spasme ne dura, au reste, que quelques minutes. Une pensée très naturelle, mais d'un naturel qu'on trouve dans la démence, la fit tressaillir : « Mais… avant de m'endormir, il faut absolument que je… sinon… » Elle vit ses mains crispées sur la table dans une fixité insolite, comme si

137

elles ne lui appartenaient pas. Son regard se débattit au milieu de l'espace exigu, contre les rangées serrées de livres, contre la vitre plaquée d'un noir opaque. Oui, avant de sombrer, il fallait à tout prix comprendre pourquoi ce qui lui arrivait était devenu possible. Ce jeune homme aux cheveux noirs, aux traits affinés par une longue souffrance tenue secrète, ces mains qui voltigeaient au-dessus du fourneau… Sa pensée défaillit sans pouvoir nommer ce que ce geste signifiait pour elle et pour lui. Elle revit le reptile rond, gonflé de sang. Il fallait tout de suite comprendre comment la bête avait pu pénétrer dans sa vie, dans leur vie. Elle sentait déjà les premières bouffées du sommeil enfumer sa vue. Il fallait comprendre. Sinon le réveil serait impensable. Se réveiller pour quelle vie ? La vivre comment ? Comment vivre aux côtés de cet être mystérieux qui venait de traverser le couloir à pas furtifs ? Il fallait, en ces quelques dernières minutes de veille, trouver le coupable. Désigner la personne, le geste, le jour qui avaient gauchi le cours normal des choses.

Elle n'était plus en mesure de penser ni de se souvenir. Le passé, en brefs faisceaux de lumières et de bruits, la frappait aux yeux, au visage…

Un homme, beau et d'une carrure de géant, montait dans un taxi. Le coupable. Son mari… Avant de glisser dans la voiture, il se retournait et, devinant avec une précision impitoyable la fenêtre derrière laquelle elle suivait, en cachette, son départ, la saluait à la militaire, en signe d'adieu bouffon. Et les jours suivants, dans l'entrée de cet appartement parisien, un enfant travesti en soldat se mettait au garde-à-vous, et guettait les pas familiers dans l'escalier…

Elle n'eut même pas le temps de comprendre comment le départ de l'homme et son salut bouffon étaient liés à la terrifiante nuit qu'elle était en train de vivre. Déjà un autre éclat surgissait d'un passé encore plus reculé… Un mourant, maîtrisant mal le tremblement de ses lèvres desséchées, lui avouait son crime : il avait échappé à une exécution (l'hydre de la contre-révolution, chuchotait-il) en poussant à la mort un camarade… Ce mourant en confession était le même personnage qui, quelques mois après ces aveux, enverrait un salut ironiquement militaire à la femme cachée derrière les rideaux. Le même qui, auparavant, s'appuyait de tout son poids sur la table de la roulette dans une salle où planait l'odeur des cigares et d'une mer nocturne. Le même, juste un peu plus jeune, qui, l'air grave et amer, en uniforme d'officier, quatre croix de Saint-Georges sur le cœur, écoutait les chants à l'église russe de Paris, en serrant un cierge trop fin pour ses doigts puissants. Le même qui…

D'autres masques glissaient sur le visage de l'officier qui écoutait la messe funèbre. Leur ronde reprenait de plus en plus rapide. L'homme saluait la femme derrière les rideaux, s'installait sur le siège du taxi, fermait les yeux et laissait sa tête basculer légèrement en arrière en suivant l'élan de la voiture… Non, ce n'est plus lui, mais le mourant qui renverse la tête en retombant sur les oreillers avec un râle plaintif... Non, c'est l'homme au casino qui pousse un rire guttural, la tête rejetée, les doigts refermés sur le dernier billet qui lui reste... Ces mêmes doigts pétrissent la cire d'un cierge et c'est cet officier qui renverse la tête pour contenir les larmes dans ses yeux comme dans deux petits lacs trop pleins...

Olga s'arracha à ses souvenirs avec violence : la suite des métamorphoses se perdait déjà dans le sommeil. « Nous sommes tous les deux coupables », s'entendit-elle chuchoter. Et de nouveau, aucune pensée ne put expliquer quand, comment, par quelle erreur, elle s'était retrouvée à piéger le jeune adolescent qui dansotait nerveusement près du fourneau. Tout simplement, ce « nous deux » rappela soudain cette odeur âcre qui stagnait au rez-de-chaussée d'un immeuble parisien et remontait pesamment jusqu'à leur appartement au troisième : une odeur dont l'épaisseur laissait deviner des morceaux de poisson vitrifiés dans le sifflement rageur de la mauvaise huile... Ils rentrent de l'hôpital. L'enfant a pu enfin se lever et faire quelques pas, les bras écartés pour s'assurer plus d'équilibre. Ils lui ont promis de revenir le lendemain... Dans l'escalier, cette odeur. Pour toujours, se disent-ils intérieurement, et ils devinent cette pensée l'un chez l'autre. La dispute éclate, à peine la porte de l'appartement refermée. « Une vie gâchée », « lâcheté », « patience », « après tant d'années », « mélodrame », « pour le bien de l'enfant », « tu es libre », « la mort ». Les mots, trop connus pour blesser, se distinguent, cette fois, par leur ton définitif. Si leur acharnement fatigué pouvait être interrompu par une seule seconde de vérité, il faudrait se dire : nous nous déchirons à cause de ce relent de mauvaise friture dans l'escalier…

C'est donc dans ce relent graisseux que tout avait été préfiguré. Une semaine plus tard, son mari deviendrait cet homme qui, avant de s'engouffrer dans le taxi, lui enverrait une salutation clownesque.

« Nous sommes tous les deux coupables… » La preuve était trouvée. Il fallait, elle le comprenait par un instinct aussi profond que l'instinct de survie, en rester là. Ne rien chercher d'autre. Mais déjà l'odeur du graillon qui remplissait encore ses narines s'amincissait, se distillait, se parfumait du nuage d'un bon cigare, s'enroulait en volutes nacrées autour des meubles dans cette vaste chambre d'hôtel aux fenêtres ouvertes sur la nuit, sur un eucalyptus dont le feuillage sonne sous un vent chaud et gorgé de pluie… Il a posé son cigare sur le marbre de la cheminée et il rit. Tout son corps de géant est ébranlé par un rire très jeune. Jeune d'ivresse, d'insouciance, de son désir d'elle. Il retire de ses poches des éventails de billets de banque, ils jonchent le tapis à ses pieds, glissent sous le lit, tourbillonnent dans le vent qui brasse l'air dans cette chambre éclairée d'un grand lustre à cristaux. « Tu as gagné ? » lui demande-t-elle, envahie elle aussi par sa gaieté. « D'abord j'ai gagné, puis j'ai tout perdu et j'étais bon à me pendre, ou plutôt à me noyer, ce serait plus cocasse ! Et tout à coup arrive ce brigand de Kho-dorski qui apporte tout ça ! Tu te rappelles, nous avons vendu, il y a un mois, une maison près de Moscou à un Anglais ! Ha, ha, ha !… Et si je ne me suis pas remis à jouer, c'est parce que j'avais trop envie de toi… » Elle est habillée seulement à moitié, comme souvent quand elle attend son retour et ne sait s'il reviendra en outrant la mine d'un décavé ou ivre de jeu, de rire, comme aujourd'hui, en délestant ses poches du butin qui fera durer encore une semaine ou deux cette fête légère et frivole qu'est leur vie… Certains vête-ments restent sur elle jusqu'à la fin, d'autres — ce corset dont les boutons crépitent en s'ouvrant — s'envolent, retombent sur le tapis de billets frois-sés. Soulevée par ce géant, elle qui paraît grande se sent tout à coup sans poids, fragile et totalement englobée en lui. Debout, il a l'air de se frapper le ventre avec ce corps féminin qui semble menu et compact dans ses énormes bras. Un escarpin se balance, suspendu au bout du pied, tombe en se retournant plusieurs fois. Ce soir, pareil à bien d'autres, restera dans sa mémoire uniquement à cause d'une pensée qui lacère soudain la pulpe du plaisir : « Il faudra payer tout ça un jour… » Elle pousse un gémissement plus vibrant pour chasser cette ombre. L'homme la fait retomber sur lui avec la rage d'une jouissance déjà mûre…

« Tous les deux coupables… » Les longues feuilles d'eucalyptus crissent dans le vent réveillé. L'odeur du cigare s'éclaircit, affine sa substance, se mue en odeur d'encens. Le cierge qu'il tient laisse couler la cire sur ses doigts. Il renverse la tête, ses yeux sont pleins jusqu'au bord des paupières. Elle l'observe du coin de l'œil et ne parvient pas à devancer cette voix moqueuse, juvénile qui retentit en elle : « Tu es sûre qu'il ne joue pas ? »... Un an après, il renverse la tête en s'écroulant sur le lit, en l'entraînant, elle qui reste arrimée à lui par le plaisir. Elle émerge lentement sur ce grand corps d'homme, encore tumultueux d'amour, s'écarte de lui, observe ses mains effrayantes de force, abandonnées dans les plis des draps. L'une d'elles s'anime, avance à tâtons, trouve son sein, le serre avec une violence aveugle et amoureuse... Ces doigts pétrissent la cire du cierge éteint. Et puis se ramassent dans une gifle et lui fouettent la joue. Et plus tard esquissent un salut militaire. Et forment un rapide signe de croix au-dessus de l'enfant étendu sur son lit d'hôpital. Et...

Elle ne voyait plus que ces débris de gestes, de corps, de lumières. Tout se fluidifiait sous son regard. Elle-même ? Dans sa divagation, elle s'accrocha à ce point enfin sûr, indiscutable. « Je suis la seule coupable. » Elle et cet adolescent surpris dans son crime, il n'y avait rien d'autre, aucun intermédiaire. Elle était coupable de ne pas accepter les excuses de cet homme agenouillé qui venait de la gifler. Et avant, coupable de ne pas dire : « C'est l'odeur du poisson frit qui nous rend hargneux, cessons cette dispute inutile. » Coupable, à l'hôpital, de ne pas se dire : « On peut pardonner beaucoup à cet homme pour ce signe de croix chez un mécréant comme lui. » Et bien avant, coupable de jouir du vent chaud nocturne emmêlé dans le feuillage sonore de l'eucalyptus, d'avoir deviné que cette main aveugle avançait pour torturer amoureusement son sein. Et quelques minutes avant, quand elle entendit en elle ce : « Il nous faudra payer ça un jour », coupable de penser : « Je m'en moque » à l'adresse de quelqu'un qui semblait attendre sa réponse. Coupable de ne pas avoir cru à ces yeux levés vers la nef de l'église. Coupable d'être elle, telle qu'elle était.

Mais qui était-elle ? Cette femme qui se cachait derrière les rideaux pour suivre le départ d'un homme. Celle qui, plus tard, traversait la route boueuse en serrant dans sa main le corps souple d'un oiseau tué. Celle qui avait l'impression d'être restée de longues années immobile en comprimant de ses doigts figés le sang d'une plaie éternellement neuve. Une femme qui, des années avant cette veille interminable, aimait observer au restaurant le mouvement des mains de son compagnon : elles serraient le cristal, préparaient un cigare — les mains qui tout à l'heure soulevaient son corps. Une femme qui, en voyant l'homme en tunique d'officier renverser la tête, ne put s'empêcher de dire : « Quel petit diable m'habite ? Ce désir fou de me mettre à rire et d'entendre l'écho et de voir leurs physionomies offusquées ! » Une femme en haillons, couverte de crasse et de poux, pieds nus, qui chancelle sur une passerelle instable, regarde l'eau chargée de poissons morts, de bois pourri, sans comprendre qu'elle quitte pour toujours la Russie…

Elle avait l'impression de courir d'une femme à l'autre, de les reconnaître, de traverser en courant une journée, une chambre, un compartiment de train.

C'est dans cette course qu'elle se rendit compte qu'elle ne dormait toujours pas…

Alors, elle poussa la petite fenêtre entre les rayonnages de livres. La fraîcheur de la nuit piqua ses narines. La lumière jaune de l'abat-jour rendait l'obscurité étanche, luisante. Seule cette branche nue tendue vers la fenêtre venait de la nuit et surprenait par sa présence vivante, douée de regard. Et de cette branche, de cette respiration de l'air nocturne se dégageait un bonheur timide mais intense de fin de maladie. Sur la pendule : minuit cinq… Elle ne dormait toujours pas. Elle ne s'était pas endormie. Elle n'avait pas sommeil. Le jeune homme s'entortillant près du fourneau, l'infusion, le reptile — tout cela n'était donc qu'un délire. Né dans la tête d'une femme qui ne voulait pas accepter sa vie épuisée. Une femme qui espérait encore. Une femme qui refusait d'attendre la vieillesse et de mourir avant la mort. C'était une folie qui avait duré moins d'une heure et qui l'avait menée à la frontière d'un monde déformé d'où l'on ne revient pas. Le geste bizarre et suspect de l'adolescent dans la cuisine ? Rien d'autre qu'un de ces gestes farfelus, souvent maniaques, de celui qui se croit seul dans la pièce. « L'homme ventru sur mon bureau, cette tache d'encre que je dissimule toujours sous un livre, est aussi une petite manie de ce genre. Notre solitude est composée de ces pantomimes… »

Elle referma la fenêtre et s'assit de nouveau devant la petite table. La nuit s'offrait à elle et paraissait infinie. Un temps ample, inoccupé et qui lui était personnellement destiné. Sa pensée avait maintenant une transparence d'insomnies exaltées. Il lui restait à comprendre comment elle avait pu imaginer derrière le geste anodin d'un adolescent ce qu'elle avait imaginé. À comprendre enfin sa vie.

Très peu de jours après cette nuit blanche qui sembla dissiper définitivement l'étouffement des doutes, Olga devinerait pourquoi, ce soir de novembre, les somnifères n'avaient pas eu d'effet. Elle comprendrait que la poudre que l'adolescent déversait dans l'infusion n'avait pas eu le temps de se dissoudre et que, pressée de démentir son horrible intuition, elle avait avalé le liquide sans l'avoir brassé… Elle comprendrait tout.

Mais telles seraient déjà l'intensité et la plénitude de sa passion, l'immensité et la pureté de sa douleur que ce petit secret dévoilé ne l'étonnerait que par sa futilité matérielle. Une ridicule curiosité chimique, une pièce à conviction superflue. Ce détail mesquin n'aurait plus aucun sens dans le ruissellement tout neuf des jours et des nuits qu'elle n'oserait même plus appeler « ma vie ».

III

Une grande demeure nobiliaire de deux étages, les quatre colonnes blanches de la façade, mais surtout cet étrange jardin où l'on attache des oreillers aux troncs des arbres. Oui, des pommiers en fleur et ces oreillers blancs serrés avec une grosse corde…

Elle a six ans, elle sait déjà que les oreillers protègent non pas les arbres, mais ce garçon de dix ans, pâle et capricieux, son cousin. Elle s'est déjà rendu compte que les égratignures et les bleus qu'elle se fait en jouant attirent beaucoup moins l'attention qu'une simple piqûre de moustique sur le bras du garçon. Ces étrangetés n'empêchent pas de goûter la grande douceur des jours qui passent sans donner l'impression de passer. Chaque soir, au moment où le soleil s'attarde dans les branches des pommiers, la senteur du thé se répand autour de la terrasse. Un vieux domestique se promène lentement d'un arbre à l'autre en ramassant les oreillers…

Les autres bonheurs de ce début de vie sont remarqués trop tard, lorsqu'il n'en reste qu'un souvenir. Elle grandit… Et, presque en même temps, apprend (en surprenant les conversations des adultes) trois choses étonnantes. La première : sa mère ne se remettra jamais de la mort de son mari, car « elle l'aime encore plus que de son vivant », disent-ils. La deuxième : elle perçoit, très vaguement pour l'instant, en quoi consiste la maladie de son cousin et se devine elle-même participante inconsciente d'un mystère à la fois troublant et rare. Enfin, la troisième : elle découvre que sa grand-mère qu'on enterre par un beau jour de printemps a toujours été « conservatrice et réactionnaire », les mots que sa langue d'adolescente a du mal à articuler, mais qui lui plaisent par leur sonorité… Les changements qui commencent presque aussitôt après l'enterrement lui révèlent les petits bonheurs disparus : on n'attache plus les oreillers aux arbres, le cousin a quinze ans, on craint moins pour sa santé et, le soir, elle ne retrouve plus cet instant bienheureux où le vieux domestique tournait lentement dans le jardin en dénouant les cordes, l'instant où planaient l'odeur du thé et la première fraîcheur de la forêt…

Mais la nouvelle vie a ses avantages. Personne ne fait plus attention à cette adolescente qui passe l'été ici, à Ostrov, dans le domaine hérité par son oncle. Elle est libre d'aller au village où les paysans n'enlèvent plus leurs casquettes en croisant les anciens maîtres. Les adultes s'en félicitent : du temps de la grand-mère, cette vieille réactionnaire, disent-ils, les habitants du village s'inclinaient jusqu'à terre en la saluant… Ils parlent souvent du Peuple que « tout homme honnête » doit éclairer, aider, servir. Et c'est aussi une nouveauté. La grand-mère parlait de Zakhar le cordonnier, du forgeron Vassili, de l'ivrogne Stiopka qui volait les poules. Elle connaissait aussi les prénoms de tous leurs enfants. Mais jamais elle ne parlait du « Peuple ». Ostrov fut l'un des rares domaines à ne pas être incendié pendant les émeutes de l'année dernière. Les adultes y voient la conséquence du despotisme de la grand-mère…

Mais la nouveauté principale, c'est qu'on vit dans une attente nerveuse, excitante de la nouveauté. C'est le début du siècle nouveau, de l'« ère nouvelle », disent certains amis de l'oncle. Ils ne savent pas comment accélérer la marche trop lente à leur goût d'un pays trop lourd.

C'est de cette impatience sans doute, de ce désir de changements que leur vient l'idée des bals costumés. Le meilleur ami de l'oncle, celui qui parle du Peuple plus souvent que les autres, se déguise d'habitude en paysan. Olga remarque d'ailleurs qu'ils en parlent avec le plus de passion justement avant les fêtes qui rassemblent les propriétaires des domaines voisins et les gens venus de la capitale. Oui, comme si par ces conversations généreuses ils voulaient se faire pardonner les excès du bal…

Elle a douze ans lorsque, au cours d'une fête, elle surprend ce couple insolite dans la petite pièce où logeait le vieux domestique chargé d'accrocher les oreillers aux arbres, mort depuis. L'homme déguisé en paysan et cette femme dans un nuage de mousseline, une chauve-souris… La maison semble ondoyer sous les vagues de la musique, crépiter de pétards, sonner d'éclats de rire. C'est la première fois qu'elle passe inaperçue — sa taille déjà grande, plus un simple masque noir lui offrent une invisibilité qui la grise. Elle rencontre un chevalier qui soulève le ventail de son heaume pour avaler une gorgée de champagne, une femme habillée en toréador — Olga devine que c'est une femme d'après les lignes de son corps (« Je suis grande si je peux le deviner », pense-t-elle toute fière)… Dans un salon, cet homme étendu sur un divan, la chemise largement ouverte, le visage blême que les femmes tamponnent avec des serviettes humides. Dans la pièce voisine, une table sous les ruines du dîner et cet invité, seul, qui a enlevé sa perruque et son masque et qui mange avec l'air de dire : « Je me moque du qu'en-dira-t-on. Je suis fatigué, j'ai faim et je mange ! » Une bande colorée s'engouffre soudain dans la pièce, les rires fusent, plusieurs mains versent dans son verre des vins différents, remplissent son assiette de plats qui se mélangent. Il se débat, des grognements s'étouffent dans sa bouche pleine. Les importuns disparaissent en emportant sa perruque… Ce vol la rend jalouse, elle voudrait aussi commettre une petite espièglerie. En tombant sur un jeune magicien endormi, Li, elle emporte sa baguette magique. Quelques minutes après, la baguette lui glisse des mains et le bruit de sa chute arrache le faux paysan et la dame en mousseline à leur tendre et sauvage combat. Les yeux de l'homme couché dans le fauteuil s'ouvrent largement, le haut de son corps se soulève. La femme à califourchon sur son ventre s'entortille pour ne pas perdre l'équilibre... Au bout du couloir, la salle avec la table du dîner : un laquais boit en cachette dans le verre de l'homme à qui on a volé la perruque... Dans l'escalier, le portrait de la grand-mère, accroché à l'envers, la tête en bas — la plaisanterie favorite des invités pendant les fêtes. Elle décroche le portrait, l'inverse. À ce moment, à l'autre extrémité du couloir, apparaît le faux paysan. Elle se précipite vers le vacarme d'un piano, en espérant se fondre dans la foule des danseurs. Mais le pianiste est seul. C'est un Othello, outrageusement maure, ivre et qui noie la salle dans une avalanche de bravoure et de désespoir. Les touches blanches sont toutes maculées de noir... La fatigue, la nuit, deux verres de champagne qu'on lui a servis sans reconnaître son visage sous le masque rendent le sol du jardin instable. L'écume perlée des pommiers envahit les sentiers, l'égare dans le blanc odorant des branches. Soudain, au fond de ce fourré nocturne, se fait entendre le galop d'un cheval. Il approche, se dirige vers elle, invisible, de plus en plus menaçant, semble la poursuivre, prêt à surgir dans le fracas des branches cassées. Elle se serre contre un tronc et au même instant le cavalier apparaît. C'est un élève officier qui est venu à la fête sans penser au déguisement et, vite lassé par la joie avinée des autres, s'est sauvé et survole maintenant le jardin et les champs endormis. Son uniforme noir étincelle de pétales blancs. Elle comprend que c'est lui qu'elle cherchait inconsciemment à travers les salles…

Le lendemain, elle sent chez les adultes qui lui parlent un léger flottement de gêne, dans la voix, dans le regard qui tantôt fuit le sien, tantôt semble l'interroger. Pour la première fois de sa vie, elle jouit de leur faiblesse. Elle constate que leur monde est beaucoup moins certain qu'il ne paraît et qu'on peut jouer de ces incertitudes. Une voix inconnue retentit en elle : une voix moqueuse, agressive qui désormais se met en devoir de détecter les recoins honteux de chaque pensée, de chaque geste, de remuer la lie épaisse des cœurs… Lorsque, le soir, l'une de ses cousines commence à jouer une polonaise mélancolique, cette petite voix s'éveille : « Et si je lui disais que, hier, dans une pièce à dix mètres d'ici une femme habillée en chauve-souris s'agitait comme une possédée, à califourchon sur un homme, cet homme dont ma pauvre cousine est éperdument amoureuse… »

Le monde est donc ce jeu excitant, cruel. Un jeu aux combinaisons inépuisables, aux règles qu'on peut changer soi-même au cours de la partie.

Trois semaines après, une nouvelle fête débute, comme souvent, par un feu d'artifice. Li, dans sa cape de mage, officie, heureuse des applaudissements et des cris qui accompagnent chaque salve. La joie atteint son sommet lorsque cette fusée violette rate son envol et déverse sur la pelouse et jusqu'aux racines des pommiers une violente gerbe d'étincelles. Li se joint à la liesse générale, sa voix se perd dans le chœur désordonné des invités. Il leur faut quelques minutes pour comprendre que son rire est en fait un horrible sanglot de douleur. La déchirure blanche qui lui laboure la joue du menton à la tempe se remplit déjà de sang… La nuit dans la maison où pèse le silence d'une fête avortée, Olga pense de nouveau aux règles incertaines et changeantes du jeu qu'on nomme la vie. Li est ce que les autres appellent « fille de parents pauvres ». D'après tous les livres, d'après le bon sens, d'après les bons sentiments dont était nourrie leur enfance, Li avait droit à une merveilleuse revanche qui aurait récompensé sa bonté, sa modestie. Et voilà qu'elle est atrocement frappée à vie… Ils avaient donc peut-être raison d'inverser le portrait de la grand-mère ? Cette blessure est sans doute un clin d'œil que la vie leur adresse, cette vie vraie, compliquée, cachée, provocante, impitoyable, moqueuse et qui s'amuse à narguer les bons sentiments.

Olga semble percer la logique de cette vie : « Si je n'avais pas laissé tomber la baguette de Li à la porte de la pièce où le paysan et la chauve-souris s'embrassaient, cet homme n'aurait pas ricané devant tout le monde au moment du feu d'artifice en disant que "ce magicien fourre son nez là où il ne faut pas et écoute aux portes". Li n'aurait pas entendu cette parole blessante et injuste. Ses mains n'auraient pas tremblé. La fusée serait partie dans le ciel… Tout tenait donc au caprice de ce petit bâton qui a roulé sur le parquet ! »

« Li n'aurait pas été défigurée si le désir n'avait pas accouplé ce faux paysan et la chauve-souris... » Elle le répète ainsi quatre ans après, au printemps de 1916. Elle a seize ans comme le siècle. Entre-temps, l'oncle s'est suicidé, le domaine a été vendu, l'ancienne demeure rasée, le jardin abattu. Il reste à l'endroit de la maison le rectangle des fondations recouvertes d'herbes folles. De petits scarabées rouges courent le long des rondins vermoulus, sur les dalles de granit colorées de lichen jaune. Et au-dessus, dans le vide printanier du ciel, l'œil ne peut pas s'empêcher de revoir, tel un mirage, la maison disparue, les fenêtres avec leur regard très vivant, les quatre colonnes de la façade, les murs en bois noirci par le temps. Perplexe, elle croit reconnaître dans cette maison transparente la disposition des pièces, la direction des couloirs. Ce grand cube d'air contient une densité inimaginable de vies d'autrefois, une longue suite de générations, et la chambre où transite pendant trois jours le cercueil de la grand-mère, et le bruit des fêtes, toute cette avalanche de paroles éphémères mais qui rendaient heureux ou brisaient les cœurs, et toutes les nuits d'amour, et toutes les naissances, et même cette pièce perdue dans le croisement des galeries et des couloirs — celle où un homme en costume de paysan regarde d'un air ensommeillé une femme dont la respiration saccadée cadence le plaisir. Et ce lit sur lequel est étendue une adolescente à qui on va bientôt enlever du visage les pansements émoussés par sa main impatiente...

La vue de cette maison aérienne remplie de tant d'existences lui donne le vertige. Les murs fondent déjà dans le ciel, les fenêtres s'estompent dans son bleu — elle a juste le temps de voir cette chambrette sous le toit où vivait la vieille servante des grands-parents, un réduit sentant la résine du bois brûlé, éclairée d'une veilleuse allumée devant l'icône et dont l'étroite fenêtre semblait toujours donner, quelle que fût la saison, sur une nuit de neige…

Un jeune homme d'une vingtaine d'années, son cousin dont on protégeait la vie à l'aide des oreillers attachés aux arbres, l'appelle déjà de la voiture, en se redressant sur son siège, en tendant les rênes. Ils repartent pour Saint-Pétersbourg.

Ce cousin reste l'une des dernières ombres des fêtes d'autrefois. Olga le croise parfois dans les soirées de poésie, aux restaurants où se réunit la bohème artistique de la capitale. Dans ses poèmes, il parle du « mal princier » qui l'affecte et le ronge. Seul un petit cercle d'initiés sait qu'il s'agit d'hémophilie. Ceux qui ne sont pas au courant trouvent ses vers ridiculement ampoulés et larmoyants. D'autres vers sont à la mode, Olga les déclame souvent comme un excitant avant les nuits pleines de paroles rythmées, de vin, de sensualité, de cocaïne :

Les ananas au champagne ! Les ananas au champagne !
Une saveur insolite, pétillante, aiguisée !
Je suis déguisé : Norvégien en Espagne !
Et mon cœur s'envole et ma plume est grisée !

Oui, souvent elle a l'impression que les bals costumés n'ont pas cessé et qu'à présent toute la Russie s'adonne à cette folie de déguisement. On ne sait plus qui est qui. Le grand vent libertaire les enivre. On peut tuer un ministre et se trouver acquitté. On peut insulter un policier, lui cracher au visage, il ne bougera pas. Il paraît que ce poète qui se lève au fond de la salle, une flûte de champagne à la main, est un révolutionnaire connu. Et cet homme qui serre la taille d'une femme aux seins presque nus est un indicateur de la police. Le chanteur qui fait déjà signe au pianiste participe au complot contre l'immonde favori de la tsarine. Et cette très jeune femme, au visage étrangement pâle, aux yeux cernés de noir, est la fille de l'une des plus célèbres familles de Russie. Elle a rompu avec son milieu, elle est la muse de plusieurs poètes, mais n'a appartenu à aucun d'entre eux à cause d'un vœu mystique…

Olga se regarde dans le long miroir qui reflète la salle du restaurant et ce visage blême aux cernes noirs autour des yeux — elle-même…

Le bal continue. On tue le favori de la tsarine. On renverse le tsar. Il coupe le bois aidé par ses enfants. Le pays semble enfin répondre aux rêves formulés autrefois dans la maison de l'oncle. Sa marche s'accélère, les traditions archaïques volent en éclats, le chef du nouveau gouvernement porte le bras droit en écharpe d'avoir serré la main de dizaines de milliers de concitoyens enthousiastes. Mais bientôt le souffle du pays marque des saccades, fait entendre des râles menaçants…

Elle participe à ce bal avec l'impatience de la jeunesse. Elle goûte à tout : à la décadence, au futurisme, aux écoles du dimanche pour les ouvriers. Elle apprend à être originale dans le monde qui ne s'étonne plus de rien. Autour d'elle la débauche est quotidienne, affadie. Un des poètes, avant de posséder sa maîtresse, attache à ses doigts des griffes d'ours. Cela paraîtra vite banal... Elle explique aux hommes amoureux d'elle qu'elle ne se donnera qu'à celui qui la tuera et la prendra morte. Cela surprend plus que les griffes d'ours, à cause de sa jeunesse peut-être, ou de son visage livide au regard qui se veut infernal, ou bien par le sérieux avec lequel elle annonce ces bêtises... Secrètement elle se souvient encore de ce jeune cavalier d'il y a cinq ans qui galopait, dans la nuit, à travers l'écume blanche des pommiers. Elle s'interdit d'espérer mais espère quand même que son premier amour aura cette fraîcheur de neige. Et la petite voix agressive et moqueuse tapie en elle ne se lasse pas de persifler ce dernier îlot de sensibilité dans son cœur..

Un jour, dépitée par la platitude d'un paysage sur son chevalet, elle le raye sauvagement avec un pinceau — un ami peintre parle en plaisantant du « rayonnisme ». Pour quelques semaines, elle se retrouve à la tête d'un nouveau mouvement artistique. Avant que le même plaisantin ne recouvre un portrait de courbes et ne lance, à son tour, le « courbisme »...

Elle croit avoir appris toutes les règles du jeu appelé « vie ». Deux ans plus tôt, Li entrait à la

159

faculté de médecine. « Voilà donc sa revanche de fille de parents pauvres », pensa Olga avec un sourire et, connaissant les règles du jeu, elle se mit à attendre quelque retournement cocasse. Il arriva avec la guerre : Li abandonna ses études et, une musette d'infirmière à l'épaule, plongea dans la boue des tranchées.

Quant au jeune cavalier tout couvert de pétales de pommiers, elle apprendra sa mort par un jour d'automne, en essayant de comprendre si son indifférence est vraie ou fausse. Ils avaient tous si souvent imité leurs émotions… Indécise, elle se mettra alors à chanter une chanson allemande, ce qui aurait dû, si la justice divine existait, faire tomber le ciel sur sa tête. Le ciel ne tombera pas. Seul cet éventail de tracts fraîchement imprimés que quelqu'un lancera du toit. Elle en ramassera un, en sortant. « Prise du pouvoir. Décret de la Paix. Révolution », lira-t-elle distraitement et elle poussera un soupir : « Encore une… » Elle sourira même : apprendre la fin de la guerre le même jour que la mort du cavalier d'antan lui paraîtra très conforme à l'impitoyable malice de la vie. La voix moqueuse se réveillera en elle et chuchotera : « En voilà un masque pour ce soir — la danse devant un cercueil encore ouvert ! »

Elle pleurera quand même, de longues heures, étonnée elle-même par l'abondance et la très grande sincérité de ses larmes. Mais il sera trop tard.

Trop tard car soudain l'Histoire semble en avoir assez de leurs déguisements et de leur prétention

160

de changer son cours, d'accélérer sa marche. L'Histoire ou tout simplement la vie s'ébranle lourdement comme un grand fauve dérangé en plein sommeil et se met à broyer, dans un monstrueux va-et-vient de ses forces, tous ces homoncules capricieux, névrosés, embrouillés dans leurs réflexions stériles. Le Peuple dont ils invoquaient le nom entre deux verres de champagne, entre deux strophes, se découvre tout à coup sous les traits de cet énorme matelot de la Baltique qui défonce leur porte avec la crosse de son fusil, enfonce dans leurs entrailles sa baïonnette, viole leur femme, étouffe les piaillements de leur enfant sous son talon ferré. Et sort rassasié, enrichi, souriant et fier car il sent le vent de l'Histoire. Il est difficile de ne pas tomber sous le charme de sa puissance primaire…

Certains, charmés, se déguisent de nouveau en imitant dans leur costume le vent de l'Histoire. D'autres fuient, travestis eux aussi. Le chef du gouvernement enlève sa casquette d'ami du Peuple, enfile une robe d'infirmière et s'évade de son palais qui a failli devenir sa tombe. Et la mascarade continue. Ceux qui, dans les fêtes d'autrefois, s'habillaient en mendiants mendient, couverts de haillons. Ceux qui jouaient aux fantômes ou aux chauves-souris se cachent dans les greniers, en épiant le bruit des talons ferrés. Ceux qui portaient la cagoule du bourreau deviennent bourreaux ou, plus souvent, victimes… Olga apprendra plus tard, déjà pendant l'exode, qu'un de leurs laquais, personnage désormais important, a torturé et fusillé des centaines de personnes. « Sans doute celui, pensera-t-elle, qui buvait à la sauvette dans le verre d'un invité. Il ne pouvait pas le pardonner à ses maîtres… » Et l'homme qu'elle a surpris accouplé avec une femme chauve-souris, celui qui aimait tant parler du Peuple, se sauvera en se déguisant en paysan et en se laissant pousser une longue barbe…

L'Histoire dépassera de loin leurs souhaits. De rapide sa marche deviendra furieuse. Les poisons mortels de l'existence que chantaient leurs poèmes auront le goût quotidien et âcre de la faim, de la terreur permanente, mesquine, gluante de sueur. Quant à l'égalité dont le nom a si souvent résonné sur la terrasse de la maison d'Ostrov, ils la connaîtront totale — dans ce flux infini de bannis qui coulera de ville en ville, vers le sud, vers le néant de l'exil.

À l'une de ces étapes, dans une petite ville inconnue aux rues criblées de fusillades désordonnées, elle trouve refuge dans cette grande isba qui l'étonne par sa propreté et le calme de ses pièces où l'on entend le tic-tac ensommeillé d'une pendule et le crissement paisible des planches sous les pas. Soudain la porte protégée par un lourd crochet se met à résonner sous les secousses violentes. Le crochet cède. L'être qui apparaît sur le seuil ressemble à une femme de très grande taille. À cause de tous ces vêtements disparates qu'il porte et surtout ce manteau de fourrure, un manteau de femme, déboutonné car trop étroit aux épaules. Sous le manteau, plusieurs couches de chemises, dont l'une ornée de dentelles. C'est l'un des soldats qui, il y a quelques minutes, tiraient dans la rue… Il la rattrape au fond de la maison. Ses yeux ivres s'arrêtent sur un médaillon sous le col que sa main vient de déchirer. Il l'arrache avec sa chaînette, le fourre dans sa poche et se fige un moment, comme irrésolu, en la regardant d'un air offensé. Elle s'étonne de la faiblesse mate du cri que ses poumons parviennent à expulser. En une seconde son corps est ployé, cassé en deux, écrasé sur le plancher par une masse qui s'agite pesamment. Depuis des mois, elle a entendu les menaces de ces soldats victorieux. « On va vous étriper et vous pendre à vos tripes ! », celle-ci surtout l'a impressionnée par son image… La douleur qui brûle maintenant son ventre lui paraît presque dérisoire comparée aux tortures redoutées. Elle souffre plus de l'odeur acide de la croix en cuivre qui se détache du poitrail roux de son violeur et qu'elle sent se poser sur ses lèvres. Et aussi de l'odeur aigre du grand corps sale. Malgré le souffle qui l'étouffe, elle distingue soudain un pas rapide et du coin de l'œil a le temps d'apercevoir un genou qui touche le sol. Un coup de revolver remplit sa tête de surdité cotonneuse, lui fait plisser les paupières. L'unique sensation qui lui reste est ce lent ramollissement de la chair durcie plongée dans son ventre… Et le filet épais qui se met à couler sur sa joue de la tempe du soldat. Cet énorme corps devient plus lourd encore et enfin la libère en glissant de côté, en

163

masse flasque. Elle se réfugie dans une autre pièce. La sensation d'un membre tendu qui se relâche au fond de son bas-ventre s'imprime dans sa chair... En retraversant la maison, elle voit ses pas imbibés de sang. Dans la cour, un homme, un vrai géant aux yeux sombres d'Oriental, lui fait signe d'attendre. La fusillade s'éloigne lentement. L'habit de l'homme est peu différent de l'accoutrement du soldat abattu. Il la dévisage presque avec un sourire. « Prince Arbéline », murmure-t-il en inclinant la tête avant de disparaître dans la direction des coups de feu. Elle ne sait pas si elle l'a entendu. Son corps revit toujours la mort en elle de la chair de l'autre. « C'était ton premier amour ! » siffle dans sa pensée une voix moqueuse. « Cette petite garce ! » — elle trouve soudain ce nom et se sent subitement vieillie... Sa douleur est vite dissipée par d'autres douleurs.

À Kiev où elle passe plusieurs semaines, cachée dans un sous-sol rempli d'eau jusqu'à la cheville, elle apprend la mort de son cousin. Lorsque les rouges sont chassés, pour un temps seulement, de la ville, les parents des victimes se rendent sur le lieu des exécutions. C'est la cour de l'ancienne école. Les murs à hauteur d'homme sont recouverts d'une couche épaisse de sang séché, d'éclats de cerveau, de lambeaux de peau avec des touffes de cheveux. Dans le caniveau, le sang stagne, noir... Plus tard, quand elle est de nouveau capable de penser, le souvenir des poèmes qui parlaient du « mal princier » lui revient. Ce sang d'hémophile, source de tant de vers pathétiques, se mêle à la bouillie de tous ces sangs anonymes dans un caniveau bouché par les débris de chair.

À un moment, elle croit ne plus avoir aucune sensibilité... Se succèdent des villes ravagées par des incendies, des maisons éventrées par les pillages, des réverbères surchargés de corps pendus (un jour, un de ces cadavres, déjà ancien sans doute, tombe et la frôle de ses bras en lambeaux). Pour pouvoir encore blesser, la douleur doit être particulièrement vive — le tissu de sa robe collée dans une plaie et qu'il faut arracher. Ou trop mesquine — la brûlure obsédante des poux. Ou trop stupide — l'attente, au milieu d'autres femmes, de la torture que doit inventer cet homme chétif, habillé en manteau de cuir et de ce fait devenu « commissaire », qui souffre d'un mal de dents et examine les prisonnières avec un surplus de haine jusqu'au moment où l'une d'elles lui tend un petit flacon de parfum (son dernier talisman de féminité) qui soulage le mal et leur vaut une délivrance inespérée.

Elle se reconnaît de moins en moins dans cet être affamé, couvert de loques, aux yeux enflammés. En voyant son reflet dans la vitrine brisée d'un magasin, près du port, elle le salue avant de demander la direction du quai d'embarquement. Elle marche pieds nus, elle n'a plus rien à porter. Cette ville sur le littoral de la mer Noire est le dernier point encore libre. On se bat déjà dans les faubourgs. De temps en temps il faut contourner un mort, se cacher derrière un mur pour

165

éviter la mitraille. Devant la vitrine, en comprenant son erreur, elle éprouve un bref réveil de conscience, sent une étrange crispation des lèvres — un sourire ! — et se dit que la liberté dont ils ont tant rêvé est atteinte, absolue, dans cette ville en guerre. Elle pourrait prendre l'arme de ce soldat mort étendu près du mur, tuer le premier venu. Ou bien rallier les assaillants car ses haillons la rendent si proche d'eux. Ou, au contraire, s'abriter dans une maison vide et résister absurdement jusqu'à la dernière cartouche. Ou encore, entrer dans ce théâtre, s'installer sur un siège tendu de velours, attendre. Ou enfin, se tuer...

Cette seconde de raisonnement clair ranime la peur, la souffrance. Et surtout l'instinct de survie. Prise de panique, elle s'égare dans les croisements de rues, court, revient sur ses pas, revoit le soldat tué — quelqu'un a déjà pris son fusil. Soudain, ces notes de musique. Le rez-de-chaussée d'un restaurant désert, vitres en éclats, portes arrachées. À l'intérieur, un homme, vêtu d'une pelisse aux manches décousues, une toque de fourrure sur la tête, joue du piano. La bouche d'un poêle de faïence recrache la fumée noire en recouvrant la pièce et le musicien de floches noires de suie. Il joue un air de bravoure tragique, en essuyant de temps en temps ses joues mouillées de larmes. Ses pieds enflés sont nus, ils dérapent sur les pédales, l'homme grimace et abat ses doigts avec encore plus de violence. Son visage est presque noir. « Othello ! » s'exclame en elle un souvenir très ancien. Elle sort et au bout de la rue voit le port.

Elle ne se hâte plus. L'indifférence et la torpeur reviennent. En traversant la passerelle, elle plonge son regard dans l'eau sale entre le granit du quai et le bateau. Elle se sent de la même consistance que ce liquide froid, glauque, souillé de pétrole, de planches cassées, de poissons morts. La tentation est immense de se fondre dans cette matière si proche d'elle, pour ne plus souffrir, ne plus avoir à décoller ces paupières chargées d'une croûte jaune, sèche.

Et quand, se confondant avec les pénibles tangages du bateau surpris par la tempête d'hiver, elle pleurera de ces yeux torturés, ce ne sera ni à cause des maux de son corps ni à cause de la peur qui arrachera des prières et des cris à d'autres fuyards. Elle sentira très intensément qu'il n'y a personne dans cet univers à qui elle pourrait adresser sa prière. Son être se réduira à ses plaies humides, à sa peau rongée de poux. Toutes ses pensées aboutiront à cette unique sagesse : le monde est le mal, un mal toujours plus astucieux que ce que l'homme peut supposer, et le bien est l'une de ces astuces. « Je souffre », gémira-t-elle, et elle saura qu'il n'y aura personne sous ce ciel dont elle pourrait espérer la compassion. Le seul ciel qu'elle verra sera ce rectangle de froid, d'éclaboussures salées et de rafales hurlantes derrière la porte qu'ouvriront en courant les matelots. Son unique ciel. Car ce monde, elle l'a voulu ainsi. Et il l'est devenu.

Non, elle pleurera à l'instant où son voisin, mine émaciée, regard mort, hésitera une seconde, puis partagera avec elle son pain…

Plus tard elle apprendra que le tout dernier bateau quittera la Russie quelques heures après leur départ, en emportant les tout derniers fuyards et les tout derniers défenseurs de la ville, parmi lesquels elle reconnaîtra, déjà à Constantinople, cette femme, habillée en soldat et armée, avec une profonde cicatrice barrant la joue du menton jusqu'à la tempe. Li...

Arrivée à Paris, après de longs détours à travers l'Europe, elle demeure plusieurs mois dans un attendrissement douloureux devant les choses les plus simples : ce morceau de savon parfumé qu'elle hume souvent en cachette en sentant un frisson oublié fourmiller sur sa peau, cette douce brûlure de la première gorgée de café chaud dans le calme matinal d'un bistro, la langue, les gestes qui n'agressent pas, les regards dans lesquels il ne faut plus chercher à deviner sa condamnation ou sa relaxe. Paris ressemble au goulot d'un entonnoir — l'immense Russie transvase en lui sa masse humaine. Il est impossible de ne pas croiser ceux qu'on a déjà rencontrés dans la vie d'autrefois. Elle retrouve Li. Et, un peu plus tard, l'homme qui a tué son violeur et qui s'est présenté avant de disparaître (pour toujours, pensait-elle) : « Prince Arbéline. »

Cette nouvelle rencontre est trop belle, trop romanesque pour pouvoir être manquée. Ils sentent que leur couple, la princesse ruinée et le courageux guerrier en exil, fait déjà partie des rêves de ces émigrés qui ne survivent que grâce aux rêves et aux souvenirs. Et c'est sans aucune hypocrisie que tous deux vivent ce rêve pour les autres. Très sincèrement, elle croit ne plus pouvoir sourire, ni éprouver de la joie ni s'autoriser à être heureuse après ce qu'elle a vécu et vu. Mais surtout elle parvient à se convaincre que sa vie (elle a vingt-deux ans en cette année 1922) sera jusqu'à la fin une grave et mélancolique célébration du passé.

Pourquoi un jour n'y croit-elle plus ? Ils sont à l'église, encore dans leur rôle de princesse et de guerrier exilés, il renverse la tête pour retenir ses larmes, elle se surprend à douter de la sincérité de leur rôle... Ce jour-là, comme s'il avait, lui aussi, pressenti un changement, il mange avec l'appétit joyeux de celui qui retourne à la vie...

Quelques mois après, un soir, elle est surprise par la vue de cette longue jambe féminine, la sienne, sur laquelle elle remonte un bas de soie. Ou plutôt par le tourbillon des petites pensées futiles qui l'occupent à ce moment-là : les bas ne sont-ils pas trop foncés ? dans le restaurant où il l'emmène ne fera-t-il pas trop chaud comme hier à Saint-Raphaël ? il doit perdre patience, nous sommes en retard, il va de nouveau frapper à la porte... Il frappe, la houspille. Pour désamorcer sa colère, elle lui dit d'entrer. Il entre, lève les bras dans une indignation théâtrale et soudain change de visage, en voyant ce blanc mat et tendre entre le bas qu'elle accroche et le galbe de son ventre... Elle sent la piqûre de sa moustache sur cet îlot nu de son corps.

Bien plus tard elle essayera de comprendre comment ce nouveau déguisement a pu les tenter et si facilement. La contagion des Années folles, se dira-t-elle, la gaieté d'un peuple qui voulait oublier la guerre, le réveil de l'émigration après le choc du déracinement. Les premières soirées littéraires, la vie mondaine renaissante de ce Paris russe, et même les fêtes costumées ! Pourtant la vraie raison, elle se l'avouera à contrecœur, était tout simplement corporelle. Oui, la beauté et la force de cette jambe gainée de soie grise, la chair qui se libère des dernières traces de souffrance et réclame son dû. Et aussi cet homme qui s'en voulait de sa faiblesse sentimentale momentanée, de ses larmes à l'église et qui, un jour, s'est débarrassé de son masque de guerrier mélancolique pour redevenir ce bon vivant et flirteur de mort qu'il a toujours été.

Leur vie, réplique nouvelle des mascarades d'antan, sera rythmée désormais par ce tambourinement impatient dans la porte lorsque le bas de soie remonte lentement sur sa jambe, par la rotation grésillante de la roulette et, cette nuit-là, par l'ondulation puissante d'un immense eucalyptus sous la pluie, devant leur fenêtre.

Et puis un jour, il y a ce suicide, Khodorski dont le prince Arbéline est le grand ami et complice vend la maison de son enfance et se tue. « Il buvait trop... les nerfs... », lâche le prince avec un enjouement dédaigneux. Mais ils comprennent que cette mort précipite tout un pan de leur vie dans le passé. « La fin des Années folles... », pensera-t-elle après. En réalité, ils ont, pendant ces années légères et fuyantes, tout simplement épuisé leur rôle. Et s'ils se marient l'année même de la mort de Khodorski, c'est pour se donner l'illusion d'un amour ininterrompu. Ils s'installent à Paris en hiver, dans un appartement dont les fenêtres filtrent une clarté de verre de bouteille. « Une bonne journée pour se pendre », déclame-t-il en imitant le héros d'une pièce connue et il se met à répéter, de temps à autre, cette phrase avec de moins en moins d'ironie et bientôt avec une aigreur agressive.

L'enfant naît en 1932, l'année où l'émigrant russe Pavel Gorgoulov tue d'un coup de revolver le président Paul Doumer. Les Russes se transmettent les dernières paroles du condamné traîné vers l'échafaud : « Le monde doit être gouverné par la Troïka verte ! » On dit qu'il est devenu fou bien avant son crime. Oui, la même année : il est difficile de ne pas penser au fracas du couperet et au jaillissement du sang. Elle y pense en apprenant l'hémophilie de l'enfant (une minuscule écorchure survenue pendant l'accouchement laisse serpenter un filet de sang interminable). Elle connaît déjà l'ingénieuse cruauté de la vie : ce bruit de la guillotine est une touche d'artiste dans le désespoir qui l'étouffe.

Le désespoir devient rapidement leur mode de vie. Et quand, après six ans et demi de cette déchirante routine, son mari s'en va, elle lui est secrètement reconnaissante. Elle vit quelques mois d'une souffrance enfin toute pure qu'aucun mot ne délaie. Dans son exaltation tragique elle finit même par justifier ce départ (« cette trahison », disait-elle avant) : la maladie de l'enfant rendait criminelle la joie des autres, il devenait leur juge malgré lui, le témoin silencieux et redoutable. Plus tard, installée à Villiers-la-Forêt, il lui arrivera de regretter d'avoir quitté Paris, refusé toute aide…

Cependant c'est là, dans cette petite ville ensommeillée où tout le monde reconnaissait à l'oreille le crissement de la porte de l'unique boulangerie du quartier bas, c'est dans la monotonie de ces longues journées provinciales que pour la première fois depuis son enfance elle aura l'impression de ne plus jouer un rôle, d'être enfin elle-même, de rejoindre, après un détour tortueux et inutile, la vie qui lui était destinée.

L'immeuble de l'ancienne fabrique de bière, envahi d'herbes folles et de longues tresses de houblon, fut, au début des années vingt, le premier point d'ancrage pour une petite communauté russe échouée à Villiers-la-Forêt. Le bâtiment, en brique rouge brunie par plus d'un siècle de soleil et de pluie, avait une ressemblance lointaine avec une forteresse : le carré des murs fermés sur une cour intérieure, fenêtres étroites, mi-meurtrières, mi-vasistas. La proximité de la rivière qui coulait derrière la fabrique augmentait cette impression d'isolement fortifié.

Les premiers arrivants mirent dans l'aménagement de ces lieux, si peu prévus pour l'habitation, un zèle enthousiaste d'explorateurs, une confiance immodérée de colons. Les salles de production furent divisées en appartements insolites, tout en longueur. La partie sud de la fabrique accueillit les pensionnaires de la future maison de retraite. Dans un local situé au-dessus de l'entrée centrale ouverte sur la ville basse, on installa les premiers rayonnages de la bibliothèque. La fabrique se remplit rapidement d'habitants et, durant les premiers mois, ils croyaient que dans cet endroit protégé, à l'écart de la ville, on verrait naître quelque nouvelle forme d'existence humaine — fraternelle, juste et presque familiale. Vieux rêve russe...

Avec les années ces premiers espoirs s'émoussèrent et la fabrique se transforma en un lieu d'habitation éloigné et manquant de confort. On se hâtait de partir dès qu'on en avait les moyens, pour s'installer ou bien dans les ruelles de la ville basse ou, mieux encore, dans le quartier de la mairie, ou enfin à Paris. Ces différents départs traçaient une sorte de hiérarchie de la réussite personnelle, engendraient jalousie et rivalité qu'effaçait parfois un départ tout autre : la mort. Elle rassemblait tout le monde autour du cercueil d'une vieille pensionnaire qui allait quitter le bâtiment en brique rouge en rendant, pour un temps, les autres déménagements dérisoires et tous semblables.

Le grand rêve initial ne laissa, en fin de compte, qu'une seule trace visible : cette étrange construction longue d'une vingtaine de mètres, une annexe accolée au mur de la fabrique, face à la rivière. Dans leur ignorance architecturale, les émigrants espéraient doubler facilement le nombre d'appartements en cernant le bâtiment d'un long appentis qui n'aurait besoin que d'un seul mur. Mais le matériel se révéla trop cher, certains habitants, mauvais payeurs et, au printemps, la rivière en crue inonda le tronçon déjà construit. Une espèce de petite chaloupe entraînée par le courant se retrouva plaquée contre la porte. La vase empâta le bas de la bâtisse. Les émigrants comprirent alors pourquoi les Villersois de souche laissaient inoccupé ce vaste terrain vague entre la fabrique et la rivière…

La maison en appentis resta sans vie jusqu'à l'arrivée, en 1939, de la princesse Arbélina. C'est elle qui la nettoya et l'aménagea, planta des fleurs sous les fenêtres et un sorbier près du perron. Elle n'eut pas, pendant les années suivantes, à affronter la montée des eaux.

Dépréciée à cause justement de son côté familial qui aurait dû, d'après les premiers arrivants, assurer sa gloire, l'ancienne fabrique de bière reçut deux surnoms ironiques que les émigrants employaient indifféremment et que même les Français, avec le temps, adoptèrent : Horde d'or et Caravansérail. Seuls quelques assemblages mécaniques recouverts de plusieurs couches de plâtre et de peinture rappelaient encore la destination originelle du bâtiment. Cette barre d'acier qui traversait le plafond du réfectoire de la maison de retraite, ce grand rouage incrusté entre les fenêtres d'un couloir. Mais surtout cette énorme poulie figée dans le mur de la bibliothèque. On n'avait pas pris le risque de la détacher de ses supports, craignant de voir s'écrouler tout un étage. D'ailleurs depuis longtemps les habitants de la Horde ne remarquaient plus ces vestiges de fer qui pointaient çà et là leurs poutres ou leviers inutiles.

Vivant dans cette étrange annexe, Olga avait l'impression d'être très éloignée de la vie communautaire de la Horde. Sa maison, accotée au dos de l'ancienne fabrique, se trouvait ainsi sans aucun lien avec la cour intérieure où se croisaient tous les nerfs de ce foyer d'exilés. Pour aller chaque matin à la bibliothèque, elle était obligée de longer le mur parallèle à la rive, de contourner deux angles de la fabrique et même de faire parfois un détour par une des venelles courbes de la ville basse pour éviter les endroits détrempés et ces amas de gravats recouverts d'orties, restes des travaux abandonnés. Ainsi, en entrant par le portail principal, avait-elle chaque fois l'illusion d'arriver de très loin. De plus, au moment de son installation, la moitié des appartements autrefois surpeuplés étaient inhabités. Pendant la guerre, cette dispersion de la Horde allait s'accroître. Seuls y restaient les habitants qui n'étaient pas assez riches pour partir, comme le vieux sabreur, ou ceux qui n'étaient pas encore assez riches, comme ce jeune peintre à la blouse durcie par des couches bigarrées de peinture. Il y avait aussi les pensionnaires de la maison de retraite qui ne partaient pas car elles attendaient la mort. Et quelques propriétaires de potagers qui attendaient la récolte. Enfin, quelques originaux qui n'attendaient rien et ne faisaient aucune différence entre la Horde, Paris ou Nice. De temps à autre, par la fenêtre de la bibliothèque, Olga voyait l'un de ces rêveurs s'arrêter au milieu de la cour et suivre longuement la course des nuages.

À la fin de l'automne 1946, sa maison paraissait, encore plus que d'habitude, éloignée de la Horde d'or, de la ville, étrangère au monde. Les pluies l'isolèrent, en transformant le sentier qui contournait le mur de la fabrique en un pointillé de bottes d'herbe. Puis ce fut le froid qui, au matin, commença à enrober de givre ce chemin éphémère. Les coupures d'électricité annoncées régulièrement par les journaux ne surprenaient pas plus que le tremblotement des bougies derrière les vitres noires de la Horde.

Les pensées et les peurs qui l'avaient tant tourmentée durant les mois précédents s'étaient transformées depuis en un dialogue muet qu'elle imaginait entre elle et Li. Elle confiait à son amie très compréhensive comme le sont toujours nos interlocuteurs dans ces entretiens imaginaires, que jeune, elle avait l'impression de vivre non pas pour vivre mais pour prouver à quelqu'un qu'elle était libre de changer par un simple caprice le cours de sa vie. Caprice ! Oui, toute sa jeunesse avait été rongée par cet énervement, cette agitation grimaçante, cette volupté de narguer, de provoquer, de nier. Une vie erronée, gâchée, fourvoyée, mal partie… Li trouverait sans doute le mot juste.

Ces dialogues silencieux n'étaient d'ailleurs que de brefs intermèdes dans ce tissu à la fois dense et transparent à travers lequel elle voyait tout dans ce monde : la vie de son fils. Elle finit par l'accepter sous les traits de cet adolescent qui lui était apparu un soir de septembre et dont le recueillement et la discrétion confinaient à l'absence. Parfois le tissage des pensées que cet enfant ne quittait jamais s'épaississait, elle étouffait : c'était au moment des retours, souvent imprévisibles, de la maladie.

Elle eut la même sensation d'étouffement durant la dernière entrevue avec le médecin. Cet homme sec et presque désagréable lui plaisait. Avec lui, elle ne craignait pas qu'on lui cachât le pire... Cette fois-là, dans le ton des encouragements un peu malhabiles qu'il adressa au garçon, il y eut des notes discordantes. Elle crut entendre cette intonation volontairement enjouée qui sert à redonner confiance à un malade âgé. Oui, à un patient dont on suit le déclin et à qui l'on promet quelques années de plus avec la générosité d'un bienfaiteur...

Le lendemain, il y eut de nouveau une coupure de courant. Elle s'en réjouissait — dans la pénombre on devinait moins sur ses traits ce reflet mutilant laissé par la conversation avec le médecin. Les lecteurs s'en allèrent. Elle resta un long moment devant la fenêtre qui s'éteignait à vue d'œil. Dans le crépuscule, un petit point lumineux avançait lentement à travers la vaste cour intérieure de la Horde. Quelque vieille pensionnaire, certainement, bougie à la main, qui rendait visite à une amie résidant dans l'aile opposée du bâtiment. Sous le vent, un tourbillon de feuilles mortes décrivait de larges cercles le long des murs, entraînant aussi les pages affolées d'un journal. Au milieu de la cour la petite lueur s'immobilisa. Une autre silhouette se distingua vaguement face à la porteuse de bougie. Leurs visages s'inclinèrent vers la flamme protégée d'une main faible, presque translucide... Olga se dit que cette rencontre dans le vent d'automne, autour de cette flamme fragile, était peut-être un écho affaibli du rêve que chérissaient les premiers habitants de la Horde d'or.

Ce fut aussi une journée passée sans lumière... Un samedi. La semaine qui l'avait précédée était traversée d'averses froides qui vitrifiaient l'air éteint. Pendant la dernière nuit ce verre fluide se figea. Le sol couvert d'empreintes de pas gelées et d'ornières dures comme de la pierre rendait la marche pénible. Les lecteurs se hâtaient de rentrer tant qu'on voyait encore un peu où l'on mettait le pied dans cette cour hérissée de petites crêtes coupantes de terre glacée...

Olga sortit de la Horde, remarqua combien rares étaient les fenêtres où palpitaient les bougies, pensa à cette étrange forteresse qui se vidait chaque année davantage. Enfin, lentement, en tâtant les aspérités du sol, elle entama son trajet quotidien. D'abord dans un passage de la ville basse, puis le long des murs de l'ancienne fabrique... En parvenant à l'angle de sa maison, elle sentit l'indéfinissable changement qui s'était produit dans la nature depuis un moment. Un timide radoucissement, une détente mate, silencieuse. La tonalité même de l'air était autre — emplie d'une vague luminosité mauve. Le vent qui, encore à midi, brisait la vue en aiguilles de larmes était tombé. Derrière le branchage des saules, la rivière avait une consistance d'encre. Et avec une joie ancienne, Olga reconnut cet instant d'attente, le souffle suspendu de la nature qui annonçait, dans son enfance, l'ondoiement de la neige…

Elle le vit dans la petite fenêtre ouverte sous le plafond de la salle de bains. Les flocons pénétraient dans la pénombre chaude et disparaissaient en un bref scintillement irisé. Le silence était tel qu'on entendait le bruissement de la bougie posée sur les grandes dalles poreuses du sol…

Elle buvait le thé, le regard perdu dans le halo orange et fluide autour de la mèche quand quelqu'un frappa à la porte. Étonnée sans vraiment l'être par cette visite tardive, elle traversa le couloir, emportant la bougie, le pas rythmé sur le va-et-vient de la flamme. Il était onze heures du soir. Seul un Russe pouvait se présenter si tard sans autre raison que l'envie de parler. Ou bien un Français, mais alors avec une raison urgente, grave. L'idée que ce pouvait être un rôdeur lui vint à la dernière seconde. Elle tourna la clef, en lançant un machinal « qui est là ? » et ouvrit la porte. La bougie s'éteignit. Il n'y avait personne… Elle sortit sur le perron et même, comme pour dénouer un léger serrement d'angoisse, fit quelques pas en longeant le mur. Personne. Les flocons sommeillaient dans l'air gris, répandant une lumière cendrée, envoûtante. La terre était déjà à moitié blanche. C'est elle surtout qui éclairait la nuit. Le pré, enneigé, paraissait plus vaste et ce vide pénétrait, à chaque inspiration, dans la poitrine avec une fraîcheur piquante et amère. Et aussi très ancienne dans sa mémoire.

Sans quitter sa rêverie, elle but lentement le thé déjà à peine tiède, alla dans sa chambre. L'odeur de l'écorce qui brûlait dans le poêle la grisa. Elle voulut écarter les rideaux pour emplir cette pièce du reflet bleu de la neige… Mais son geste fut trop brusque. L'un des anneaux, un lourd anneau de bronze, glissa sur le tapis. La chambre sembla coupée en deux moitiés, l'une baignée d'une blancheur lactée, l'autre plus noire que d'habitude. Elle approcha une chaise. Puis pensa qu'il fallait d'abord retrouver l'anneau, S'inclina. Se rendit compte que sans bougie on ne voyait pas assez clair dans cette moitié noire de la chambre… Soudain, elle se sentit envahie par une agréable lassitude qui confondait la suite de ses mouvements : chercher, allumer, monter sur la chaise, ajuster. Non, d'abord allumer la bougie… attraper l'anneau… La force lui manqua. Une somnolence rapide pesait déjà sur ses paupières, amollissait son corps. La clarté perlée de la neige l'ensorcelait. Elle s'écarta de la fenêtre. Le bord du lit surgit derrière elle, fit ployer ses genoux. Elle s'assit. Rester éveillée exigeait à présent un effort de plus en plus concentré. Elle croyait encore que c'étaient la neige, la senteur de l'écorce brûlée, l'intensité des souvenirs qui l'avaient plongée dans ce brouillard de fatigue. Elle s'allongea, dénoua la ceinture de sa robe de chambre. Ces mouvements s'accomplissaient dans le ralentissement des derniers pas d'une figurine de boîte à musique. Elle vacillait sur la pente glissante du sommeil avec la certitude absolue qu'il fallait à tout prix faire durer ces quelques minutes de veille…

Quand il pénétra dans la chambre, ce fut pour elle l'ultime instant de conscience. L'instant où le nageur qui se noie parvient, pour la dernière fois, à revenir à la surface et revoir le soleil, le ciel, sa vie encore si proche…

Il s'arrêta à la frontière argentée et noire qui divisait la chambre. Argentée comme la neige derrière la fenêtre, la transparence bleutée sur la porte, sur la chaise, sur le tapis. Noire comme l'obscurité qui se condensait autour du lit. Il fit un pas et, trompé par la phosphorescence neigeuse de la nuit, posa son pied sur le bord du rideau qui avait glissé tout à l'heure. Un autre anneau tomba. D'abord inaudible sur le tapis, puis subitement se mettant à rouler sur les planches nues avec un tintement assourdissant — paralysant !

Il y eut alors quelques secondes interminables de non-vie. Cet adolescent figé dans l'éclair de magnésium. Elle qui concentrait autour de son corps toute l'obscurité de la pièce… L'anneau, suivant sa trajectoire perfide, entama une lente rotation cliquetante. Les cercles se resserraient lentement sur un centre — sur le silence qui semblait ne jamais venir… En cet instant de non-vie cadencé par le parcours de plus en plus réduit de l'anneau, elle eut le temps de tout comprendre. Non, plutôt d'être aveuglée par un fulgurant pointillé : le geste d'un jeune inconnu surpris au début de l'automne, le reptile, l'huile sur les gonds de la porte… Et même ce pont détruit, cette poutre d'acier sur laquelle un adolescent avance en somnambule. Un cri l'eût fait tomber. Comme à présent dans la traversée de cette chambre…

L'anneau se tut. Après une autre minute sans fin, elle vit une ombre longue, mince se détacher sur le fond de la vitre blanchie par la neige. Les lignes de cette apparition se perdaient dans la pénombre bleue. Les branches couvertes de givre s'écartaient à son passage. Les cristaux tournoyaient lentement, saupoudraient leurs corps, fondaient sur leur peau. Elle le vivait déjà par-delà le sommeil.

Les rideaux étaient soigneusement tirés, les anneaux, ajustés sur la tringle. Ce fut la première chose qu'elle vit, au réveil, et la dernière dont elle put noter presque calmement : « Il a dû penser que ces rideaux décrochés c'était sa faute et… »

Elle rejeta la couverture, se leva, observa son corps sous les pans ouverts de sa robe de chambre comme si elle ne l'avait jamais vu. Puis se retourna vers le lit. La couverture ! Quelqu'un l'avait jetée sur ses pieds nus… Quelqu'un ? Elle se surprit à espérer encore une erreur, un malentendu, l'intervention mystérieuse de ce « quelqu'un »… Le poêle se trouvait fermé — pourtant il était resté légèrement ouvert la veille… Toute cette chambre était minée d'objets parlants, pièces à conviction d'une présence qui n'était même pas à démontrer.

Derrière le velours épais des rideaux se devinait une journée éclatante. Les plis de l'étoffe, bien que foncée, s'enflaient de lumière chaude et risquaient de céder d'une minute à l'autre sous son flux éblouissant. La chambre isolée dans un silence obscur et suspect allait être inondée par le soleil, éventrée par les bruits… Elle s'approcha de la porte et, la main sur la poignée, hésita longtemps. Au-delà de cette porte il ne pouvait y avoir qu'un vide aveuglant, vibrant d'une sonorité aiguë, insoutenable.

Elle poussa la poignée. Le long couloir la frappa par l'infinie banalité de sa perspective terne, de ce vieux portemanteau, de cette odeur familière. À l'autre bout, les murs étaient éclairés par le flot lumineux venant de la chambre de son fils… Elle y alla, la pensée absente, les yeux agrandis, avec cette confiance irréfléchie que tout se résoudrait, par enchantement, sans paroles, dès que leurs regards se croiseraient.

Il n'y avait personne dans cette chambre toute joyeuse de soleil. Personne et pourtant il était là — dans ce crayon marquant la page d'un livre, dans cette chemise sur le dossier d'une chaise… Comme d'habitude. Comme la veille, comme dans deux jours. Cette permanence débonnaire des choses l'effraya. Et lorsque, comme chaque jour, le thé se mit à infuser dans sa tasse, elle sortit rapidement de la cuisine, saisit son manteau et quitta la maison.

Si elle avait poursuivi ce petit rituel des gestes journaliers, elle se serait transformée en cet être monstrueux : la femme à qui *cela* est arrivé. *Cela* était le soir de la veille, la nuit. Elle le comprenait mais parvenait encore à le garder innommé : *cela*.

Tout résonnait autour d'elle. Les gerbes du soleil, le scintillement des gouttes de neige fondue qui coulaient du toit de la Horde, les éclats de glace sous les pas. Et dans ce tintamarre une seule pensée se débattait en ricochets incessants d'une tempe à l'autre : partir ! Cette solution de salut lui coupa d'abord le souffle par sa simplicité. Oui, partir ! Bordeaux, Marseille… Elle se vit déjà installée dans un train, fuyant ce qui venait de lui arriver. Mais soudain, ce rappel absurde : « Augmentation de la vitesse des trains. Bordeaux… Marseille… » C'était donc cet entrefilet aperçu dans un journal qui lui suggérait la destination de sa fuite. Et puis, partir comment ? En laissant l'enfant avec qui ? L'enfant ?

Le tambourinement dans ses tempes reprit de plus belle. Oui, il fallait partir, mais partir en devançant le soir de la veille, en le déjouant, avant que *cela* ne reçût le nom définitif. Elle pressentait l'existence d'un lieu où la nuit qu'elle venait de vivre n'apparaîtrait plus comme horreur et monstruosité. Un lieu ou plutôt un temps qui était tout à la fois maintenant et la veille, et aussi un jour à venir très lointain. Un temps où tout se réconciliait, se réparait, trouvait une justification. Un bref instant, elle crut respirer la sérénité aérée de ce temps préfiguré.

La réalité revint par le sursaut de cette question qu'une passante était en train de lui poser :

— Vous partez ? répéta cette femme, étonnée de ne pas entendre la réponse.

C'était une lectrice de la bibliothèque.

— Vous partez à Paris ?

— Non, pourquoi ?

Olga jeta un coup d'œil autour d'elle. Elle

s'était engagée dans une rue que les habitants de la Horde empruntaient pour aller à la gare.

— Ah bon, je pensais…

— Non, non, je me promenais…

Elle changea de rue et, tout de suite, tomba sur un groupe de Russes. Puis un vieux couple qui habitait au rez-de-chaussée de la Horde. Quelques pas plus loin, une pensionnaire. Ils s'arrêtaient, la saluaient, l'examinaient avec un intérêt particulier, lui sembla-t-il. Elle ne savait plus comment éviter ce défilé de visages souriants, radoucis par l'abondance de soleil, par l'éclat festif de la neige. Le prochain tournant fut une impasse. La boulangerie était fermée. Elle eut l'impression d'être une bête qu'on pistait plus facilement encore sur le sol blanchi. Et leurs paroles n'étaient anodines qu'en apparence, leurs regards scrutaient. Que devinaient-ils ? Jusqu'où pouvait aller leur curiosité ? En remontant leur procession, elle arriva enfin à sa source — la chapelle orthodoxe. C'était donc une fête. Donc les paroles étaient anodines et les regards n'avaient rien percé. En plongeant dans l'obscurité ponctuée de lueurs, elle éprouva dans son corps un agréable relâchement. La chapelle était déserte. On entendait seule la présence invisible d'une vieille femme qui derrière un pilier nettoyait en soupirant le plancher recouvert d'empreintes de neige fondue et de sable. Olga se réfugia dans la partie la plus reculée, s'arrêta devant une icône. Elle n'avait aucun vœu à formuler. Juste le désir de se recroqueviller dans un recoin sans lumière comme une bête qui vient d'être blessée et qui, ignorant encore la douleur, se prépare déjà à son déferlement. Distraitement, elle toucha la surface craquelée de l'icône, fixa le visage inexpressif, obtus de l'enfant, puis celui de la mère, aux yeux étonnés, aux paupières lourdes, orientales. Soudain un détail grotesque la fit reculer d'un pas : la Vierge de l'icône avait trois bras ! Oui, deux mains soutenaient l'enfant et la troisième, en écartant les plis de la robe, s'immobilisait dans un signe de croix. C'était la fameuse Vierge russe à trois bras.

Elle passa l'après-midi à tourner lentement au milieu des arbres qui s'élevaient derrière la Horde. À l'approche du soir, la neige cessa de fondre. Le soleil s'encastra dans les branches, se colora de rouge. Les sons se distillaient dans l'air avec une netteté de notes de musique isolées… Elle était toute seule — sur la surface blanche ses pas s'ajoutaient juste aux traces fléchées des oiseaux et à celles d'un enfant, de ce garçon aux cheveux roux qui jetait des pierres sur la nappe d'eau glacée, entre le bois et la rivière. Sa famille avait quitté la Horde au printemps dernier, mais le rouquin, par une sorte de fidélité enfantine, revenait encore sur les anciens lieux de ses jeux. Les petits cailloux qu'il jetait ne parvenaient pas à briser la glace et traversaient la mare d'un bout à l'autre avec un tintement mélodieux.

Elle suivait un instant ce glissement sonore, puis reprenait sa promenade sans but, dans la neige.

Par moments, obéissant à un ordre soudain, elle

s'arrêtait et cherchait à éprouver de l'effroi, à tressaillir, à se laisser aveugler par la monstruosité de
ce qui était arrivé. « C'est monstrueux, monstrueux, monstrueux… Comment ? Pourquoi ? Il
faut mourir ! Fuir. Crier, crier, crier ! » Mais cette
incantation enfiévrée résonnait en elle comme par
acquit de conscience, sans ébranler l'engourdissement opaque de sa pensée. Elle essayait de rompre
la somnolence, de feindre, faute de les vivre, les
sentiments qu'elle eût dû éprouver. Mais il n'y
avait pas de sentiments ! Un néant innommable…

Et à côté de ce vide, un silence ample et aéré qui
régnait alentour, la rugosité de l'écorce que sa
main touchait en s'appuyant sur un tronc. Et cette
fraîcheur amère, piquante des neiges et l'imperceptible transition des lumières sur leur surface.
L'éclat bleu pâle du sol enneigé, le disque orange
du soleil bas dans la résille des branches. Et une
femme, elle, qui allait passer cette fin de journée à
errer dans la neige, en s'arrêtant de temps en
temps, comme à présent, une main aplatie contre
l'écorce d'un arbre, un pied déchaussé et les
doigts qui chassent les petits éclats de glace collés
entre le cuir et le bas. Sur la nappe d'eau gelée, le
rouquin continue son jeu. Il l'interrompt en apercevant la présence étrangère — cette intruse, cette
adulte dont il attend le départ. Les petits cailloux
reprennent leur glissade sonore. Avec une acuité
intense, elle croit, une seconde, voir ce que voit
l'enfant. Sous la glace, le fond sombre avec les
herbes et les feuilles prises dans le cristal de l'eau
brune. Puis, un long regard perdu dans les bran-

ches embrasées par le couchant, dans le ciel. Un oubli si profond que les pierres ramassées commencent à s'échapper des doigts et tombent une à une dans la neige…

Elle préserva le reflet de ce regard en rentrant lentement à la maison. Et c'est d'une voix très calme qu'en ouvrant la porte elle appela son fils… Il n'était pas là. Il était venu déjeuner, puis était reparti. Elle pressentit dans cette absence une générosité trop appuyée du destin dont il faut toujours se méfier. Sa pensée s'éveilla, anxieuse. Et presque aussitôt ses yeux tombèrent sur ces chaussures. Celles qu'elle lui avait achetées au marché noir quelques mois auparavant, après avoir vendu son alliance. Des chaussures assez fines, élégantes, malgré leur cuir fatigué. Il rêvait (elle savait qu'il les essayait parfois) de les porter dès le printemps prochain.

Cette paire de chaussures se transformait maintenant sous son regard en quelque chose d'indécent, d'ambigu… Elles étaient posées près du mur dans la position d'un petit pas très vivant et agile. L'agilité d'un jeune mâle qui devine que sa présence effarouche et excite en même temps. Olga s'inclina et, en luttant contre cette répulsion qui faisait trembler ses doigts, ramassa l'une d'elles. Puis plongea sa main à l'intérieur. Le geste machinal depuis des années, le tâtonnement à la recherche d'un clou dont la pointe pouvait provoquer un saignement…

Elle n'eut pas le temps de terminer son examen. La chaussure s'arracha à ses mains, tomba. Et au même moment, un cri s'étrangla dans sa gorge :

— Il était en moi !

Et d'autres cris étouffés par le sifflement du sang dans ses tempes répondirent en écho : « Il était dans mon corps… » Elle comprenait maintenant pourquoi *cela* restait innommé. Car pour nommer, il ne fallait pas parler de sentiments, mais dire ces mots rudes, laids, frustes qui se transvasaient, en coulée poisseuse, dans sa gorge : « Il me violait. Il me possédait quand il en avait envie. Il me déshabillait, me prenait, me rhabillait… »

L'horreur de ces mots était telle qu'affolée, elle tenta de revenir dans cet après-midi de silence et de neige passé sous les arbres. Elle entrouvrit la porte d'entrée. Un crépuscule bleu, limpide colorait déjà le pré qui descendait vers la rivière… Non, cet après-midi de paix n'avait jamais existé !

Une illusion, un trompe-l'œil de bonheur. Elle voyait à présent qu'en réalité ce n'était pas une flânerie rêveuse, mais une course essoufflée, trébuchante. Une ronde folle au milieu des troncs noirs. Elle avait couru, en tournant sur place, en se sauvant. Puis elle s'était arrêtée pour retirer la neige de ses souliers et avait pensé à la paix que donnait la mort. Une femme, tout autre qu'elle, était née : celle qui pouvait contempler longuement — éternellement ! — ce soleil bas embrouillé dans les branches, le glissement des pierres jetées sur le cristal d'eau gelée et les yeux de l'enfant égarés dans le ciel…

Oui, c'est transportée dans la mort qu'elle avait pu entrevoir l'indicible bonheur de cette fin d'après-midi d'hiver.

La chaussure noire en tombant s'était posée très lestement à côté de l'autre, en imitant, cette fois, un pas très petit, maniéré. Olga se dit que de toutes les solutions qui depuis le matin avaient surgi dans sa pensée éclatée — partir, s'expliquer, ne rien dire — la mort était la plus tentante, la plus facile à accepter et la moins réelle. Car il fallait chaque jour continuer à exécuter mille gestes de prévention semblables à cette recherche des pointes tapies à l'intérieur des chaussures. Elle reprit celle qui était tombée pour terminer son examen... À ce moment on frappa à la porte.

Sans affolement, le cœur muet, immobile, elle alla ouvrir, en voyant déjà les yeux de son fils. Elle traversa le couloir d'un pas très régulier, tendu, comme si elle montait à l'échafaud.

L'apparition sur le seuil du garçon aux cheveux roux, du petit jeteur de pierres, semblait être une hallucination qu'il fallait accepter calmement. La mine exagérément sérieuse de l'enfant annonçait avec évidence qu'on l'envoyait en messager et qu'il était conscient de la gravité de cette mission. Il dit ce qu'on lui avait demandé de dire, dans ce mélange de phrases russes et de mots français, fréquent chez les enfants nés dans la Horde d'or. Un mélange aussi de la solennité de circonstance et des sourires nerveux qui étiraient ses lèvres. Trop ému, il confondit l'ordre logique : « Près du pont ... Hôpital... S'est blessé... On vous prie de venir... »

Elle fixait la bouche du rouquin comme si cette bouche avait une existence à part. Et ce regard finit par faire peur à l'enfant. « Il n'a même pas pleuré ! » s'écria-t-il et il se mit à courir, ne pouvant plus supporter la violence des yeux qui écorchaient ses lèvres.

À la fin de la semaine, elle put déjà ramener son fils à la maison. Sa convalescence fut le temps de silencieuses retrouvailles. L'immobilité et la souffrance le rendaient de nouveau enfant. Elle se sentait plus mère que jamais.

La nuit de la première chute de neige — cette *nuit* — formait dans son esprit une vaste contrée de surdité qu'elle apprit à éviter par la pensée et dont lui parvenaient seuls quelques fragments épars. Ils ressemblaient à ces chapelets de bulles d'air que laissent échapper de temps en temps les eaux dormantes. Elle comprit, par exemple, pourquoi cette *nuit* avait eu lieu à la veille d'un dimanche, comme celle d'ailleurs où elle s'était endormie dans la pièce aux livres. Oui, un dimanche, quand le sommeil anormalement long prenait facilement l'allure d'une grasse matinée... Elle se rappelait aussi que l'un des rares jeux que cet enfant taciturne adorait à l'âge de sept ou huit ans consistait à sonner à la porte d'entrée et à se cacher, préparant la surprise d'un visiteur absent. Il y avait sans doute dans cette farce, se disait-elle, l'attente du retour de son père dont le « voyage » n'en finissait plus...

Ces souvenirs la troublaient, mais ne duraient pas. Tout comme ce réflexe fugitif de recul qu'elle eut en voyant la jambe de son fils, cette jambe pâle dont on venait de retirer le plâtre. Le genou et surtout le pied restaient encore turgides et les orteils petits, serrés, étaient d'une joliesse enfantine et étrangement équivoque sur cette chair enflée et grisâtre, sur ce grand pied d'homme... Le médecin tâtait ce pied avec des gestes sûrs et précis qui rappelaient ceux d'un artisan maniant une pièce de bois. Sec et peu loquace, il semblait prendre un certain plaisir à la brièveté sans appel de ses constats : « Il faudra l'opérer, lui redresser le genou, expliquait-il sur ce ton soucieux d'éviter toute sentimentalité. Mais on le fera plus tard, quand il se sera reposé... » Le soir même, elle relut pour la millième fois les pages consacrées, lui semblait-il, spécialement à ce cas-là de la maladie, justement à ce jour-là de la vie de son fils. Elle avait souvent l'impression absurde en lisant ces volumes que leurs auteurs connaissaient son enfant et prévoyaient l'évolution de son mal. Cette illusion était singulièrement puissante ce soir-là, dans les lignes qu'elle prononçait mentalement en les reconnaissant de mémoire d'après les contours des paragraphes « La jambe plus ou moins fléchie sur la cuisse ne permet qu'une marche pénible et fatigante sur la pointe du pied. Les muscles du membre inférieur s'atrophient... »

La nuit, avant de s'endormir, elle imagina, mais très physiquement, l'infinie complexité des années qu'elle avait vécues, leur enchevêtrement sans début ni fin, sans aucune logique. Le souvenir de l'enfant se tissa dans cet écheveau comme une veine mise à nu, brûlante. Elle revit cet adolescent pâle qui, dans le cabinet du médecin, enfilait ses vêtements avec une brusquerie hâtive. Elle voyait ses poignets fragiles et, quand il avait levé le visage, ces minuscules vaisseaux bleutés sous les yeux… Elle ne put rester couchée, alla à la fenêtre et, les paupières fermées, le front collé à la vitre, se dit que c'était ça la logique de cette vie douloureuse et chaotique : cet adolescent qui aurait quinze ans au printemps s'il y avait pour lui ce printemps…

Et puis, par un soir de décembre, elle aperçut sur la fine pellicule qui se formait toujours sur son infusion ce léger reflet de poudre blanche. Étonnée elle-même par son calme, elle vida le liquide, lava le petit récipient en cuivre, le posa sur l'égouttoir. Et, se sentant observée par tous les objets, par les murs, alla dans sa chambre.

La vie se concentra dans les arcades des yeux, dans la ligne tendue de la bouche. Cette empreinte incomplète, telle une ébauche de masque mortuaire — son visage —, se dessinait seule sur l'oreiller. De profil. Le corps avait disparu, mélangé aux plis glacés des draps. Et perdu dans cette absence, au fond de cette blancheur insensible, le cœur battait avec le froissement des allumettes humides.

Sa vue se limitait à ce long reflet du miroir, face au lit. Il était teinté du rougeoiement qui palpitait dans le poêle, derrière sa petite porte entrouverte. Dans la profondeur endormie du miroir, le grand cadran de la pendule arrondissait distinctement sa face d'émail. Et les aiguilles, en reculant, épuisaient à rebours cet étrange temps reflété. Elle pensa avec une légère irritation à la course de ces minutes inversées. Et fut surprise de pouvoir encore penser ou d'être irritée. L'envie la prit de comprendre la logique de ce cadran à l'envers : si dans le miroir il indiquait une heure moins le quart du matin, donc en réalité… Sa pensée plongea avec soulagement dans cette glissade des chiffres. Mais il s'avéra difficile de deviner l'heure d'après la position reflétée des aiguilles. Elle se sentit soudain tiraillée par ce caprice qu'imposent parfois les petits gestes inutiles, mi-lubies, mi-superstitions. Il lui devint impossible de ne pas se retourner, de ne pas voir le cadran. Elle décolla la tête de l'oreiller... Et à ce même instant elle vit, toujours dans l'éclat sombre du miroir, qu'une longue tranche d'ombre s'élargissait lentement entre la porte et le chambranle...

Sa tête se figea, légèrement soulevée, piégée dans son caprice de curiosité. Elle ferma les yeux et avec une lenteur infinie se mit à abaisser son visage vers l'empreinte laissée dans l'oreiller. Millimètre par millimètre. Son cou se raidit, s'appesantit de plomb. Sa tempe sondait la distance qui restait à réduire. Cette distance paraissait vertigineuse comme si sa tête sombrait dans un vide sans fond. Pourtant sa joue brûlait déjà en pressentant la tiédeur toute proche de l'oreiller, en reconnaissant même le grain de son tissu. Et à travers les paupières closes, elle devinait que dans la porte ouverte une présence vivante se déployait, s'insérait lentement dans la pièce, en modifiant son volume, les rapports familiers entre les objets, et même, eût-on dit, l'écho régulier de la pendule...

La chambre se remplit du silence visqueux de ces pièces nocturnes repliées sur un lent accouplement, ou bien sur un meurtre, ou encore sur le minutieux travail qui doit faire disparaître les traces de ce meurtre. Oui, la surdité d'une chambre où, au plus profond de la nuit, les corps se déplacent dans une pantomime amoureuse ou criminelle.

Quand sa tempe toucha enfin l'oreiller, ses cils battirent involontairement. Et ce fut la dernière vision lucide durant toute la nuit : au fond de la pièce, ce long manteau sombre s'ouvrit sur un corps nu, un corps blanc, mince et qui ne ressemblait à aucun autre corps, qui ne ressemblait pas au corps, qui ne ressemblait à rien de ce qu'elle avait vu dans sa vie…

Ses paupières étaient de nouveau closes, comme mortes. Son visage, à moitié enfoui dans le duvet brûlant de l'oreiller. Son corps, inexistant. En dehors d'elle, il ne restait que cette obscurité pourpre dans laquelle fondait la chambre et qui se mêlait avec l'obscurité derrière les vitres.

C'est dans cette encre sanguine que s'esquissa soudain la ligne à la fois brûlante et glacée d'une épaule, puis d'un sein féminin. Et la pointe de ce sein — ferme, tendue. Une autre courbe sinua rapidement, celle du bras et, dans un bref intervalle, de la hanche. Ce n'était pas une sensation ni un frôlement. Une goutte de pluie aurait pu marquer ce fuyant tracé sur sa peau…

Cette ligne s'interrompit subitement. Il y eut un rapide mouvement d'air, un tourbillon qui traversa la chambre. Un léger crissement de la porte refermée lui apprit qu'elle entendait de nouveau. Sur sa peau, sous sa peau, elle ressentait à présent l'esquisse charnelle d'un corps inconnu, un contour douloureux dans sa beauté inachevée.

Elle s'endormit quand les vitres commençaient déjà à pâlir. Et se réveilla aussitôt. Et s'expliqua très calmement — juste un bref abîme lui entre-coupa le souffle — pourquoi il avait fui. Il avait dû remarquer la tension inhabituelle de ce corps endormi dans sa léthargie trop parfaite... Il avait saisi son manteau, s'était élancé vers la porte. Et la main sur la poignée, il avait vécu ce déchirement momentané mais atroce connu de tous les crimi-nels : fuir ou revenir pour effacer les traces au risque de se perdre ? Il était revenu vers le lit, avait recouvert ce corps inerte avec une couverture, avait aligné les mules que, dans sa fuite, il avait pié-tinées...

Criminel... Elle le répétait sans cesse durant cette nuit blanche. Criminel était le silence qu'elle avait gardé. Son acceptation. Sa résignation. Cri-minelle aussi cette nudité adolescente, dissimulée sous un long manteau d'homme. Criminelle toute cette nuit...

Cependant, il y avait dans ces syllabes mena-çantes quelque chose de faux. De « trop intelli-gent », pensa-t-elle. Crime, perversion, monstruo-sité, péché... Elle se surprit à chercher des mots de plus en plus torturants. Mais ces mots paraissaient écrits sur la page d'un livre. Signes typographiques sans vigueur.

Au matin, elle aperçut que les rideaux étaient, cette fois-ci, écartés (ils étaient restés tirés pendant la première nuit). Le jour était gris et venteux (le soleil de cet autre réveil)... Elle sentit que ces rapprochements cachaient une vérité redoutable qu'elle allait connaître d'une minute à l'autre. Une vérité physique, corporelle qui crispait les muscles de son ventre, remontait vers le cœur et l'enserrait, telle une main autour d'une grappe de raisin dans l'entremêlement des feuilles. La vérité que les mots répétés durant toute la nuit ne parviendraient pas à dire.

Il n'y eut plus de mots, mais ces objets qui se présentaient à son regard avec leur mystère, avec un mystérieux sourire, presque. Le sourire froid de celui qui connaît déjà le secret. Ces rideaux, cette lampe au grand abat-jour orange trônant sur l'étagère, les mules dont ses pieds retrouvaient le confort usé mais tout à coup insolite, la poignée de la porte... Frappée par une divination, elle ouvrit l'armoire, brassa quelques vêtements sur leurs cintres, décrocha cette robe noire, l'unique toilette élégante qui lui restait. Ses plis, son échancrure bordée d'une ganse de soie... Cette robe aussi disait silencieusement un secret sur le point d'éclore...

Elle sortit dans le couloir, sans aucune crainte cette fois. Et comme tous les objets semblaient vouloir se confier à elle, ce grand carton en haut de la vieille garde-robe attira son regard. Depuis des années déjà, en essuyant la poussière ou en repeignant les murs, elle se demandait ce qu'il pouvait contenir et l'oubliait jusqu'au nouveau nettoyage... Elle approcha un tabouret, tira le carton vers elle, l'ouvrit. La chose qu'il renfermait se découvrit bizarrement solitaire, telle une relique au fond d'une châsse. C'était une gouttière de plâtre, l'une des premières sans doute parmi celles qu'elle avait fabriquées pour son fils et qu'il avait appris, très jeune encore, à confectionner lui-même. Celle-ci était d'une taille si réduite qu'au premier coup d'œil elle ne sut pas si ce plâtre avait moulé une jambe ou un bras. Oui, une jambe d'enfant dont elle reconnaissait le contour d'une fragilité touchante... Elle remit la gouttière dans le carton, le ferma puis, ne pouvant pas refréner son désir, saisit de nouveau ce moule de plâtre, l'appliqua à sa joue, à ses lèvres. Et c'est alors que le secret résonna : « L'inceste ! »

Ce mot se brisa en plusieurs échos, de plus en plus anciens. Ils vibraient dans la nuit de la première neige et même avant cette nuit. Pendant la nuit où les somnifères n'avaient pas agi. Et même plus tôt, lorsque pour la première fois elle avait surpris ce jeune inconnu près du fourneau. Et même plus loin encore dans ses souvenirs. Ce vieux manteau, celui de son mari sur le corps nu de l'adolescent. L'hiver dernier, elle l'avait retouché et, en le voyant sur les épaules de son fils, avait dû faire un effort rapide, violent pour ne pas penser au corps de son mari... Et son unique robe du soir. Et l'unique occasion de la mettre — les soirs où L.M. l'amenait au théâtre. Elle arrivait chez Li, lui confiait l'enfant et commençait à se préparer. Quand elle sortait, habillée, les cheveux relevés et parfumés, le cou et le décolleté très clairs, l'enfant l'observait d'un œil insistant et hostile. Cela la faisait rire. Elle l'embrassait, l'envelop pant de son parfum, lui fourrageait dans les cheveux, lui chatouillait l'oreille de sa voix chaude en imitant la voix amoureuse qui imite à son tour la voix avec laquelle on parle aux enfants... Et aussi ces mules. Tout jeune enfant, il les avait mises un jour, par jeu, quand elle était encore au lit et il était sorti dans le couloir en faisant claquer leurs semelles contre le plancher. Elle avait protesté, faiblement, il n'avait pas obéi. Elle était restée envahie d'une volupté aiguë, celle de se sentir tendrement dominée, de ne pas savoir ni vouloir résister...

En poussant le carton sur le haut de la garde-robe, elle descendit du tabouret. Tout était dit à présent. Il n'y avait plus rien à comprendre. Elle savait tout, même cela : le mot d'inceste avait déjà résonné en elle, mais dans de telles profondeurs caverneuses de sa pensée que, remontant à la langue, il s'était mué en « crime », en « monstruosité », en « horreur ». Comme ces poissons des fonds marins qui, tirés à la surface, explosent ou se transforment en une boule de chair méconnaissable.

Même ce spasme rythmique que provoquait en elle sa découverte définitive lui était désormais familier. Oui, cette main qui se soulève dans son ventre, comprime ses poumons en interrompant le souffle et s'empare du cœur, une grappe de raisin qu'à chaque pensée la main serre, relâche ou, soudain, écrase jusqu'à la pulsation brûlante dans les tempes.

Elle savait également que tous les moyens de

salut imaginés depuis n'en formaient en fait qu'un. Pour rompre la malédiction de ces nuits, il fallait tout à la fois fuir et rester, s'expliquer et surtout ne rien dire, changer de vie et continuer comme si de rien n'était, mourir et vivre, s'interdisant toute pensée de la mort.

« Durant la première nuit, les rideaux étaient tirés, durant la seconde, écartés », se rappela-t-elle sans raison. Si, la raison était cette fuite en avant, preuve qu'elle vivait déjà la vie où l'on ne pouvait ni vivre ni mourir.

C'est avec le sentiment de s'engager, de geste en geste, dans cette nouvelle vie qu'Olga but son thé, laissa un mot à son fils et sortit, comme chaque dimanche matin. Elle marcha dans les rues de la ville basse, rues grises, aux trottoirs saupoudrés de petits granules de neige. Sans se l'avouer, elle espérait un signe, un à-coup dans ce calme provincial, qui eût pu attester la déformation irrémédiable et si quotidienne de sa vie. Une habitante de la Horde apparut au bout de la rue, arriva à sa hauteur et demanda après l'avoir saluée :

— Vous allez à Paris ?

— Non, je me promenais…

Olga attendit que la rue redevînt déserte, puis tourna vers la gare.

Dans le train, en suivant d'un regard vide le flottement des champs mornes, des bourgades sans vie, elle répéta plusieurs fois, le cœur en grappe de raisin écrasée : « Tout est dit. Impossible de vivre. Impossible de mourir… »

Le train s'arrêta quelques minutes dans une

petite gare derrière laquelle s'entassaient les maisons tristes et ternes d'un village semblable à Villiers-la-Forêt, mais encore plus inanimé par cette journée de froid et de vent. Seule une fenêtre serrée dans le renfoncement d'une courette retint sa vue. Le lacis des ruelles, le désordre naïf des portes, des toits, des encorbellements et cette fenêtre avec la lueur faible d'une ampoule, avec son calme de dimanche matin…

Olga s'écarta de la vitre tant cette intuition fut brusque : il pouvait donc y avoir quelque part dans ce monde un endroit où ce qu'elle avait à vivre était vivable ! Une vie après ce « tout est dit ». Une vie secrète, inaccessible aux autres. Comme celle que cachait cette fenêtre aperçue par une voyageuse distraite.

À Paris, en sortant du métro, elle fut rattrapée par la fatigue et l'épuisement nerveux des dernières semaines. Les marches de l'escalier cédèrent tout à coup sous ses pieds, elle s'accrocha à la rampe. Et les yeux mi-clos, elle écouta, en elle, une voix plaintive, presque enfantine, suppliante : « Que Li comprenne ! Qu'elle devine tout et qu'elle me dise quoi faire. Que j'aie au moins une minute de paix… » En reprenant son chemin, Olga reconnut dans ce ton proche des larmes l'ancienne voix de la « petite garce ».

« Tu te rappelles, à l'école, avant la révolution, cette planche que la surveillante principale faisait attacher au dos de celles qui se courbaient. Pour qu'elles se tiennent droites. On les remarquait de loin, ces pauvres crucifiées, avec leurs épaules carrées, leurs dos raides... Et puis, un beau jour, plus de planches ! Les journaux parlaient de liberté et d'émancipation... »

Elle essayait d'expliquer à Li l'impression qui avait insensiblement accompagné toutes ses pensées depuis l'adolescence. L'impression qu'un jour la vie avait perdu une certaine rectitude, justesse, régularité. Un jour où s'était introduit dans leur vie russe, dans le pays tout entier, un étrange caprice. Soudain l'envie les avait pris de prouver que cette rectitude n'était qu'une chimère, un préjugé de boutiquiers. Et qu'on pouvait vivre sans la respecter ou mieux encore en la narguant. De plus, la vie semblait leur donner raison : un paysan sibérien nommait et chassait les ministres, « purifiait », comme il appelait ces accouplements, les dames d'honneur de la tsarine et, selon les mauvaises langues, la tsarine elle-même, toutes subjuguées par sa force charnelle inépuisable. Les journaux représentaient le tsar en un énorme ovale fessier surmonté d'une couronne. Tuer un policier devenait un exploit au nom de la liberté... Et puis, un jour, on avait cessé d'accrocher les planches au dos des collégiennes qui se courbaient.

C'est en expliquant qu'Olga crut tout à coup se comprendre elle-même. Oui, une fois les planches retirées, tout s'affaissa dans ce pays. Dans sa mémoire, c'était le souvenir d'un relâchement purement corporel. Pour quelque temps, être tordu et dégingandé était devenu la grande mode... Le printemps même où l'on avait libéré leurs dos, elle avait, pour la première fois, participé à un bal masqué. En traversant un couloir (le portrait de la grand-mère était suspendu la tête en bas), elle avait surpris un homme et une femme accouplés dans un fauteuil. Et comme des millions et des millions de personnes à cette époque, elle avait découvert qu'un ordre des choses se fissurait, près de s'écrouler, ou qu'en fait il n'y avait pas d'ordre, aucune rectitude, juste l'habitude servile qui les attachait, comme la planche dans le dos, aux lois dites naturelles... Un an après, elle avait écouté le poète qui accrochait à ses doigts les griffes d'ours. Un autre poète prétendait boire le champagne dans le crâne de sa bien-aimée suicidée. Puis, ce mécène qui avait commandé une icône représentant un énorme succube nu...

Et ces caprices, comme une drogue, donnaient pour quelques jours une sensation grisante de libération, mais exigeaient des doses de plus en plus fortes, des mélanges de plus en plus insolites. Tous aspiraient au caprice suprême qui les eût libérés des derniers simulacres du monde. Elle l'avait ressenti un soir, à Saint-Pétersbourg, en rentrant d'une fête nocturne avec un homme qui faisait semblant de croire ce qu'elle lui racontait d'une voix funèbre et extatique. Elle se disait prête à se donner uniquement à celui qui accepterait de la tuer après. Ou avant ? Toute à son jeu, elle oubliait elle-même la version initiale... Cet homme, le peintre qui venait d'inventer le « rayonnisme », savait que cette jeune fille de dix-sept ans allait devenir son énième maîtresse et qu'il ne la tuerait certainement pas, ni après ni surtout avant. Mais il jouait et ne remarquait presque plus son jeu. Quant à elle, à force de penser et de parler de « la malédiction qui frappait son sang », elle avait fini par croire que c'est à son futur amant qu'elle la transmettrait et non pas à l'enfant...

Olga sentait que depuis un moment Li l'écoutait avec une légère appréhension — la crainte de quelqu'un qui pressent déjà un aveu capable de prendre au dépourvu, de revêtir le visage si familier de l'ami de traits inconnus, troublants. Et même de saper une amitié ancienne. De temps en temps, elle se mettait à appuyer le récit, avec un zèle et une passion qui tombaient chaque fois mal à propos. Elle s'indignait de la torture qu'on infligeait aux élèves redressées par la planche, raillait le couple surpris dans un fauteuil... Et quand Olga avait parlé de la vie dénaturée dans la capitale de sa jeunesse, Li avait bafouillé comme en s'excusant : « Moi, tu sais, je ne l'ai pas vraiment connue, cette vie. Dans les tranchées on voyait surtout la mort... »

Le sifflement de la bouilloire parvint de la cuisine. Leur conversation tâtonnante s'interrompit. Restée seule pour quelques minutes, Olga se sentit soulagée. Elle n'espérait plus aucun miracle de compréhension... Et pourtant il lui sembla deviner que Li, momentanément seule elle aussi, s'approchait craintivement de son aveu imprononçable. Et quand elle entra avec deux tasses et une vieille théière au bec ébréché sur un plateau, quand d'un air exagérément soucieux elle se mit à disposer ce plateau, à verser du thé, à s'affairer inutilement autour de chaque petit détail (« Attends, je vais changer ta cuillère… »), Olga comprit que derrière ces mots se formait déjà une parole grave, difficile à articuler.

— Tu sais, dit Li sans interrompre la voltige de ses mains autour du plateau, je t'ai parlé tout à l'heure de tranchées, de soldats. J'ai vécu quand même trois ans parmi eux. Donc je sais de quoi je parle. Ils étaient pour la plupart jeunes. Et j'ai remarqué que certains d'entre eux, très rares, mouraient sans croire à la mort. Et au moment de leur mort, nous, au moins pour quelques instants, nous n'y croyions pas non plus…

Sa voix s'éteignit et c'est presque en chuchotant, les yeux détournés, qu'elle souffla :

— Mais pour toi, ce n'est pas pareil. Car il s'agit d'un enfant. De ton enfant… Excuse-moi, je suis idiote…

Et ne sachant comment rompre l'envoûtement de silence provoqué par ses paroles, elle disparut dans la pièce voisine et revint une liasse de journaux dans les bras.

— Tu diras que je ne suis pas objective, annonça-t-elle d'un ton presque joyeux qui voulait trancher avec la phrase précédente, mais, tu vois, dans le domaine scientifique et… médical (sa voix glissa de nouveau vers la crainte de blesser) les Russes, enfin les Soviétiques, sont très en avance. Écoute ce que j'ai lu hier, et ce n'est pas dans *La Pravda,* mais dans *Le Figaro* : « Un savant russe, le professeur A.A. Isotor, a fait la découverte sensa-tionnelle selon laquelle le rayon terrestre mesure-rait 800 mètres de plus qu'on ne croyait et la terre elle-même serait non pas sphérique, mais elliptique… » Je me suis dit que tu pourrais peut-être, avec ton fils… Enfin, l'amener là-bas ne serait-ce que pour un examen… une semaine ou deux…

Olga ne put retenir un sourire. Et pour éviter un nouveau passage au-dessus du silence, elle demanda :

— Ton départ, tu le prévois pour quand ?

— Je pense que tout sera prêt fin avril. Les der-nières neiges auront fondu en Russie et je pourrai y aller par la route…

« Les dernières neiges… en Russie… » Cette parole s'égara dans la mémoire d'Olga pour revenir de temps à autre durant le chemin du retour. Chaque fois cet écho apportait une brève pause de rêverie. Puis, la dureté des mots secs et définitifs brisait son halo neigeux. Définitive était la certitude de ne pouvoir jamais dire même à une amie la plus proche ce qui lui était arrivé. Le pire de tout ce que Li pouvait imaginer était l'aggrava-tion de la maladie chez l'enfant. Mais *cela* ! Non, pour une personne saine d'esprit, c'était inconce-vable… Comme pour tous ces passagers qui l'en-touraient dans le train. Elle sentit un mur transpa-rent se dresser entre elle et eux, une coupole de verre qui la transformait, elle, avec son envie furieuse de se confier, en un poisson d'aquarium

Pour une seconde, il lui sembla que même si elle avait poussé un long cri de malheur, aucun de ses voisins n'eût tourné la tête.

« Les dernières neiges… en Russie… » Elle tenta de retenir en elle cet écho, de le faire durer. Et de dire (à Li, à quelqu'un d'autre) ce qui était interdit aux paroles. « Tu vois, je t'ai raconté ma jeunesse pour me justifier. Tout se décomposait, se déréglait et nos vies étaient à l'image de ce début de siècle malade. Nous voulions lui ressembler. Et c'est ainsi qu'au lieu de vivre nous jouions à une vie dénaturée, capricieuse. Nous avions l'impression que, parallèlement, la vie habituelle, méprisable car trop rectiligne, continuait et que nous pourrions toujours y revenir quand nous en aurions assez de nos jeux. Mais, un jour, j'ai vu que mes deux vies avaient trop bifurqué et qu'il faudrait à présent poursuivre jusqu'à la fin celle que j'avais choisie par amusement, par défi de jeunesse. Et j'ai vécu cette vie mal choisie, le regard fixé sur l'autre. Et ce qui m'arrive aujourd'hui — tu l'as deviné, n'est-ce pas, sans que je te l'explique, tu as deviné tout et tu n'as pas détourné les yeux —, oui, ce que je vis de monstrueux, de criminel, d'odieux est la nature même de cette vie dénaturée… Dis-moi très simplement ce que je dois faire. Dis-moi que mon visage ne laisse rien paraître, ni l'expression de mes yeux ni ma voix. Tu penses que je pourrai un jour regarder ces arbres, ces rails, ce ciel comme avant ? »

Il faisait nuit lorsqu'elle arriva à Villiers-la-Forêt.

Dans l'entrée, en enlevant ses souliers, elle remarqua que la paire de chaussures d'homme avait changé de place. « Il a dû les essayer de nouveau, en attendant le printemps pour pouvoir les porter... » Elle imagina ce très jeune homme, brun, mince, une paire de chaussures bien astiquées aux pieds, se dandinant, en son absence, devant le miroir...

« La folie doit ressembler à tout cela », se dit-elle en allant dans sa chambre.

Deux semaines après, par un soir de décembre, tout se répéta avec une fidélité infaillible, maniaque : la trace de la poudre blanche sur la surface de l'infusion, la raideur un peu mécanique avec laquelle sa main vida le liquide et lava la petite casserole en cuivre. Et dans sa chambre, la face familière du cadran qui comptait, reflété par le miroir, le temps à rebours...

Un léger frisson faillit la trahir. Trop violent fut le surgissement de cette chair — le cou, l'épaule, le sein — sous la brûlure des doigts glacés qui l'effleurèrent. Elle ne sentait aucun lien avec ce corps féminin. Ce corps inconnu se déployait dans le vide violet, au-delà de ses paupières. Un corps mêlé à l'odeur de givre apportée dans les plis d'un long manteau d'homme... Un bref frisson et ce « ah ! » réprimé risquèrent de révéler l'absence du sommeil. Les doigts suspendirent leur caresse, puis s'animèrent de nouveau. Encore plus inexistante, elle découvrit sous les doigts qui se réchauffaient lentement la fragilité de cette clavicule et le poids dense du sein qui retint la caresse.

Elle était couchée sur le côté, le visage à moitié enfoui dans l'oreiller. Pose idéale, pensait-elle, pour son sommeil feint et qui lui permettait de ne pas partager ce qui arrivait à ce corps de femme caressée. Mais soudain les doigts s'appuyèrent plus fermement sur son épaule, puis sur sa hanche, comme pour la faire basculer. Elle se sentit de nouveau fébrilement présente dans ce corps, emprisonnée en lui. Une fois renversée sur le dos, trop exposée, elle ne pourrait plus mentir…

Le serrement des doigts sur son épaule se relâcha. Un crissement sec se fit entendre à l'autre bout de la chambre. Sans ouvrir les yeux, elle reconnut le bruit. Un tison, en s'affaissant, poussa la petite porte du poêle. Entre les cils, elle distingua le reflet du miroir. Un adolescent nu, accroupi près du poêle, ramassait de petits brandons éteints ou encore rouges et les jetait dans la braise…

Le matin, quand il entra dans la cuisine, elle remarqua un discret pansement à l'un de ses doigts. « Tu t'es coupé la main ? » lui demandat-elle sans réfléchir comme elle eût fait autrefois. « Non, répondit-il simplement, non… »

Elle ne se rendrait pas compte tout de suite qu'à partir de ce matin-là ils se croiseraient de moins en moins souvent.

Quelques nuits suivirent, des nuits calmes, passées les yeux ouverts, à peine ponctuées de brefs oublis de sommeil. Les journées, elles, coulaient dans une somnolence hagarde que perçaient les visages des habitants de la Horde, des lecteurs de la bibliothèque. Des yeux insupportables dans leur insistance, des lèvres trop proches, des mots articulés par une lente succion mouillée qui attirait son regard et ne laissait pas saisir le sens des paroles. Elle s'écartait dans un recul excessif, se mettait à parler pour effacer sa maladresse. Sa propre voix l'assourdissait, en résonnant, lui semblait-il, quelque part derrière elle. Et une pensée obsédante, comme un fil émoussé qu'on pousse en vain dans le chas d'une aiguille, tournait dans son esprit ensommeillé : « Et si je ne faisais plus d'infusion le soir. Il comprendrait tout… Non, il faut continuer, mais la boire dans la chambre. Non, je ne peux pas. Il va deviner… »

Le soir suivant, elle emporta la petite casserole dans sa chambre. Et quelques minutes après, en jetant un regard à travers une porte entrouverte, aperçut une ombre qui parcourut le couloir et se glissa dans la cuisine. Ou peut-être crut-elle seulement l'apercevoir ? Elle n'était plus tout à fait sûre de ce qu'elle voyait. Le lendemain matin, elle ne retrouva pas le petit récipient sur sa table de nuit. « Donc je ne l'ai pas apporté », nota-t-elle dans l'engourdissement du sommeil, mais tout à coup elle comprit que cette histoire de tasse remontait à la nuit précédente ou même à la nuit d'avant. Dans sa mémoire les jours se chevauchaient, puis se rompaient en laissant entrevoir une matière opaque, sans heures, sans bruits.

Et lorsqu'un soir elle vit de nouveau la fine poussière blanche sur la surface de l'infusion, cela apparut non pas comme une répétition, mais comme la continuation du geste interrompu quelques jours plus tôt, la nuit où les étincelles des brandons avaient jailli du poêle. Oui, les doigts glacés poursuivirent leur pression sur son épaule, sur sa hanche. Son corps bascula lentement sur le dos… Et sa fatigue, son épuisement furent tels qu'elle n'eut pas à imiter le sommeil. Elle se sentit momentanément morte. Au lieu des pensées embrouillées, des paroles fébriles qui depuis des semaines résonnaient en elle jour et nuit, une rumeur grave, régulière l'envahit tout entière — semblable au bruit du vent dans les hauts sommets d'une forêt en hiver…

Ce calme mortel se brisa aussitôt. Malgré les paupières closes, elle se vit, vit la chambre, le lit, leurs deux corps. Sa mort fugitive prit fin. Un mouvement, un léger raidissement, elle ne sut bien quoi, dut la trahir. Elle entendit le frôlement des pas, eut le temps d'apercevoir la flamme d'une bougie, une longue flamme étalée à l'horizontale, aspirée par l'obscurité du couloir.

C'est cette bougie qui lui permettrait de repousser la folie. Elle passerait la matinée à s'expliquer très posément qu'à cause des coupures d'électricité tout le monde était réduit à utiliser les bougies et qu'on devait craindre les incendies, surtout dans les familles avec de jeunes enfants et que… Elle avait peur de s'écarter une seconde de la logique protectrice de ces banalités…

Durant plusieurs jours, elle porterait sur son corps la sensation d'un poids souple et craintif.

Et puis, il y aurait une nuit où sans avoir bu l'infusion saupoudrée de cristaux blancs elle s'endormirait, ne pouvant plus rien contre la montagne des sommeils en retard qui pesait sur ses yeux. Elle s'endormirait au moment même où la flamme d'une bougie apparaîtrait dans le lent glissement de la porte. Et se réveillerait un instant après, seule, dans le noir. Avec une acuité maladive, elle sentirait l'odeur de la mèche et ce souffle de froid, de glace, de nuit que portait dans ses plis le long manteau d'homme. Elle devinerait que le regard qui venait de se poser sur elle avait senti la torture de ce corps endormi et que cette visite nocturne n'avait duré que le temps d'une brève compassion muette.

Le lendemain de cette nuit, elle se surprit devant le miroir — un visage tiraillé de grimaces et, sur les lèvres, un long chuchotement haletant : « Tarentelle, tarentelle, tarentule, ta-ra-ra-ra, tarantas... » Il n'y avait aucune possibilité de s'arrêter car immédiatement se mettaient à chuinter en elle d'autres mots, des phrases très logiques, de cette justesse infaillible qu'ont souvent les raisonnements des aliénés. Oui, ces mêmes phrases dont le bon sens lui avait paru salvateur quelques jours auparavant. À présent leur intonation, obtuse et imperturbable, la terrifiait.

— Il est venu en apportant une bougie. C'est dangereux. Qu'est-ce qui est dangereux ? Qu'il soit venu... Ce manteau. Il le met pour pouvoir cacher rapidement son corps nu si je me réveille soudain. Si je me réveillais, il pourrait dire que la porte-fenêtre s'était ouverte et qu'il est venu la refermer. Il a sans doute déjà pensé à toutes les réponses possibles... Il n'a fait que toucher mon corps, un corps de femme qui l'intrigue. Oui, il faut le dire ainsi. Il a caressé le corps d'une femme. Si je pouvais devenir cette femme sans nom ! Mieux encore, sans visage. Un accident ? Un visage couvert de pansements, invisible. Et ce corps endormi, irresponsable… Ce qui s'est passé jusque-là est, somme toute, anodin… Je vis dans l'espoir que tout restera anodin. Donc je l'accepte, je m'y habitue, je n'ai rien contre la suite, à condition que cela ne dépasse pas une certaine limite. Quelle limite ?

Elle reprit encore plus fiévreusement son « tarentule-tarentelle », les yeux mi-clos, la tête animée de menues trépidations. Il fallait à tout prix ne pas laisser naître la pensée qui se formait déjà…

À cette prière bafouillante répondit soudain le tambourinement dans la porte d'entrée. Non, en réalité, ces coups se faisaient entendre déjà depuis un moment et c'est leur bruit qui avait provoqué le « tarentelle-tarentule ». Car, en entendant quelqu'un frapper, elle avait dû étouffer cette pensée interdite à la compréhension : « Et si c'était quelqu'un qui… ta-ra-ta-ra… quelqu'un qui venait… tarentelle, tarentelle… venait pour dire que… tais-toi… tarentelle… tarentule… que l'enfant… tais-toi… ta-ra-ta-ra… que l'enfant s'est… tais-toi… ce visage sous les pansements… ta-ra-ta-ra… mon visage, le mien, le mien, le mien… tarentelle-ta-ra-ta… surtout pas lui… et si c'est lui… des mois à l'hôpital… non… non… tu espères un accident… tais-toi… ta-ra-ta-ra… »

Elle ouvrit la porte. Dans le télégramme que le facteur lui tendit, elle apprit le retour à Paris que quelqu'un lui annonçait. Restée seule, elle ne réussit pas tout de suite à appliquer à ce quelqu'un les initiales de L.M. et avec stupéfaction se dit que pour les autres ces lettres indiquaient « son ami » ou « son amant »… Elle savait que, toujours après une longue absence, L.M. envoyait des télégrammes — une façon de brûler les étapes des retrouvailles en limitant le temps des reproches, des justifications, de la froideur et du pardon enfin consenti. « Montagnes de travail. Serai à Paris samedi », écrivait-il cette fois. Elle entendit derrière les lignes une voix dont le ton voulait prévenir toute objection. « Comme c'est étrange, pensa-t-elle. Tout cela continue donc. Dans leur vie. Là-bas… »

Elle comprenait que désormais « là-bas » commençait derrière la porte de sa maison.

Elle savait ce qui allait se passer. Il laisserait la voiture sous la rangée des platanes près de la gare, rejoindrait la ville basse en empruntant des petites rues désertes et serait heureux de lui annoncer qu'aucun habitant de la Horde d'or ne l'avait croisé. Dans l'entrée, après l'avoir embrassée, il passerait ses doigts sur la tablette de la commode, sur cet angle scié il y a bien des années. Et il s'enquerrait de la santé de son fils avec un air de participation très appuyée. Ils repartiraient pour Paris. Au volant, il parlerait beaucoup, sans réussir à dissimuler son léger manque d'assurance, sa nervosité — l'incertitude gênée d'un homme devant la femme qui doit accepter des bribes de vie qu'il lui concède... Il parlerait plus abondamment encore pendant une partie de la nuit, rassuré par la tendresse, par l'absence de reproches, par la fidélité de ce corps féminin qui saurait, après une longue séparation, restaurer sans erreur la délicate mémoire amoureuse des moindres mots et caresses... Le matin, elle quitterait l'hôtel la première, en évoquant l'un des prétextes habituels (visite chez une amie, une course...) et lui, tout en proposant de la ramener à Villiers-la-Forêt, ne parviendrait pas à effacer de sa voix une note de soulagement reconnaissant...

Elle prenait un plaisir aigu à deviner la suite des petites mises en scène de leurs retrouvailles. Il entra, l'embrassa, toucha l'angle de la commode, puis, en baissant la voix, promit de lui envoyer l'adresse d'un « excellent praticien, un ami presque, malheureusement perdu de vue ». Dans la voiture, il parla des camps qu'il avait visités en Allemagne, du verglas qui rendait la conduite difficile, de leurs compatriotes qui rentraient en Russie, du prix de la viande. Il sentait qu'il parlait trop, en voulait à cette femme de son silence, s'énervait en laissant filtrer dans ses paroles un ton cassant qui semblait dire : « Ce n'est pas la peine de bouder. Je ne peux te proposer aucun autre mode de vie. C'est à prendre ou à laisser. »

Mais si elle se taisait, ce n'était pas du tout par rancune. C'est presque avec admiration qu'elle constatait la solidité de ce monde de routine. Ce « praticien », ce fantôme qui revenait chaque fois dans les premières minutes de leurs rencontres, telle une tournure de politesse obligée. Cette nervosité qu'elle effaçait soudain en effleurant de sa main la sienne, au volant. Oui, la nervosité agressive qui se muait immédiatement en attendrissement volubile, repentant... Au matin, cette solidité la fit sourire. « Je peux te raccompagner, tu sais... », dit-il en laissant à la fin de sa phrase ce petit flottement où elle se hâta de placer son refus habituel.

En sortant de l'hôtel, elle pensa que pour lui cette obligation de la ramener eût été aussi pénible qu'est pour l'homme le devoir de caresses aussitôt après l'épuisement amoureux... Dans la rue, en tournant deux fois au hasard, elle entra dans un café, s'assit près de la vitre et à peine une minute après le vit marchant sur le trottoir. L'homme qui venait de l'embrasser avec quelques mots d'adieu... Il longea le café, en frôlant presque l'angle, mais ne la remarqua pas. Elle le vit consulter sa montre et faire une petite moue dépitée. Un peu plus haut, il s'arrêta et, avant de monter dans la voiture, gratta les semelles de ses chaussures couvertes de neige souillée contre le rebord du trottoir.

« Un homme est venu hier dans une petite ville boueuse et triste, notait-elle distraitement en suivant ses gestes, et a fait venir à Paris une femme dont, durant quelques heures, il a étreint le corps, a pressé les seins, a écrasé le ventre. Et maintenant soigneusement il décrasse ses chaussures sous le regard de cette femme, dans une rue froide, aux maisons comme rapiécées de gris et de noir. Un

221

homme qui, la nuit, en attendant le prochain afflux du désir, a parlé de milliers de cadavres déterrés dans les charniers d'Allemagne. Il disait qu'il voulait écrire un recueil de poèmes à ce sujet, mais que "la matière résistait". Il parlait avec une excitation inquiète, visiblement pour pallier, avec les paroles, le retard du désir… »

Elle s'interrompit, se sentant déjà entraînée vers la pente toute proche de la folie. Non, il valait mieux rester dans… Elle faillit penser « dans leur monde ». Le monde où l'on appelait l'« amour » ce qui venait de se passer entre cet homme qui grattait ses chaussures et cette femme qui l'observait à travers la vitre d'un café…

Elle n'alla pas voir Li, de peur justement que celle-ci, persuadée de l'intensité de cet « amour », ne la questionnât sur l'homme qui venait de partir.

Cette nuit à Paris lui fut, malgré tout, d'un grand réconfort. Leur rendez-vous ressembla aux précédents, donc rien ne dénonçait en elle, pour les autres, ce qu'elle vivait dans sa maison de Villiers-la-Forêt…

C'est seulement le lendemain de son retour qu'elle osa s'avouer à elle-même la vraie raison de la secrète bienfaisance de cette nuit parisienne : à aucun moment, aucun geste, aucune caresse, aucun plaisir reçu ou donné ne lui avait rappelé ce qui les unissait désormais, elle et son fils.

IV

S'il n'y avait pas eu cette crainte de paraître ridicule à ses propres yeux, elle se serait entraînée, avant le soir du réveillon, à rendre plus naturels les gestes, les sourires, les mots dont elle aurait besoin pendant ce repas en tête à tête. Mais seules ses lèvres frémissaient légèrement en répétant les paroles qu'elle venait d'adresser à son fils pour lui demander d'aller chercher quelques branches dans le bois derrière la Horde. Elle avait parlé avec une décontraction si fausse, sembla-t-il, qu'il avait acquiescé et était parti avant qu'elle eût fini sa phrase. Et à présent, silencieusement, elle remodelait sans cesse ces paroles qui, par leur ton emprunté, avaient dû dénoncer l'inavouable… De temps en temps, elle se levait, rajustait la nappe sur la table de la cuisine, déplaçait légèrement les couverts, les assiettes, le petit panier avec les tranches très fines du pain. Puis, sortant dans le couloir, elle se regardait dans la glace, entre la porte d'entrée et la commode. Sa robe noire, celle qu'elle mettait pour aller au théâtre, lui paraissait trop moulante, le décolleté trop découpé. Elle enlevait la ceinture, la remettait, l'enlevait de nouveau. Puis couvrait ses épaules d'un châle. En revenant dans la cuisine, elle tâtait le couvercle de la poêle sur le fourneau. « Tout va être froid maintenant. Où tu as disparu ? » Elle se réjouissait en entendant en elle cette question destinée à son fils. Les mots semblaient retrouver leur innocence...

Cette fin d'année était arrivée trop subitement. Elle avait failli oublier que ces fêtes hivernales existaient. D'habitude, plusieurs familles de la Horde d'or se réunissaient dans le réfectoire de la maison de retraite et réveillonnaient ensemble, enfants et vieilles pensionnaires confondus. Mais depuis l'hiver dernier certains habitants avaient déménagé, comme la famille du rouquin, deux des pensionnaires, dont Xénia, étaient mortes et ce soir-là, dans les couloirs nus du bâtiment sans lumières, on entendait juste le cliquetis discret des serrures : un habitant ou un autre entrouvrait sa porte et écoutait longuement en espérant reconnaître les bruits d'une tablée...

Il fallut à plusieurs reprises écourter la mèche des deux bougies qui commençaient à trembloter et à lancer de petits filaments de suie. Le couvercle de la poêle était à peine tiède. « Où tu as disparu ? Il faudra tout réchauffer maintenant », répétat-elle, mais sa voix lui parut de nouveau crispée et déjà teintée d'inquiétude. Le froid s'installait rapidement dans cette cuisine privée de feu. Elle ramassa quelques copeaux, puis une poignée de poussière noire, celle du charbon depuis longtemps épuisé, jeta tout cela au fond du fourneau. Se lava les mains et, n'y tenant plus, alla dans l'entrée, poussa la porte. La nuit glaciale, limpide, lui trancha la respiration. Elle voulut appeler, se ravisa, referma la porte. Et, retraversant le couloir, s'arrêta indécise dans sa chambre. Le reflet de sa robe noire dans la glace éveillait sournoisement un souvenir tendre et obscur...

La porte d'entrée claqua, des pas frappèrent les planches et, de la cuisine, parvint le tintement creux d'un seau. Un cri, si inhabituel dans la bouche de l'enfant, un cri à la fois impatient, joyeux et autoritaire sembla la chercher à travers la maison :

— Maman, tu peux m'aider ? C'est très urgent ! Sinon ils vont mourir...

Elle parcourut le couloir, décrocha le manteau et sans demander d'explications suivit son fils qui sautait déjà du perron.

Dans l'obscurité, il l'amena en bas d'un grand pré enneigé, en bordure du bois. Il courait au milieu des premiers arbres, disparaissait de temps en temps derrière un tronc, se retournait pour voir si elle le suivait. Elle lui emboîtait le pas comme dans un étrange rêve, aveuglée par la lune qui de loin en loin perçait le lacis des branches.

Ils se retrouvèrent près d'une large flaque d'eau, cette mare qui tantôt formait une petite boucle de la rivière, tantôt, quand il pleuvait moins, se refermait en une minuscule cuvette remplie d'algues. La mare au bord de laquelle, se souvint-elle, jouait le rouquin, le jour de la première neige...

— Regarde ! — La voix de son fils était cette fois assourdie comme sont les paroles dont on craint l'écho dans un lieu angoissant ou sacré. — Encore une nuit de gel et ils seraient tous morts...

La surface du petit étang était recouverte de glace, seule une percée, moins large qu'un pas, faisait apparaître l'eau libre, noire. Et ce vernis sombre était rayé de mouvements incessants, de brèves secousses frénétiques, puis d'une lente rotation ensommeillée. Parfois, dans le reflet liquide de la lune, les écailles brillaient, on voyait se dessiner des nageoires, les plaques argentées des ouïes...

Ils commencèrent le sauvetage avec une précipitation excessive, comme s'il s'agissait de la dernière minute pour ces quelques poissons piégés par le froid. Elle voyait son fils plonger la main jusqu'au coude dans l'eau glacée, retirer les corps glissants, engourdis par le manque d'air et qui ne se débattaient presque plus. Il les lâchait dans le seau qu'elle lui tendait et, se recouchant sur la neige, reprenait sa pêche. Pour lui faciliter la tâche, elle débarrassait l'eau des éclats de glace, retirait des écheveaux d'algues et parfois l'aidait à remonter les manches de sa veste tout imbibées d'eau. Leur hâte voulue mêla en un tout fiévreux les gestes, le crissement de la neige sous les pas, le scintillement de la lune brisée dans l'eau noire de la percée, le craquement de la glace, le clapotis des gouttes, leurs répliques brèves comme les ordres sur un navire en pleine tempête. Dans cette agitation, leurs yeux se rencontraient parfois pour une parcelle de seconde — et ils surprenaient combien le silence de ces regards était étranger à cette précipitation... Elle aperçut que la main droite de son fils portait, sur les phalanges, quelques écorchures. Mais il y avait autour tant de glace, tant d'eau froide que le sang avait à peine rosi la peau et ne coulait plus. Pour la première fois depuis peut-être la naissance de cet enfant, elle pensa à ce saignement sans inquiétude et ne lui dit rien...

Il relâcha les poissons, un par un, en approchant le plus près possible du bord glacé de la rivière. Leurs corps palpitèrent un instant dans sa main, puis fondirent leur vie frémissante dans le flux noir dont on sentait la pesée froide, dense... À la fin, il renversa le seau en laissant couler le reste de l'eau avec quelques pousses d'algues et des glaçons. Le tintement des dernières gouttes fut d'une sonorité rare, d'une pureté qui cisela les contours des arbres, raviva le reflet de la lune dans une fondrière gelée. Ils se regardèrent, muets : deux ombres aux visages argentés par la lune, les vêtements en désordre, deux silhouettes immobiles, dans la nuit, au bord d'une coulée lisse, impénétrable... Un brin de vent apporta soudain une imperceptible rumeur de vie, mélange effacé de cris et de musique. Elle tourna le regard en direction de la ville haute.

— Les gens font la fête là-bas, dit-il comme à travers une rêverie et sans détacher ses yeux de l'eau qui scintillait à ses pieds.

« Là-bas, se répéta-t-elle en marchant à côté de lui. Là-bas… Donc lui aussi était conscient de vivre ailleurs. »

Pendant cette nuit au bord de la rivière, il dut, sans s'en rendre compte dans l'agitation du sauvetage, blesser son genou. Le lendemain une bosse de sang se forma, enfla rapidement. Le soir, il eut une brusque montée de fièvre. Plusieurs fois déjà le médecin installé dans la ville haute avait refusé de venir, Il n'y avait plus de chemin convenable entre Villiers-la-Forêt et la Horde plongée dans le noir. Elle-même mit un bon quart d'heure pour contourner simplement le bâtiment et atteindre le grand portail. Le sentier qui longeait le mur avait disparu, à certains endroits les bourrasques avaient sculpté de longues congères qui barraient la route.

Elle frappa chez le « médecin-entre-nous ». Il ouvrit tout de suite, bien qu'il fût minuit passé, comme s'il attendait sa visite. En l'accompagnant, il entretint avec une ruse professionnelle une conversation sur « l'hiver le plus rigoureux depuis cent ans ». Comme les fois précédentes, il fit entendre tout au long de son intervention des petits rires chuchotants. On eût dit qu'il ne croyait pas ce qu'on lui racontait et avait son opinion sur la maladie de l'adolescent. « C'est rien du tout, mais vraiment rien du tout », répétait-il sans interrompre ses gloussements. Et de même qu'auparavant, il commenta ses gestes sur un ton de prestidigitateur forain. « En voilà une bien jolie p-o-o-o-nc-

tio-o-o-n ! Et maintenant un magnifique pansement au sérum… » Avant de partir, il pencha son
visage vers celui de l'adolescent et annonça toujours avec l'air d'un illusionniste : « Et demain tu
marches, entendu ? Comme un grand… » En sortant, il redit, mais cette fois de sa voix habituelle :
« Tout cela reste évidemment entre nous. »

Le lendemain l'enfant se leva… Elle s'aperçut
qu'elle priait uniquement à ces moments de convalescence inattendue, inespérée. Le reste du
temps ses vœux formaient un bruissement continu
de paroles qu'elle ne remarquait presque plus.
Tandis que ces rares prières conscientes étaient
d'une violence menaçante à l'égard de celui qui
les recevait et exigeaient un retournement complet dans la vie de son fils, un rétablissement
impossible qui devait être possible puisqu'il s'agissait de son enfant. C'est ainsi que ce soir-là, le
visage serré dans les mains, les lèvres desséchées
par le souffle des mots muets, elle implorait, exigeait un miracle… Plus tard, dans la nuit, calmée,
elle se rendit compte avec une aigreur douloureuse que le miracle était lié à ce personnage
étrange, ce « médecin-entre-nous » qui lui avait
ouvert la porte, habillé d'un vieux smoking bien
repassé, un nœud papillon sous la pomme
d'Adam, comme si, à minuit, dans la forteresse
glacée et noire de la Horde, il s'apprêtait à se
rendre à une fête. « Un pauvre fou, tel que nous
sommes tous ici », pensa-t-elle. Les mots de sa
prière enfiévrée revenaient à présent par échos
fatigués. Elle les écoutait et s'avouait à contrecœur

que son espoir secret était de faire au moins reculer le moment de la nouvelle rechute, du nouveau saignement. Oui, de gagner quelques jours pendant lesquels elle pouvait vivre dans l'illusion d'un miracle réussi, sans trop avoir honte de sa faiblesse.

C'est durant ces journées-là, un soir, qu'il apparut de nouveau dans sa chambre…

La dernière semaine de l'année formait toujours un temps très singulier dans la vie des habitants de la Horde d'or. Ces jours qui suivaient Noël et le jour de l'An semblaient soudain rebrousser chemin car le Noël et le jour de l'An russes arrivaient avec deux semaines de retard sur les fêtes françaises et créaient l'illusion d'une nouvelle fin d'année. Ce retard donnait naissance à une étonnante confusion temporelle, à une parenthèse introuvable dans les calendriers, à une joie, souvent inconsciente, de ne pas appartenir à la vie qui reprenait sa triste cadence de janvier.

En cet hiver 1947, les deux semaines égarées entre les fêtes, dans les derniers jours de décembre, paraissaient aux émigrants encore plus vacantes que d'habitude, encore plus détachées du quotidien de Villiers-la-Forêt. Au rez-de-chaussée occupé par la maison de retraite, dans un petit hall à côté du réfectoire, ils avaient installé un sapin, comme chaque année. Mais cette fois la présence de l'arbre dans ce bâtiment morne et froid n'avait rien de festif et faisait plutôt penser à l'intrusion de la forêt dans une maison abandonnée… Un soir, en quittant la bibliothèque, Olga surprit dans le noir la présence d'un homme qui tournoyait doucement devant l'arbre. Il s'enfuit en entendant ses pas. Elle comprit qu'il était en train de valser tout seul, dans le halo d'une bougie fixée de guingois sur une branche. Elle voulut la souffler mais ne fit rien, en pensant que l'homme guettait peut-être son départ pour reprendre son tournoiement solitaire…

Un jour, par un matin particulièrement froid, elle alla dans la ville basse chercher du pain. En quittant la Horde, elle remarqua que sur la surface lisse de la neige ses traces étaient les toutes premières de la journée. La boulangerie était fermée, il lui fallut remonter jusqu'à celle qui se trouvait dans la ville haute, à côté de l'église. Elle essaya à plusieurs reprises de serrer le col de son manteau, mais ses doigts gourds ne lui obéissaient plus, le vent s'engouffrait dans ce col déboutonné, dans les manches. Devant la boulangère elle se sentit tout à coup muette, ses lèvres gelées articulaient à grand-peine. Celle-ci l'écouta avec la patience appuyée et dédaigneuse qu'on a pour les bègues, puis lui tendit une miche. Olga n'osa pas dire qu'elle avait demandé autre chose. Et garda durant toute la journée dans les commissures des lèvres cette angoissante sensation de paroles figées

Cette nuit-là, pour quelques secondes sans fin, il s'endormit, serré contre ce corps féminin inerte — contre elle.

C'était aussi l'un de ces jours égarés entre deux calendriers, un jour aux coloris déteints, estompés dans le froid et le vent, un long crépuscule qui dura du matin au soir… Au début de la nuit, elle le vit apparaître de nouveau sur le seuil de la chambre. Elle se moula presque sans effort dans la mort momentanée qui rendait son corps insensible. Son bras qu'il souleva avec précaution pour le déplacer retomba avec la molle pesanteur du sommeil. Cette mort n'exigeait d'elle qu'une chose : se sentir totalement étrangère à ces déplacements furtifs transmis à son corps, à ces caresses à peine perceptibles et toujours comme étonnées d'elles-mêmes, à tout ce lent et craintif sortilège de gestes et d'expirations retenues. Oui, s'éloigner de ce corps, être intensément morte en lui…

Un son infiniment lointain, le carillon d'une horloge perdue dans la nuit, l'atteignit dans sa mort, l'éveilla. Ses cils frémirent, traçant un fin interstice irisé. Elle vit. Une bougie posée au sol dans un étroit verre de faïence, le mouvement fauve des flammes derrière la petite porte du poêle… Et ces deux nudités qu'elle contempla d'un regard encore étranger, extérieur, comme quelqu'un qui les eût observées du dehors, à travers la fenêtre. Un corps de femme, étendu sur le dos, grand, beau, dans un repos parfait. Et telle une corde soudainement relâchée, ce corps d'adolescent, fragile et très clair, allongé sur le côté, la tête renversée, la bouche entrouverte. Il dormait…

Durant quelques instants que dura ce sommeil, elle eut le temps de tout comprendre. Ou plutôt ce qu'elle allait deviner le lendemain matin, ce à quoi elle penserait pendant les jours suivants, tout cela, déjà pressenti, se condensa, dans ses yeux encore éblouis de pouvoir demeurer grands ouverts. Elle comprit l'inhumaine fatigue de ce jeune corps, l'épuisement accumulé depuis des semaines, des mois. Cette brève syncope hypnotique après d'innombrables nuits de veille. Elle crut mesurer, grâce à cet abandon de quelques secondes, l'abîme qu'il portait en lui sans rien laisser paraître. Il s'était endormi comme font les enfants, à mi-geste, à mi-mot… Le lointain carillon des heures se tut. Il n'y avait plus que ce tintement des cristaux contre la vitre, les vagues d'air invisibles, venant, chaudes, du feu et froides, de la fenêtre, la senteur affinée du bois brûlé. Et ces deux corps nus. Placés au-delà des mots, en dehors de tout jugement. La pensée les effleurait, insérait leur blancheur dans l'obscurité, dans le silence, dans cette odeur pénétrante du feu et elle se brisait contre le seuil derrière lequel elle n'exprimait plus rien.

De très loin, quelques secondes après le premier carillon, parvint sa réplique, les mêmes douze vibrations, tantôt effacées, tantôt polies par le vent. Elle referma rapidement les yeux. Il se leva si brusquement qu'il donna l'impression de voler — en traversant la chambre, en attrapant le manteau, la bougie, en tirant la porte…

Ce sommeil dura le temps de l'intervalle entre minuit et son rappel, en cette nuit de l'An qui n'existait que dans l'ancien calendrier.

Le lendemain de cette fête fantôme, la matinée commença pour elle bien avant le lever du jour, encore dans la somnolence trouble de la nuit, avec une longue flamme fumeuse noyée au fond d'une bougie fondue. À pas feutrés elle allait et venait à travers la chambre, ouvrait les cartons remplis de lettres, de vieux papiers, les triait, en jetait la plupart dans une caisse en contreplaqué, près du poêle, où s'entassait tout ce qui servait à attiser le feu. La place qui se libérait peu à peu sur l'armoire encombrée de ces cartons, sur les rayons de l'étagère, lui causait, par son vide, une joie vague mais réelle. Sensation de voyage proche ou de déménagement...

Elle entendit son fils ouvrir la porte d'entrée, puis descendre le petit perron en bois — quelques veines d'eau gelée, entre les planches, crièrent sous ses pas. Cachée par le rideau, elle le suivit du regard tout au long du sentier qu'il emprunta. Qui était-il ?

Cet adolescent vêtu d'un manteau d'homme trop large et encore trop long. Son fils qui allait saluer, en les croisant, les habitants de la Horde et, dans la ville haute, certains Français de sa connaissance et recevoir leur salut de l'air le plus naturel du monde. Ou bien ce jeune être méconnaissable, dans un fugitif instant de sommeil passé auprès d'un corps de femme, dans cette chambre nocturne, rendue ondoyante, instable par la flamme d'une bougie posée au sol ?

Quand son regard se fit à la cadence de la marche de cette silhouette qui longeait le mur, elle remarqua qu'à chaque pas son pied, son talon, semblait frapper le sentier gelé avec colère. Elle sut étouffer à temps la pensée qui se répandait déjà comme un acide : « Il boite… » La parole se coupa. Elle se souvenait maintenant que la nuit, en observant ce corps fragile étendu près du sien, elle avait aperçu autour du genou une tache bleu et jaune, trace du dernier hématome… Sous un coup de vent qui écarta les pans du manteau, la silhouette s'élargit et disparut en tournant l'angle du bâtiment. Elle se représenta de nouveau tous les visages que les yeux de l'adolescent allaient rencontrer sur le chemin et dans la ville. Ils ressemblaient étrangement à ceux, indignés et méprisants qui, dans son esprit, pourraient un jour condamner la vie de leur étrange couple. C'est alors que d'une voix durcie elle murmura en entendant autre chose que ces paroles à moitié irraisonnées :

— Qu'ils aillent tous au diable avec leurs réveillons et leurs boulangeries ! Ils ne comprendront jamais…

Le lendemain le facteur ne déposa pas les journaux auxquels la bibliothèque de la Horde était abonnée. Quelques rares lecteurs qui bravaient encore le froid et les chemins enneigés parlèrent de la grève des journalistes ou des imprimeurs, on ne savait pas trop. Le facteur répéta l'explication encore trois ou quatre fois, puis on finit par ne plus remarquer l'absence de nouvelles... Le train qui allait chaque matin à Paris eut, à cause des chutes de neige, plusieurs retards et, un jour (l'eau gelée, racontait-on, avait gauchi les jointures des rails), il resta immobilisé toute la journée. La capitale, le monde extérieur paraissaient désormais improbables. Les coupures de courant plongeaient même la ville haute dans l'obscurité dès six heures du soir. Quant à la forteresse de l'ancienne fabrique de bière, les Villersois se demandaient si elle était encore habitée.

La bibliothèque demeurait souvent déserte. On ne voyait personne non plus dans la cour toute bosselée de congères. Retranchés chez eux, les habitants vivaient ces brèves journées crépusculaires en guettant les moindres bruits dans les couloirs, en les interprétant, en s'imaginant les uns les autres dans ce guet frileux sous une couverture ou épaule serrée contre la pierre du poêle chauffé avec parcimonie. Et s'ils apparaissaient quand même dans la bibliothèque, c'était pour repartir presque tout de suite sans même raconter leur histoire habituelle, en renchérissant seulement sur ce renseignement recueilli dans un journal vieux d'une semaine : « L'hiver le plus froid depuis quatre-vingts ans… Depuis cent ans… Depuis cent vingt ans… »

Pendant ces journées sans vie, sa pensée revenait souvent à cet adolescent vêtu d'un lourd manteau d'homme et qui, en marchant, frappait le sol glacé de son pied comme dans un geste de colère enfantine. « Il n'a pas eu d'enfance », se disait-elle. Aucune de ces joies simples que le monde doit à l'enfant. Le jardin autour de la maison familiale, les voyages chez les grands-parents… Ou encore… Non, rien de tout cela. La douleur. L'attente anxieuse de la nouvelle douleur. Un répit incertain qui ne durait que pour permettre à l'espoir de naître et de s'évanouir.

Un jour elle essaya de sauver de ce vide ce qui pouvait encore l'être, des parcelles insignifiantes, un sourire par-ci, une seconde d'apaisement par-là. Il y en avait si peu. Presque rien. Cette réminiscence peut-être : une journée ensoleillée et froide — écho d'un autre hiver perdu dans les premières années de cette enfance pauvre qu'elle n'avait pas vue passer… Il a cinq ou six ans et il voit la neige pour la première fois de sa vie. Il accourt vers elle, en faisant crisser les feuilles mortes saupoudrées de cristaux, et lui montre une brisure de glace avec quelques brins d'herbe et une minuscule corolle de fleur emprisonnée dans sa transparence humide. Elle s'apprête déjà à s'extasier ou à se lancer dans des commentaires physiques. Mais une intuition suspend ses paroles. Ils restent l'un à côté de l'autre, silencieux, en suivant le lent égouttement de la beauté et la délivrance des tiges qui hors de la glace deviennent molles et sans charme.

Son oubli dans cet instant du passé fut si profond qu'elle mettrait un moment pour apprivoiser par son regard ce crépuscule d'hiver, ce sentier qui longeait le mur de la Horde. Elle rentrait de la bibliothèque. À un endroit, pour escalader une grande bosse de neige, il fallait s'appuyer fortement sur la pierre, presque s'aplatir contre sa surface rêche. Elle accomplit cette suite de mouvements délicats avec une lenteur machinale, se sentant de nouveau ailleurs... Dans cette longue soirée d'été, plusieurs années auparavant. La lumière d'un couchant voilé, chaud. Les murs de la Horde sont tièdes et, comme chaque été, tissés de houblon. Elle est assise sur leur perron en bois, immobile, rêveuse, suivant des yeux le pas de l'enfant, ce garçon de sept ans qui marche sur la rive, s'incline, fouille le sable. Puis se dirige vers elle, radieux. « Regarde, quelle empreinte ! » C'est un fragment calcaire avec la large volute creuse, ponctuée de paillettes nacrées d'une ammonite. Cette cavité rappelle un objet et cette ressemblance est inquiétante. « On dirait une gouttière de plâtre pour mon genou », murmure l'enfant. Elle rencontre son regard, se sent désemparée, contrefait la gaieté : « Oh, tu sais, ta gouttière... » L'enfant l'interrompt. L'oreille collée à l'empreinte du coquillage, il écoute : « On entend le bruit de la mer... une mer qui n'est plus là... » Il lui tend sa trouvaille. Elle l'applique à l'oreille, écoute. On entend le silence du soir, le cri d'un oiseau, la respiration discrète, retenue de l'enfant…

Cette éclosion des instants d'autrefois dura jusqu'à la nuit. À peine consciente, elle poussa la porte, enleva son manteau, alla allumer le fourneau, préparer le thé… Mais au-delà des gestes, ces éclats du passé, toujours très humbles et, on eût dit, inutiles, se déployaient, la laissaient vivre dans leur temps de lumière. Elle s'approchait de la table, prenait sa tasse, la théière… (Un jour de printemps, encore à Paris, dans cet appartement sombre où le seul rayon de soleil vient en fin d'après-midi, reflété dans les fenêtres de la maison d'en face. L'appartement où l'on pressent déjà un départ proche. Le rayon pâle glisse sur la table, emplit un bouquet de branches de merisier en fleur. Arrêtée sur le seuil, elle surprend l'enfant qui, le visage plongé dans les grappes blanches, chuchote en imitant plusieurs voix, avec l'intonation tour à tour suppliante ou enflammée. Elle recule d'un pas, le crissement d'une latte de parquet la trahit. L'enfant lève la tête. Ils se regardent longtemps en silence…) Elle s'éveilla au milieu de la cuisine, ne comprenant pas ce qu'il fallait faire de cette tasse, de cette théière qu'elle tenait encore, tels les objets dont on ignore l'usage…

Plus tard dans la soirée, elle se rendit compte d'un oubli fâcheux, remit son manteau, sortit sur le perron et à l'aide d'une vieille hache couvrit d'entailles l'épaisse couche de glace sur les marches. Puis, reprenant le petit sentier qui contournaît le mur, zébra la pente glissante de la petite montée à l'endroit le plus dangereux...

Avant de s'endormir, il y eut encore plusieurs chutes lumineuses dans le passé. Et une fois, en émergeant, en revoyant dans un seul regard tous ces reflets que sa mémoire avait secrètement retenus, elle eut cette pensée qui l'éblouit par son évidence : « Donc je n'ai rien oublié, je n'ai rien manqué du tout... » Le sommeil engourdissait déjà sa pensée. Elle comprenait seulement qu'à son insu elle avait préservé l'essentiel de cette enfance, sa part silencieuse, vraie, unique.

... Au matin, elle se rappellerait que la veille, plongée dans sa rêverie, elle avait bu l'infusion sans examiner sa surface. Elle devinerait qu'il était venu et l'avait surprise dans l'abandon de ce sommeil qui n'était pas feint.

C'est ce matin-là, un matin d'hiver mauve de froid, que le temps perdit pour elle sa cadence d'heures, de jours, de semaines.

Elle vit passer sous la fenêtre la jeune silhouette en long manteau d'homme, imagina le sentier gelé, glissant qu'il lui faudrait suivre, courut dehors, leva les mains en porte-voix. Trop tard. Il grimpait déjà le petit raidillon glacé — avec cette agilité un peu brutale des adolescents par laquelle s'affirme leur force naissante. Vainqueur, il accéléra le pas et tourna l'angle de la Horde...

Le silence limpide qui régnait alentour la pénétra peu à peu. À côté du perron, la branche que le garçon venait d'effleurer tremblait en déversant un léger voile de cristaux de givre qui s'irisaient dans l'air. Elle ne pensait à rien, mais tout son être sentait qu'elle eût pu rester éternellement sur ce perron, devant ce pré enneigé qui descendait vers la rivière, devant ce lent poudroiement de cristaux qui tombaient d'une branche animée de vibrations déjà invisibles. Oui, rester dans la somnolence ensoleillée de cette matinée qui n'appartenait à aucune année, à aucune époque, à aucun pays. Qui n'appartenait même pas à sa vie, mais à une vie tout autre dans laquelle contempler le scintillement des flocons, en silence, en l'absence de toute pensée, devenait essentiel…

Elle regarda d'autres branches, plus hautes, tendues vers le bleu pâle du ciel, puis celles du bois derrière les murailles de la Horde. Le soleil, encore bas, adoucissait d'un reflet légèrement violine leurs lignes noires et anguleuses. Il lui semblait que jamais avant elle ne s'était sentie aussi mystérieusement proche de ces arbres, de leur écorce, de ces branches nues. Ni aussi intensément exposée face à ce ciel, aussi intensément elle-même face à cette attente immense, patiente…

Le scintillement du givre sinuait toujours dans l'air glacé. Le calme paraissait infini. Et pourtant dans cette luminosité muette on entendait comme un léger tintement ininterrompu — des échos inaudibles se répondaient avec une pureté et une justesse sans faille. L'air à peine rosi, le tracé noir des branches, la voltige des cristaux, la forteresse de la Horde encore dans l'ombre bleue de la nuit, ce soleil qui frôlait la neige au milieu des arbres… Cet équilibre aérien de lumières et de silences vivait, protégeait sa transparence, ne se dirigeait nulle part. Immobile sur le petit perron en bois, elle en faisait partie et se sentait étrangement nécessaire à tout ce qui l'entourait…

La silhouette qui apparut à l'autre bout du sentier était celle du facteur. Il apporta un télégramme signé L.M. et qui proposait deux dates, au choix, pour leur prochaine rencontre. Elle rentra et relut encore une fois ces quelques mots impersonnels. Les dates lui semblaient aussi farfelues que les mois du calendrier révolutionnaire, tous ces nivôses, pluviôses, très évocateurs, mais tout à fait périmés. Paris, un matin gris, un homme qui nettoie ses semelles sur le bord du trottoir avant de monter dans sa voiture... « Tout cela continue donc quelque part », se dit-elle avec l'impression de se souvenir d'une vie qu'elle eût quittée depuis une dizaine d'années. Cet homme continuait à marcher dans ce Paris affairé, humide, sentant la chaleur enfumée des cafés, la moiteur du métro. Il entrait dans des rédactions, discutait, gesticulait, parlait au téléphone, et, chaque soir, faisait vibrer sa machine à écrire sous le tambourinement nerveux et sec de ses doigts, Puis il choisissait dans son carnet ces deux dates encore libres et envoyait un télégramme...

Quand, peu de minutes après, elle ressortit pour aller à la Horde, la luminosité de l'air, les ombres, les branches, le ciel, la senteur du froid avaient imperceptiblement remodelé l'équilibre qui les unissait tout à l'heure. Ce changement fut pour elle une émotion très intime. Comme si physiquement elle partageait dans son corps ce passage d'une tonalité à l'autre.

Dans l'immobilité de ce temps hivernal, il y eut un jour où elle devina, justement grâce à ces tonalités lui sembla-t-il, que son fils viendrait...

Ce soir-là, le vent se débattait bruyamment dans

la cheminée, faisait enrager le feu dans le poêle. Les flammes tantôt s'aplatissaient, effrayées, tantôt s'enflaient en poussant de fines languettes bleues dans l'entrebâillement de la petite porte en fonte. Puis soudain l'absence de bruit assourdissait, comme si la maison, arrachée par une rafale, volait déjà à travers la nuit, loin de la terre, dans une transparence insonore et noire. L'ondulation de la bougie se figeait, retenait les ombres sur les murs de la chambre. Le feu se taisait. L'odeur du bois brûlé donnait à l'obscurité des reliefs invisibles mais qu'on pouvait reconnaître en fermant les paupières, en aspirant profondément.

C'est ainsi, les yeux mi-clos, la respiration enivrée, qu'elle se noya dans ce nouvel instant de silence… Une minute plus tôt, en voyant les morceaux d'une grosse branche posés à côté du poêle, elle s'était dit que ce maigre bois suffirait juste pour se donner l'illusion, au début de la nuit, de s'endormir dans une maison habitée. Elle avait frissonné en imaginant le réveil, bien avant le jour, dans cette chambre sentant la fumée morte, glacée .. À présent, même cette branche, ces débris de l'écorce moussue éparpillés sur le plancher irradiaient un indéfinissable bonheur. Oui, il y avait une joie inconnue dans la rugosité de cette écorce, dans l'odorante aigreur de la fumée, dans la colère tonitruante du vent, et puis dans ce silence aussi parfait que le dessin de la flamme immobile de la bougie… Elle s'accroupit, mit une partie de la branche dans le feu, rangea avec soin le reste du bois près du poêle. Un morceau d'écorce aurait pu craquer sous le pied de celui qui marcherait dans le noir…

Elle savait qu'il viendrait cette nuit-là. Tout l'annonçait.

Dans la cuisine, elle vit un léger reflet blanc sur la surface brune de l'infusion, la vida dans l'évier, s'en alla. En revenant dans la chambre, elle hésita une seconde, puis poussa un autre éclat de branche au fond du poêle.

C'est son départ, toujours brusque comme une fuite, qui rompit la nuit. L'instant se brisa. Le corps effarouché disparut sous les pans du manteau, les pieds, dans un ballet de mouvements fulgurants, évitèrent les planches minées par les grincements… Il s'arrêta au seuil de la chambre, revint avec la même légèreté de funambule vers le poêle, saisit le dernier morceau de la branche, voulut le jeter dans la braise, puis, décidant autrement, rangea le bois, lança un coup d'œil sur le lit, traversa la chambre, se perdit derrière le glissement précautionneux de la porte.

Elle attendit un long moment sans aucune notion des heures ou des minutes. Puis se leva, mit dans les flammes à peine vivantes le reste du bois, se recoucha. Sa rêverie, devenant tantôt veille, tantôt songe, accompagna le revif, ensuite l'épuisement de ce feu. Toute la nuit se condensait dans l'unique sensation que cette visite hâtive lui avait laissée : le jeune corps transi qui s'emplit d'un flux chaud, d'abord les doigts, un peu plus tard les lèvres, ce bras qui se pose un instant sur son

247

épaule, sur sa poitrine… Ce souvenir tout proche se laissait respirer comme la senteur du feu, comme les coulées de l'air glacé qui pénétraient dans la chambre à chaque bourrasque.

Elle dut se lever encore dans le noir. Le froid devenait intenable. On pouvait croire qu'il s'était tapi dans les vêtements raides et comme rétrécis. Le flanc rêche du poêle ne gardait plus une étincelle de vie… Dehors, le vent s'était calmé ou plutôt s'était élevé bien au-dessus de la terre et entraînait les nuages à une hauteur inhabituelle, dans une course rapide, envoûtante. De temps en temps leur moutonnement s'enflait de pâleur lactée, la lune surgissait, puis une étoile, aussitôt dérobées. Dans cette obscurité mouvante, elle traversa le pré, une carapace craquante de neige durcie. Et ne trouva rien. Depuis longtemps tout ce qui pouvait être brûlé avait été ramassé par les habitants de la Horde… Elle se dirigea vers le bois et après une longue ronde inutile dégagea de la neige une branche noueuse — dérisoire quand elle imagina les flammes qui survivraient quelques minutes sur ces bûchettes. Elle se redressa, la tête bourdonnante, la vue brouillée par l'effort. La vision qui se forma dans ses yeux était tout intérieure : une maison accolée au mur d'un bâtiment sombre, à moitié inhabité, une nuit d'hiver, l'isolement infini, et tout au fond de cette solitude, une chambre, la vie silencieuse du feu. Et ce couple, une femme plongée dans un sommeil plus indéfectible qu'une léthargie, un adolescent aux gestes lents, au regard ébloui, lui-même surpris par la sorcellerie de son crime… Une mère et son fils.

« Je suis donc folle », se dit-elle avec une résignation tranquille, en observant les morceaux de la branche qu'elle venait de casser. Son regard s'aventura entre les troncs noirs autour d'elle, dans le tassement de la broussaille, puis s'élança vers les sommets des arbres. Elle vit que le ciel s'était dégagé dans toute son étendue nocturne. Les derniers nuages, en une kyrielle vaporeuse, semblaient s'éloigner verticalement de la terre, comme attirés par la lune, et disparaître dans son halo légèrement irisé.

C'est alors, la vue fixée sur cette fuite ascendante, qu'elle imagina la terre tout entière, ce globe, ce monde habité d'hommes. Oui, tous ces hommes qui parlaient, souriaient, pleuraient, s'étreignaient, priaient leurs dieux, tuaient des millions de leurs semblables et, comme si de rien n'était, continuaient à s'aimer, à prier, à espérer, avant de traverser la mince couche de terre qui séparait toute cette agitation de l'immobilité des morts.

La parole qu'elle s'entendit chuchoter l'étonna moins que le petit voile de sa respiration qui brilla dans un rayon de lune : « Ce sont eux qui vivent dans la folie la plus complète. Eux, là-bas, sur leur globe… » Elle s'inclina et se mit à ramasser les bouts de la branche cassée… Par-delà les derniers arbres du bois, elle vit leur maison — la lune, contournant la muraille de la Horde, éclairait le petit perron enneigé, bleuissait l'une des fenêtres. Elle la vit toujours de ce regard éloigné, jeté de la fuite verticale des nuages. Toujours cette planète en entier, et dans sa partie noire, nocturne, une habitation tout en longueur, adossée au mur. Et ce couple oublié du monde. Une femme et un adolescent. Une mère et son fils… Un léger voile monta à nouveau de ses lèvres. Le murmure des paroles fondit dans l'air glacé… Couple étrange. Un adolescent qui va mourir. Son dernier hiver peut-être. Dernier printemps. Il y pense. Et ce corps féminin qu'il aime, le premier corps de sa vie. Et le dernier…

La minuscule nébulosité des mots autour de ses lèvres se dissipa. Il n'y avait plus que le bleu de la lune sur le perron recouvert de neige. Un peu de neige aussi sur cette branche au-dessus du sentier. Ces traces sous les arbres, les siennes, celles d'un autre. Ce silence. Cette nuit où il était venu, resté, reparti. Une nuit si déchirante de vie, si proche de la mort.

Tout devait être exactement ainsi, elle le comprenait à présent : cette femme, cet adolescent, leur indicible intimité dans cette maison suspendue au bord d'une nuit d'hiver, au bord d'un vide, étrangère à ce globe grouillant de vies humaines, hâtives et cruelles. Elle l'éprouva comme une vérité suprême. Une vérité qui se disait avec cette transparence bleutée sur le perron, le frémissement d'une constellation juste au-dessus du mur de la Horde, avec sa solitude face à ce ciel. Personne dans ce monde, dans cet univers ne savait qu'elle se tenait là, le corps limpide de froid, les yeux largement ouverts... Elle comprenait que, dite avec les mots, cette vérité signifiait folie. Mais les mots à cet instant-là se transformaient en une buée blanche et ne disaient que leur bref scintillement dans la lumière stellaire...

Elle voulut brûler ses trophées dans le fourneau de la cuisine pour préparer, en même temps, le thé et attendre là le lever du jour, quand chercher du bois serait plus facile. Elle n'en crut pas ses yeux en voyant ces branches serrées en un épais fagot à côté du fourneau. Sur l'écorce brillaient encore des gouttes de neige fondue... Elle se souvint du regard qu'il avait jeté sur le feu mourant dans le poêle en se sauvant de la chambre. Donc, une heure ou deux avant elle, il avait erré dans l'obscurité, au milieu des arbres. C'étaient ses traces à lui qu'elle avait vues dans la neige... Ce qui la surprenait le plus, c'était de savoir qu'ils avaient regardé le même ciel nocturne, aperçu le même voile s'échappant de leurs lèvres. À quelques insondables minutes d'intervalle.

Elle n'écrivit pas de nouvelle lettre à L.M. mais envoya l'ancienne, cette laborieuse lettre de rupture, sur laquelle elle oublia même de corriger la date.

Ce qu'elle vivait n'était plus divisé en journées ou en heures, ni en aller et retour, ni en gestes, ni en craintes, ni en prévisions, ni en causes et leurs effets. Il se faisait soudain une lumière particulière (comme cette pâleur calme au-dessus d'une voie ferrée à l'abandon qu'elle dut suivre, par un après-midi de redoux), sa vue s'élargissait, discernant toutes les nuances de l'air (cette teinte argentée des champs, cet or inattendu du soleil sur les toits de la ville, déjà lointaine) et elle vivait cette lumière, ces imperceptibles colorations de l'air comme les événements profonds de sa vie.

C'est pour éviter le chemin habituel noyé sous la neige poreuse du dégel qu'elle rentra, ce jour-là, en contournant la gare, et arriva à la Horde du côté opposé. Un train passa, elle continua sa route d'une traverse à l'autre, en entendant longtemps la vibration décroissante des rails. Puis la voie bifurqua. Celle, l'ancienne, qui desservait autre-fois la fabrique de bière, s'enlisa bientôt dans un butoir... Au loin, les toits de la ville serrés autour de l'église se couvrirent d'une transparence dorée venue à travers une percée fugitive dans les nuages. Ici, près du butoir, il faisait presque sombre. Accoudée à la barrière, elle resta un instant sans bouger, les yeux égarés dans l'étendue des champs qui avaient, sous cette lumière pâle, une douceur de daim. La touche du soleil sur la ville s'éteignit… Elle était seule, au bout de ce chemin oublié. Et se sentait secrètement unie à ces lointains brumeux, proche de cet arbuste nu qui poussait entre les rails. La pluie se mit à tomber, la confondant encore plus avec ce ciel bas, cette neige molle qui exhalait une fraîcheur vive, enivrante…

Le soir, ce fut un autre instant qui l'absorba dans sa pénétrante harmonie. La pluie continua à se déverser avec abondance, mais ses cascades étaient saisies par le retour du froid qui mettait fin à une journée et demie de redoux. La terre se durcissait et les filets d'eau semblaient geler en vol. Ils se brisaient sur le sol, sur le vernis de glace dans les champs, sur le toit, dans les branches des arbres — et la nuit sonnait d'interminables tintements infiniment variés. Cette chute cristallisante effaçait tous les autres bruits, concassait par ses perles de verre toute ébauche de la pensée, emplissait le corps de son fragile ruissellement.

Elle n'entendait presque plus le crépitement du feu derrière cette sonorité entêtante. Seules les flammes les plus hautes s'échappaient de l'enchevêtrement du bois et traversaient l'incessant torrent de glace. Ce cliquetis assourdissait par sa fluidité de pluie tout en tenant en éveil par la clarté du son. Et les flammes surgissaient tantôt de ce côté-là du sommeil, dans cette chambre nocturne entourée de toute part d'une averse froide, tantôt déjà dans les songes, au milieu de ces jets innombrables, tièdes, souples, parfumés de résine…

Quand, la main protégeant la bougie, il entra, ses pas, ses gestes, la blancheur de son corps qu'elle devinait sans soulever les paupières vacillaient, eux aussi, entre ces deux nuits, se noyant parfois dans le rêve, puis, soudain, brisant sa frontière d'une caresse incroyablement vivante. Cette main hésitante semblait écarter de longs ruisselets sonores pour recouvrir ce sein, s'apaiser sur lui, en attendant un reflux vers le songe. Là où leurs corps ne seraient qu'une même vague infinie, ombre à l'odeur de neige, ambre mouvant du feu.

Il resta en elle sans mouvements, la respiration suspendue, le corps sans poids. Un vol immobile au-dessus d'un lac endormi… Elle le sentit peser dans son aine, dans son ventre quand il n'était plus là, quand lentement elle retraversait le flux de feu et de cristal et se retrouvait dans une chambre entourée d'une nuit d'hiver pluvieuse.

… Au matin, les marches du petit perron sonnaient sous le pied comme du verre. Elle descendit et s'avança sur ce ciel renversé, un miroir rosi par la naissance du jour. Les arbres, les fenêtres de la maison, la muraille de la Horde d'or se reflétaient avec une netteté de gravure. Les arbustes chargés de milliers de gouttes gelées ressemblaient à d'étranges lustres de cristal abandonnés çà et là dans la neige. Elle fit quelques pas, perdit l'équilibre, mais eut le temps de comprendre qu'elle allait tomber et devança la chute en se laissant glisser. À moitié allongée, elle s'appuya sur le sol pour se relever et rencontra soudain, dans le reflet de la glace, son regard — si calme et si lointain que, une fois debout, elle se retourna avec l'envie inconsciente de revoir au même endroit ce visage apaisé...

Il y eut un jour tout ondoyant dans une voltige hypnotique des flocons. Les toits de la ville, la Horde, les saules le long de la rive — tout disparaissait, touche par touche, comme sous le léger enduit blanc d'un pinceau...

Puis un autre jour, d'une teinte extraordinaire. Un violet pâle, plus ténu, à peine mauve dans la blancheur des champs, plus dense, bleu foncé sous la muraille et dans les ruelles de la ville basse, et encore plus vif, presque palpable dans une large coulée, couleur de prune, au-dessus de l'horizon...

Encore un autre jour, au soir duquel elle fut enivrée en découvrant soudain les senteurs variées qu'exhalaient les branches jetées près du poêle — toute une forêt, avec des essences différentes, acides ou capiteuses, avec la fraîcheur du givre qui fondait et lançait de fins sifflements dans les flammes. L'odeur de la mousse, de l'écorce mouillée, de la vie endormie de tous les arbres.

Chacun de ces instants portait en lui un mystère prêt à se révéler, mûr pour être vécu, mais qui se dérobait encore en rendant leur plénitude douloureuse comme certains paysages en montagne trop beaux, trop amples pour les poumons qui commencent à manquer d'air...

Le jour de la voltige neigeuse, le long manteau qu'il enleva en pénétrant dans la chambre était blanc de flocons. Ses cheveux aussi. Elle sentit quelques gouttes de neige fondue glisser sur sa poitrine... Le jour de l'étonnante lumière violette, ils se croisèrent dans la ville haute, lui revenant de l'école, elle, avec son sac à provisions. Il n'y eut aucune gêne, aucun mot forcé. Dans cet éclairage mauve, bleu, violet, tout devenait à la fois irréel et naturel — cette rue, un habitant de la Horde qui les salua, eux-mêmes, ensemble. Ils marchaient, se regardaient de temps en temps, se reconnaissaient comme on se reconnaît en rêve, avec une clair-voyance aiguisée du vrai, mais dans un entourage fantasque. À un moment, en traversant une longue bande de glace nue à côté de la pharmacie détruite, elle s'appuya sur son bras...

Et c'est grâce à lui qu'elle découvrit ces odeurs variées de la chair des arbres. Une nuit, en quittant la chambre, il s'accroupit et toucha une des branches qui séchaient près du poêle. Elle répéta ce geste une heure après en remettant du bois dans le feu. Et aussi par curiosité. Un dessin de mousse rappelait un papillon de nuit. Elle le toucha, comme lui tout à l'heure, et soudain aspira un complexe entremêlement d'odeurs. S'agenouillant, les paupières closes, elle humait leur gamme fuyante. Et devinait la fraîcheur d'un corps, de ce corps qui avant de la rejoindre (elle le savait maintenant) s'était imprégné de froid dans un va-et-vient forcené sur la pente gelée entre la maison et la rivière. Il venait de partir et sa présence se réveillait lentement en elle, dans son aine, dans son ventre, et se mêlait aux goûts légèrement amers ou acides des branches, à la chaleur parfumée du feu, au silence. Et ce qu'elle vivait devint alors si plein, si douloureusement proche du mystère révélé qu'elle ouvrit la porte-fenêtre, remplit ses mains de neige et y plongea le visage, comme dans un masque à éther.

Cet enivrement se rompit quelques nuits plus tard quand de nouveau il demeura en elle de longues minutes immobiles. C'est à ce moment-là que l'attente dilatée dans le bas de son ventre la piégea. Pour une parcelle de seconde, elle la ressentit comme caresse et perdit, un instant, la régularité apprise de sa respiration. Les nuits d'avant, cette attente représentait une épreuve qu'il fallait traverser dans une mort passagère de tous les sens, dans un survol muet du néant. Cette fois, ce fut une caresse, une bouffée dense, piquante qui sinua en remontant vers sa poitrine et s'enflamma dans sa gorge... Deux autres nuits répétèrent le même spasme, le même embrasement de l'air qu'elle respirait. Sa surprise diminua et, durant la troisième nuit, devint une sorte d'inavouable prévision qui prépara son souffle, modela son corps... Elle n'avait plus besoin de mourir pour se donner à lui.

Déjà à midi on aperçut ce large halo autour du soleil pâle — signe de grands froids. L'air résonnait de bruissements aigus, secs. À la tombée de la nuit, les vitres se couvrirent d'entrelacs de givre… Le soir, elle examina l'infusion, la jeta, alla dans sa chambre et resta un moment, la bougie à la main, à contempler la fragile beauté de ces sinuosités de glace : tiges ciselées, corolles cristallines…

Ce soir-là, il se leva avec une telle précipitation qu'elle se raidit en croyant s'être inconsciemment trahie. Un peu de lumière distillait à travers ses cils. Elle le vit debout, entre la porte et la fenêtre, le corps tendu en arc, les épaules et la tête rejetées en arrière, les paupières fortement plissées… Elle le regardait, ne se cachant plus dans le sommeil, le souffle étranglé par la pitié, par l'angoisse. Il écrasait de ses mains le bas de son ventre et ces mains, refermées comme sur une proie, étaient secouées de rapides battements. Son visage levé exprimait à présent, sous la même grimace de douleur brutale, une sorte de prière, une supplication adressée à quelqu'un que seuls ses yeux fermés voyaient. Sa bouche, par saccades, avalait l'air avec un rictus qui découvrait ses dents. Ses mains croisées l'une sur l'autre se crispèrent plus violemment, une convulsion, puis une autre parcoururent son corps — il ressembla à un papillon qui se débat contre une vitre... Mais déjà, lentement, les muscles se relâchaient. Une clarté de repos amollit ses traits puis, très vite, se mua en amertume, en fatigue. D'un pas maladroit, comme s'il fallait réapprendre à marcher, il alla prendre son long manteau, tira un mouchoir, l'appliqua à son ventre, le chiffonna, le cacha...

C'est en sortant qu'il fit un faux pas, tituba, recula sur ses talons. En cherchant un appui, sa main s'aplatit, un instant, sur la vitre. Ce léger attouchement fut suffisant. Il se redressa et repartit. Elle crut entendre dans l'obscurité ce jeune cœur qui, arrêté par l'effroi, recommençait à battre...

Elle se leva souvent cette nuit-là. Remettait du bois dans le feu, se recouchait. Aucun mot, pas même un début de pensée n'interrompait le silence qui se faisait en elle. Les visions qui explosaient, muettes, devant son regard étaient inaccessibles à la parole. Elle revoyait ce jeune visage au rictus torturé et béat, aux yeux fermés mais éblouis de lumière. Ce corps battu par les violents jets du plaisir. Mais surtout ce genou qui restait replié malgré le corps tendu en flèche, un genou plus volumineux que l'autre et qui brisait la ligne toute blanche de sa nudité...

Non, il eût été impossible de dire cela. Cette

fusion de l'amour et de la mort ne se prêtait qu'à la muette fascination, à l'incompréhension absolue, plus pénétrante que n'importe quelle pensée… Elle se levait, poussait un éclat de branche dans la braise, remarquait la phosphorescence du givre sur la vitre noire. La souplesse de ses propres mouvements l'étonnait. Il y avait quelque chose de presque joyeux dans la légèreté qu'avait son corps à se dresser, à s'accroupir près du poêle, à survoler en quelques pas la chambre. Sans essayer de le dire, elle devinait qu'un lien tout nouveau se formait entre sa vie et cette mort si proche, si chargée d'amour…

Cette nuit-là, elle ne voyait encore dans ce lien que la simplicité, toute physique, avec laquelle, les jours suivants, elle saurait retenir dans son aine ce jeune corps frappé par les vagues du plaisir. Il ne serait plus ce papillon qui se débat contre une vitre. Il ne fuirait pas. Il resterait en elle jusqu'à la fin, jusqu'à cette amertume qui s'épandrait, comme l'ombre d'une main amoureuse, sur son visage apaisé.

Le matin, la fenêtre couverte de givre était enflammée de mille étincelles de soleil et ressemblait à une cassure de quartz grenu. Le feu ravivé paraissait pâle dans ces rayons rouges que fendillaient les facettes de glace. Aucun bruit, pas un cri d'oiseau ne provenait du dehors. Le calme et le froid de ce dimanche d'hiver encerclaient leur maison de même qu'eût fait une immense forêt de sapins enneigée.

Elle passa quelques longues minutes près de cette fenêtre gelée et toute striée de soleil. Son regard déliait distraitement les tiges et les feuilles dont la glace avait tapissé la vitre… Soudain, au milieu de ce capricieux tissage, elle aperçut un contour étonnant. Une main ! Oui, l'empreinte qu'il avait laissée la veille en s'appuyant légèrement sur la vitre pour éviter la chute. La ligne de ses doigts que la nuit avait recouverte de fragiles ronceaux de givre. Elle approcha son visage, voulant examiner de plus près encore ce dessin de cristaux. Un souffle froid la grisa. Tout ce qu'elle avait vécu depuis l'automne se concentra mystérieusement dans cette fraîcheur, une seule sensation de douleur et de joie au-dessus de ses forces. Tout, la nuit passée et même des journées enfouies dans les âges de sa vie où elle ne retournait plus jamais en pensée, tout revint en une seule inspiration. Une gorgée qui inhalait toutes ces nuits interdites aux paroles. Une bouffée qui aspirait aussi la senteur neigeuse de cette immense forêt qui entourait leur maison, une forêt qui n'existait pas mais dont le calme hivernal pénétrait déjà dans sa poitrine, la dilatait toujours davantage, à l'infini…

Elle reprit connaissance quelques secondes après. Se leva en éprouvant une étrange apesanteur des gestes, vit dans le reflet du miroir une longue écorchure qui se remplissait de sang en traçant une fine courbe, de la pommette au coin de la bouche. S'avançant dans une vague matité de mouvements, elle redressa un guéridon renversé, ramassa un petit vase de céramique qui avait perdu son anse mais ne s'était pas cassé... Elle le fit en vivant intensément ailleurs. Là où elle entrait dans une grande demeure en bois, une grande maison silencieuse entourée d'arbres enneigés. Elle traversait les couloirs dont les murs étaient chargés de portraits qui la suivaient d'un regard soupçonneux et se glissait dans une étroite chambrette au fond du dernier étage... Là, devant une petite fenêtre ornée d'entrelacs de glace, elle s'oublie longuement. Elle, cette adolescente qui se laisse griser jusqu'au vertige par ces fleurs et rameaux de cristal. En approchant ses lèvres de la vitre, elle souffle légèrement. À travers le petit rond fondu, elle voit une forêt alourdie de neige, à perte de vue...

Sans détacher les yeux de cet instant, elle essuya le sang de sa joue, fendit du bois, prépara le repas, plus tard parla aux gens dans la bibliothèque, vécut d'autres nuits et d'autres jours. Le regard toujours fixé sur la forêt infinie, sous la neige. Elle ne se souvenait plus d'avoir vécu autrement.

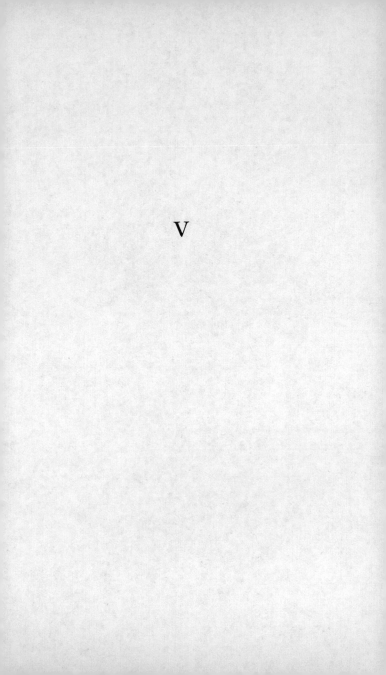

V

Le médecin parlait comme toujours peu, mais après de longues semaines de solitude ces quelques phrases avaient pour elle l'apparence d'un discours abondant, assourdissant presque. Elle l'écouta mal d'ailleurs. Par une vieille habitude, les commentaires du médecin faisaient apparaître, dans sa mémoire, les pages avec la description de la maladie, des symptômes et des traitements, oui, ces pages connues jusqu'à l'agencement des paragraphes. Le médecin parlait tout en écrivant l'ordonnance, en s'interrompant pour se relire et c'est dans ces pauses que s'inséraient les fragments des pages apprises par cœur : «... l'os ramolli commence à s'excaver et de petites zones de tissu mort forment des kystes. Les extrémités osseuses se déforment, prennent des positions inhabituelles. L'articulation cause progressivement un handicap chronique... »

Il n'y avait rien de nouveau pour elle ni dans ce qu'elle entendait ni dans les lignes qui se déroulaient dans sa pensée. Elle ne put s'empêcher de sonder les limites de ces pronostics, en imaginant d'abord le pire, puis la guérison, oui, le désespoir et le miracle. Tous les parents d'enfants malades, elle le savait déjà, apprivoisent ainsi la douleur.

La lampe sur le bureau clignota. Dans un bref laps d'obscurité, elle vit cette ombre claire, son fils, encore à moitié dévêtu, qui d'un geste hâtif tirait la manche retournée de sa chemise. Et derrière la fenêtre, de larges vagues blanches qui collaient aux vitres... La lumière revint, le médecin finit d'écrire et de sa voix toujours comme agacée par l'incompréhension conclut qu'il fallait prévoir une intervention. « Cet été, pour ne pas lui faire rater son année scolaire », ajouta-t-il sur un ton moins sec, en se tournant vers l'adolescent... La lampe s'éteigniﾄ de nouveau, ils passèrent quelques instants en silence, s'habituant peu à peu au bleu assoupissant de la veilleuse au-dessus de la porte. Dans le couloir on entendit des appels, le tambourinement des pas.

Cette attente dans l'obscurité était bienfaisante. Paris les avait agressés dès le matin par trop de paroles, trop d'objets, trop de mimiques. Et même dans ce cabinet, elle avait souffert de cette surabondance : feuilles, dossiers, stylos, ce coupe-papier, la voix du médecin qu'il fallait déchiffrer, ses regards apparemment indifférents et dans lesquels pourtant elle se voyait exister comme une femme qui devait plaire... Les minutes passées dans la pénombre effacèrent ce trop-plein brutal de sensations. On entendait les brassées neigeuses qui s'abattaient sur les vitres et, quelque part dans les profondeurs de la ville, le signal étouffé d'une sirène... Le médecin bougonna, craqua une allumette. La lueur d'une lampe à pétrole brilla. Ils firent leurs adieux, mais il voulut les accompagner jusqu'à la sortie, cette attente dans l'obscurité les avait rapprochés... En marchant à côté d'elle dans le couloir mal éclairé, il se crut obligé de parler et dit une phrase visiblement sans signification mais qui la meurtrit. C'était l'une de ces tournures très françaises qui trompent les étrangers par leur légèreté déroutante. « Vous savez, au point où nous en sommes, soupira-t-il, il vaut mieux vivre au jour le jour... » Il y eut un accent mélancolique et presque tendre dans sa voix. Il perdit la vigilance qui s'exprimait dans ses intonations habituelles, sèches et faussement irritées. « Et puis à chaque jour suffit sa peine », ajouta-t-il d'une voix déjà neutre en leur ouvrant la porte. Il dut lui-même deviner le double fond de sa parole.

Paris était tout entier plongé dans le noir. Seuls les phares des voitures perçaient les volées tourbillonnantes de neige. Ils traversèrent la Seine par un pont fantomatique dont les gigantesques courbes d'acier semblaient tanguer au rythme du va-et-vient des rafales. Dans une rue, serré entre les maisons aveugles, un petit attroupement gesticulait autour d'une femme étendue sur la neige piétinée. Un peu plus loin, un autobus ne parvenait pas à démarrer, l'air acide écorchait les narines, nouait la gorge, puis un nouveau coup de vent le balayait. C'est à cet endroit, en fuyant le vacarme asphyxiant des voitures, qu'elle se trompa de rue.

Au lieu de déboucher sur l'avenue qui les eût menés directement à la maison de Li, ils tombèrent sur un mur monotone, interminable. Aller à droite ? À gauche ? Elle voulut surtout tourner le dos aux rafales. Par-dessus la clôture se déversaient des effluves douceâtres, écœurants, ceux qui par temps calme stagnaient sans doute à l'intérieur des murs de ces abattoirs… Ils marchaient, en glissant souvent, en s'attrapant par le bras. Elle levait le front vers la neige comme pour chasser cette phrase qui cadençait absurdement ses pas : « Au-point-où-nous-en-sommes-au-point-où-nous-en-sommes… »

Soudain, dans le noir fouetté par les bourrasques s'éleva un cri inhumain dans sa puissance, un mugissement arraché aux entrailles d'une bête, un appel affolé et tragique. Elle tressaillit, accéléra le pas, tituba. Il intercepta son coude, la retint dans ce début de chute. Leurs visages se trouvèrent si proches qu'elle vit le menu tremblement de ses lèvres et entendit sa voix malgré l'acharnement du vent :

— Tu ne dois pas avoir peur…

Elle le regarda les yeux dans les yeux et demanda dans l'inconscience totale, comme simple écho de cette voix : « Peur de quoi… »

— De rien, répondit-il, et ils reprirent leur marche.

Li alla dormir dans son atelier, leur laissant le minuscule salon encombré de meubles et, depuis peu, de cartons et de bagages préparés pour le départ.

Ils restèrent seuls : elle, installée sur le petit canapé dont en dormant il fallait épouser la courbe, lui, sur les fauteuils réunis, serrés entre le piano et la table... Ils ne dormaient pas, le devinaient, devinaient la discrète veille de l'autre dans l'obscurité... Enfin, elle reconnut une respiration qui ne se souciait plus de la présence de l'autre, un souffle de dormeur avec sa musique inimitable, syncopée et touchante. Elle se retourna sur le dos, prête à de longues heures sans sommeil, contente même de l'étrangeté de ce lieu où évoquer les impressions qui l'assaillaient pouvait passer pour un jeu d'insomnie... En tendant le bras, elle aurait pu toucher les fauteuils dans lesquels dormait son fils. Cet appartement noir, dans une grande ville noire et déserte, eux deux, si près l'un de l'autre, avec tout ce monstrueux, unique, indicible, qui les liait... L'obscurité se mit à sonner à ses oreilles. Elle avança la main, attrapa une boîte d'allumettes, approcha la flamme de sa montre. Il était quatre heures et demie du matin. Elle se leva, mit ses vêtements et déjà dans ce geste sentit un agréable prélude à leur fuite. L'eau dans la petite salle de bains était glaciale, comme dans une maison abandonnée, la cuisine dans son menu désordre ménager annonçait aussi les préparatifs de départ. Elle ouvrit la porte qui, à l'arrière, donnait sur la petite cour. La tempête s'était calmée. Les derniers flocons planaient lentement, attirés par la lueur de la bougie. La neige était lisse, vierge, même les oiseaux n'avaient pas eu encore le temps de la consteller de leurs traces. Sous l'enrobement blanc, les murs, les corniches, les tuyaux avaient une beauté souple, duveteuse…

Elle sentit que quelqu'un s'approchait, puis entendit son pas. Se retourna, rencontra son regard et ils comprirent qu'il était inutile d'échanger les questions rituelles. Il se tenait à côté d'elle et suivait l'ondoiement des flocons qui se détachaient du ciel gris et descendaient lentement vers la flamme de la bougie… Ils fuyaient déjà en buvant un thé vite refroidi, en grignotant du pain, en écrivant un mot de remerciements pour Li. Ils devinaient sans se l'avouer qu'il fallait quitter cette ville avant la lumière, avant la foule dans les rues, avant la neige piétinée… Et quand, essoufflés, ils se laissèrent tomber sur la banquette d'un wagon vide, dans ce premier train du matin, quand à travers la pénombre elle vit ce jeune visage en face d'elle, ces yeux qui se fermaient déjà appesantis par le sommeil, elle comprit, sans vouloir comprendre, que cette fuite, ce train vide qui tanguait dans un tambourinement somnolent, ces fenêtres aveuglées par les flocons, eux deux avec leur abîme et même ces doigts encore enfantins qui frémissaient doucement dans un début de rêve — tout cela était une autre vie dont elle découvrait les tout premiers instants.

Il lui semblait désormais que les autres pouvaient la comprendre. Non pas grâce aux paroles qu'elle leur eût dites. Non, un objet, un geste, une senteur suffiraient. Encore en janvier, dans ce temps vague entre l'ancien et le nouveau calendrier, elle avait donné à l'infirmière de la maison de retraite ce châle ajouré, en angora gris. La jeune femme était venue chercher à la bibliothèque les chroniques de la dernière guerre en espérant y retrouver, disait-elle, des indications sur le lieu de la mort de son amoureux. Et l'on devinait sous la laine élimée de sa robe les frissons de son corps maigre et sur ses lèvres, dans son regard, ce violent combat entre l'orgueil d'avoir vécu un amour si beau et tragique et la peur humiliante d'être soupçonnée de mensonge… Elle était partie, le châle sur les épaules, toute perplexe, ne sachant comment interpréter cette offre, et Olga, à cet instant-là, avait eu une compréhension vertigineuse de la vie de cette femme, de ses soirées dans une chambre mal chauffée et de cette infime parcelle de bien-être que la laine grise répandrait dans son corps…

Un jour, déjà après leur retour de Paris, elle interrompit l'ancien sabreur qui s'était lancé dans son habituel récit de combats. Elle parla très bas, comme pour elle-même, d'une lointaine nuit de fête, dans une grande demeure à l'orée d'une forêt, d'un jardin tout écumant de grappes de pommiers. Et de ce jeune cavalier qui avait surgi devant une enfant prise de vertige. Elle devina que l'homme qui inlassablement depuis des années agitait son bras en imitant le sabre, oui, que ce coupeur de têtes n'était autre que le jeune cavalier au milieu d'un jardin nocturne. Et qu'il fallait lui dire très simplement : « Oubliez ces guerres, ce sang. Je sais que le regard d'un homme que vous avez tué vous poursuit. Les yeux de celui qui sent déjà la lame entrer dans son cou. Et pour le fuir vous criez votre interminable "s-s-chlim" et vous riez, et les autres ont peur de ce rire. Oubliez. Car il a dû y avoir dans votre jeunesse une nuit, des champs aux herbes froides, un jardin blanc de fleurs que vous avez traversé sur votre cheval… » Elle ne prononça que ces quelques mots : nuit, pommiers, pétales blancs dans la crinière du cheval… Il lui sembla que le visage de l'homme qui l'écoutait se libérait de ses grimaces, devenait simple et grave. Il ne rejoua plus jamais devant elle son numéro de sabreur.

Elle se voyait désormais beaucoup plus proche des autres. Proche de ces champs, de ces nuits, des arbres, des nuages, des ciels que ces gens portaient en eux et qui formaient une langue silencieuse dans laquelle ils la comprenaient sans mots. Un jour, avec une joie qui cribla ses tempes de mille battitures brûlantes, elle eut cet espoir insensé : peut-être ce qu'elle vivait pouvait aussi, un jour, être avoué ?

Parmi ces paroles nouvelles dont elle entendait la sonorité de plus en plus distincte, il y avait cette nuit où l'on ne percevait que le rythme ensommeillé des gouttes rares et lourdes qui échappaient de la masse de neige molle sur le toit et se brisaient, dans une chute mélodieuse, près du perron et sous les fenêtres. Son corps, depuis plusieurs nuits déjà, avait appris à se donner tout en paraissant immobile, à éviter la rupture brutale, à préserver cette lente décantation qui sépare insensiblement les corps qui ont joui... Cette nuit-là, elle trouva la mesure de cette séparation silencieuse : une tempe, suivant l'épuisement du corps, s'appliqua, un instant, sur ses lèvres. Une veine battait, affolée. Dans ce baiser involontaire, elle sentit les pulsations s'apaiser peu à peu...

Une autre parole qu'elle eût pu dire à celui dont elle espérait déjà la compréhension fut ce soir de redoux. Elle se trompa en examinant l'infusion, en confondant sans doute le pollen des fleurs macérées avec la trace de la poudre. Il ne vint pas... Elle attendit longtemps, au-delà de l'heure déjà invraisemblable, puis, pour rompre l'envoûtement de ce guet et retrouver le sommeil, elle se leva, s'habilla, sortit sur le perron.

La nuit était limpide. L'air s'était assoupli et les odeurs, longtemps emprisonnées par le froid, devenaient coulantes, comme celle, légèrement amère, de l'écorce humide. La neige était minée par une multitude d'invisibles ruissellements encore discrets qui remplissaient la nuit d'un incessant carillon de gouttes. Il lui semblait avancer à travers un infini instrument de musique et briser, à chaque pas sacrilège, quelques cordes...

Elle s'arrêta à mi-chemin entre la maison et la rivière, ne voulant plus troubler ce frémissement mélodieux des neiges qui s'affaissaient lentement. Renversant la tête, elle se noya longuement au milieu des étoiles. Un vent soutenu, silencieux, tombait de ces profondeurs nocturnes. Elle chancela, subitement ivre, ses yeux cherchèrent un appui. L'ombre du bois, le reflet noir de l'eau, ces champs obscurs sur la rive opposée. Le ciel d'où se déversait ce vent ample et constant. Tout cela vivait, respirait et semblait la voir, se poser sur elle comme un regard infini. Un regard qui comprenait tout mais ne jugeait pas. Il était là, en face d'elle, autour d'elle, en elle. Tout était dit par cette immense présence sans paroles, sans mouvements… Le vent venait toujours du sommet du ciel, de ses enfilades noires à peine balisées par les étoiles. Elle répondait à ses yeux qui la dévisageaient, des yeux impassibles mais dont elle devinait la compassion absolue…

Elle rentrait avec l'impression de descendre lentement d'une très grande hauteur. En avançant, elle chercha inconsciemment à marcher dans les empreintes de ses pas laissées à l'aller, pour ne pas rompre quelques cordes de plus. Montée sur le perron, elle jeta un regard derrière elle : sur l'étendue de neige un chapelet de traces s'en allait, sans retour, dans la nuit. Et quand elle leva le visage, un souffle dense, tombant à la verticale, la frappa aux paupières.

Un soir, elle s'aperçut que le grand amas de neige accumulé derrière le mur de leur maison s'était resserré en une éponge grisâtre et découvrait, autour de lui, la nudité grasse, luisante de la terre. Une sensation confuse la saisit : cet épuisement du froid était si naturel, si attendu, mais en même temps lourd d'une menace cachée. L'hiver (leur hiver !) se tisserait donc imperceptiblement dans l'indifférente ronde des saisons ? C'est cette banalité qui paraissait à la fois salutaire et pleine de vagues dangers... Quelques jours plus tard, en brochant les journaux que le facteur s'était remis à déposer à la Horde après plusieurs mois d'éclipse, elle tomba sur ces gros titres : « Sur le Rhin on fait sauter la glace à la dynamite pour ouvrir la navigation fortement retardée par les froids sans précédent... » Étrangement, son cœur se crispa et elle entendit un petit cri muet : « Mais pourquoi toute cette hâte ? »...

Puis il y eut cette nuit de grand brouillard, sourde, sentant la mer... Les yeux clos, elle se donnait, heureuse, inconsciente, libérée même par cette cécité, par l'inutilité des paroles, par l'abandon qu'elle n'avait plus à simuler… C'est cet oubli qui dut la piéger. Elle gémit, ou plutôt aspira comme un enfant qui s'apprête à pleurer. Il se détacha de son corps et s'enfuit. Elle passa un long moment de non-vie avant de comprendre la vraie raison de sa fuite.

C'était ce bruit continu, grandissant, fluidifié. Il imprégnait peu à peu la matité cotonneuse du brouillard… À la première clarté du matin, en ouvrant la fenêtre, elle vit le pré inondé, les saules qui se retrouvaient au milieu d'un lac, l'eau qui se ridait doucement à quelques pas du perron…

Au soir, la Horde tout entière deviendrait une île et leur maison, un petit promontoire au-dessus de l'étendue calme et brumeuse des eaux.

C'est le « médecin-entre-nous » qui, au deuxième jour de l'inondation, chaussé de longues bottes de caoutchouc, leur apporta du pain. Puis l'eau monta encore de quelques centimètres et même cet équipement devint insuffisant. On les oublia en attendant le retour du soleil et la décrue.

Les jours étaient brumeux, tièdes et semblaient ne pas exister mais remonter d'un passé très ancien où même la douleur était effacée. La nuit on entendait seul le clapotement assoupissant de l'eau sur les marches du perron. Et cette nuit-là, lorsqu'il entra dans sa chambre, les cris d'un vol d'oiseaux — des migrateurs sans doute qui, épuisés par le voyage, ne trouvaient pas d'endroit où se poser et s'abattirent sur le toit de la Horde d'or... C'est sous la marée de ces voix innombrables qu'elle lui laissa de nouveau son corps, ce corps qui insensiblement, d'une nuit à l'autre, avait conquis une liberté secrète, inaccessible dans l'amour éveillé. Un corps qui, de sa mort si vivante, répondait aux caresses, sculptait le désir. Un corps d'amante endormie. Le corps né au fond d'un rêve que cet adolescent pouvait revivre indéfiniment.

Le matin, en poussant la porte, elle effaroucha une dizaine d'oiseaux qui s'étaient posés sur le toit. Ils lancèrent des répliques indignées et se mirent à planer au-dessus du miroir mat des eaux. Au-dessus de ce ciel inversé qui commençait à la première marche du perron et dans lequel glissaient leurs ailes blanches et silencieuses...

Plusieurs jours et nuits se noyèrent dans ce calme brumeux, dans la paresse sommeilleuse des eaux. Enfin, par un soir encore clair, elle remarqua que les reflets des nuages sur le pré inondé s'étaient éloignés de la maison. Une bande de terre bossuée, hérissée de tiges et de bottes d'herbe, émergea, telle la nageoire dorsale d'un immense poisson. Cette terre ferme, toute gorgée d'humidité, entoura la maison, longea le mur de la Horde... Par la fenêtre elle aperçut son fils, un sac à provisions à l'épaule, qui s'en allait lentement en tâtant du pied le pointillé peu sûr de ce premier sentier. Une heure après, il revint, chargé. Son ombre se mirait dans l'eau flammée par le couchant. Elle

hésita, puis alla l'accueillir sur le perron. Ils restèrent un temps, l'un et l'autre, sans se regarder,
immobiles devant cette étendue rassérénée.

C'est ce soir-là, ou le suivant peut-être, qu'une
pensée la blessa par sa vérité douloureuse et belle.
Si ce qu'ils vivaient pouvait se dire l'amour, alors
c'était un amour absolu car frappé d'un interdit
inviolable et pourtant violé, un amour vu par le
seul regard de Dieu car monstrueusement inconcevable pour les hommes, un amour vécu comme
l'éternel premier instant d'une autre vie...

Depuis des mois, ses pensées débouchaient sur
l'impensable et étaient devenues inutiles. Leur
retour, à présent, l'inquiéta. Elle aurait voulu
rester dans la simplicité transparente et muette
des sens. Oui, revenir à la senteur du feu, au poudroiement aérien du givre qui tombait d'une
branche enneigée... Mais déjà un nouveau chaî-
non accrochait sa pensée : « Cet amour, le premier
et le dernier de cet enfant peut-être. Et moi ? C'est
aussi mon premier et dernier amour, car personne
ne m'a jamais, aimée ainsi, avec cette crainte fer-
vente de faire mal. Personne ne m'aimera
ainsi... » La vérité de ces paroles était faite de
clarté mais, dite, devenait troublante.

La nuit, l'inquiétude revint sous l'apparence de
ce bruit étrange : on eût cru que quelqu'un marchait dans l'eau d'un pas prudent, le long de la
maison, en essayant par la lenteur somnambulique
de sa démarche d'amortir les petits clapotements
qui le trahissaient.

278

Le lendemain, souffla ce vent morne, avec une puissance inhumaine, menaçante. Il arrachait quelques longues tiges sèches de houblon sur les murailles de la Horde et les agitait par ses rafales humides telle une monstrueuse chevelure de serpents. En entrant sous le porche, elle entendit le bruit d'une agitation inhabituelle, le claquement des volets dans un appartement inoccupé, mais surtout ce lointain grincement lent, métallique, semblable à celui des gonds rouillés. Tout au long du couloir qui la menait à la salle de la bibliothèque, ce grincement augmentait d'épaisseur, devenant un fracas pesant, cadencé. Les bruits des voix, en revanche, se faisaient de plus en plus faibles, puis s'éteignirent, et c'est au milieu de tous ces spectateurs hébétés qu'elle découvrit la scène.

Sous le plafond, l'énorme rouage de la poulie sur ses supports fixés dans le mur tournait avec une lenteur envoûtante. Le vent avait-il déplacé quelque cale de sécurité dans le mécanisme arrêté depuis des décennies ou bien l'électricien venu la veille réparer une panne de courant s'était-il trompé de fil ? C'est une femme de ménage qui, le matin, avait remarqué que la roue bougeait et alerté les autres... À présent, le rouage engageait une rotation régulière et inexorable dans sa force obtuse. On voyait que, centimètre par centimètre, la chaîne qui l'entourait descendait sous le plancher, ce trou qui était caché avec un carré de contreplaqué. Et disparue, elle réapparaissait des profondeurs du sous-sol... Soudain, avec un crissement bref, le contreplaqué céda et on vit surgir, soudé à la chaîne, un baquet couvert de rouille et de vase, et qui lentement apporta à la surface ce qui avait dû être autrefois l'eau d'un profond puits qui alimentait la fabrique de bière... Une odeur terreuse, aigre, une odeur de chair et de mort, sembla-t-il, envahit la pièce. Un autre baquet apparut, puis le suivant, un autre encore. Le premier était déjà en haut de la chaîne et, en basculant, déversait son liquide visqueux là où, jadis, se trouvait sans doute un grand récipient. L'odeur devenait plus violente, avec ce fond douceâtre des grains qui se putréfiaient dans les entrailles de la terre, avec ce goût troublant, fermenté, sauvage. La boue souterraine d'un nouveau baquet se transvasait déjà par-dessus son bord incliné... Un homme, comme réveillé subitement, se précipita dans le couloir pour couper le courant.

Il y eut beaucoup de lumière, presque trop pour les yeux habitués au brouillard, beaucoup de ciel étincelant, beaucoup de cette aquarelle humide, luisante. Le pré que la rivière, en reculant, avait peu à peu dégagé ressemblait à une large fourrure rousse, jaune et tout ébouriffée qui séchait au soleil.

Elle percevait ce mouvement lumineux avec une sensibilité maladive. Chaque rayon, chaque nouvelle couleur devenait à la fois félicité et torture. Un jour, elle se dit qu'il faudrait bêcher la terre de la plate-bande sous les fenêtres et planter les premières fleurs. Son cœur s'arrêta : elle se revit, l'automne dernier, par une belle soirée de septembre, en train d'arracher les tiges mortes à ce même endroit... Une autre fois, en rentrant tard de la Horde, elle descendit jusqu'à la petite nappe d'eau en bas du pré. La lune l'illuminait et, de loin, ce minuscule étang paraissait gelé. Elle s'approcha et tâta sa surface du bout de son soulier. Des ronds somnolents ridèrent l'or fluide de la lune. Comme en cette inimaginable nuit de

Noël où ils avaient brisé la glace et sauvé les poissons…

Chaque soirée gagnait imperceptiblement quelques instants de clarté. Et ce soir-là ce fut particulièrement visible, car s'instilla, en biais, dans la fenêtre de la cuisine, un fin rayon cuivré qui allait désormais revenir toujours plus large, plus familier.

C'est dans cette luminosité déjà printanière qu'elle aperçut une légère pellicule blanche sur les fleurs brunes de l'infusion. Elle la vida machinalement, en revenant de la salle de bains, alla dans la chambre et là se figea, stupéfaite. La chambre était elle aussi remplie de lumière et n'avait rien de nocturne. Pourtant il pouvait entrer d'une minute à l'autre !

Vite elle tira les rideaux (trop étroits, ils laissaient toujours une brèche), jeta quelques éclats de bois dans le poêle (on ne chauffait plus depuis une semaine), décida de poser une lampe sur sa table de nuit, cette lourde lampe à l'abat-jour de soie qui trônait d'habitude sur l'étagère. Allumée, elle effaçait l'éclat du soleil qui, embrouillé dans les branches des saules, semblait ne pas vouloir s'éteindre…

Ce fut un de ces gestes maladroits et flous qu'on commet dans l'amour. Une main qui soudain désapprend à se mouvoir dans le monde réel. Elle sentit cette main, ces doigts frais, doux, toucher son épaule, entourer son sein…

Puis la main s'envola en décrivant un cercle hésitant, inutilement ample (voulait-il écarter l'abat-jour trop grand, trop proche ? éteindre la lumière ?). Les yeux clos, elle devina le mouvement et, une seconde après, le bruit. Un début de bruit...

Ce qui arriva fut si brusque et irrémédiable que, plusieurs heures après et même quelques jours peut-être, elle continua à vivre dans ce moment d'avant le bruit. Elle venait à la Horde, rencontrait les habitants, les écoutait, mais dans la partie la plus reculée d'elle-même se déroulait toujours la même scène qui ne pouvait pas avoir de fin, car la vie après cette fin serait devenue impossible.

... Derrière ses paupières closes, elle reconnaissait une main qui s'envolait, maladroite comme un oiseau de nuit obligé à voler en plein jour. Cette main tâtonnait dans le vide, percutait l'abat-jour... Ce début de bruit était le grincement du socle de faïence contre le bois de la petite table près du lit. Elle devina, à travers les cils, l'ébauche d'une chute. Le réflexe — faïence, brisures, main tailladée, sang — devança toute pensée. Elle étendit le bras. Comprit immédiatement. Se figea. La lampe tomba. Il s'arracha à ce corps féminin devenu plus que mort, se jeta hors de la pièce...

Une pensionnaire lui parlait des journées chaudes et des nuits encore fraîches. Elle acquiesçait, en répétant les banalités qu'elle entendait, mais sa vie était condensée dans la vision de ces quelques gestes : une main part à la dérive dans la pénombre, un abat-jour s'incline, un bras s'élance, se fige...

Et la scène éclate sous l'éclairage violent de l'horreur : un adolescent enlisé dans l'aine d'une femme. La mère et son fils...

Sa vue restait emprisonnée dans cette chambre, dans l'incessante répétition d'un geste suspendu. Et aussi dans ce reflet terrifiant du miroir : une femme couchée sur le dos, les genoux écartés, le ventre offert, un bras tendu, pétrifié.

Et quand elle jetait un regard dehors, le flux de la vie printanière l'aveuglait par sa précipitation joyeuse. Tout dans ce monde changeait à vue d'œil — les arbres, nus encore la veille, se couvrirent du voile bleuté des premières feuilles, une longue tige sauvage perçait vers le soleil à travers les planches du perron, les gens comme sur un signe convenu quittèrent les tanières calfeutrées de la Horde. Leur foule l'oppressa. Ils étaient incroyablement nombreux, bruyants, pleins de familiarité et d'une vulgaire avidité de vivre. Leurs propos (elle avait l'impression qu'ils s'interpellaient toujours en criant) la rendaient perplexe. Un jour, dans la salle de la bibliothèque, ils commentèrent avec enthousiasme la reconstruction annoncée du pont. Ils acclamaient ce nouveau pont comme s'il s'agissait d'une ère nouvelle de leur vie. « Liaison directe avec Paris par la route ! » hurlait un vieil officier qui se rendait à Paris une fois par an. Ils se félicitaient aussi de la décision des autorités de « débroussailler les deux rives ». Avec stupeur, elle comprit que par la broussaille ils entendaient le bois derrière la Horde. Elle intervint, en essayant de dire ce que ces arbres, même trop vieux ou chétifs, avaient de magique par une matinée de grand froid ou la nuit, sous le givre... Sa voix sembla résonner à l'écart de leur conversation.

L'air s'était tellement attiédi que les habitants laissaient souvent leurs fenêtres ouvertes et c'est ainsi qu'un jour, en contournant le bâtiment, elle entendit involontairement ces paroles. Elle reconnut sans peine la voix de l'infirmière, une voix pourtant inhabituelle, presque joyeuse.

— Et ce châle disait-elle, c'est absurde, elle me l'offre comme une reine à sa servante. J'en aurai bien besoin par cette chaleur, c'est sûr...

Une autre voix, celle de la directrice, opinait, moins nette... Elle accéléra le pas de peur d'être vue, interdite, désemparée, avec un murmure inconscient sur les lèvres : « Comme c'est faux ! Je lui ai donné ce châle en plein hiver... » Puis elle se calma et, se rappelant la voix animée, excitée de l'infirmière, se dit qu'étrangement dans le mal et la méchanceté on pouvait trouver sans effort un bonheur immédiat et même beaucoup plus varié que dans le bien...

Quelques jours après, en refermant la porte de la bibliothèque, elle entendit au fond du couloir, en écho sifflant : « S-s-chlim ! S-s-chlim ! »

Tout l'aveuglait, l'assourdissait, la bousculait dans ce monde de lumière et de bruits. Assourdissant fut aussi cet avis du « médecin-entre-nous » qu'elle rencontra un jour dans la ville. Il parla en souriant, avec assurance, en la dévisageant sans cacher sa curiosité. D'après lui (« premièrement », disait-il, en pliant un doigt) l'état de son fils ne présentait pas de gravité, tous les médecins français étaient des « paniquards » (un autre doigt replié), mais surtout (le troisième doigt, un sourire appuyé) il ne fallait pas perdre la joie de vivre. Son ton l'étonna. Elle discerna un sens fuyant dans ces paroles encourageantes. Il était habillé avec une élégance qu'elle jugea agressive et presque extravagante dans cette rue modeste (ce nœud papillon, ce costume qui moulait un corps trapu, des chaussures noires pointues), mais tout lui paraissait à présent agressif et étrange dans cette vie renouvelée. Et puis il avait l'habitude de plaisanter même durant les interventions...

Son fils changea beaucoup. Son existence d'adolescent invisible se transforma en une absence voyante, en un état de siège démonstratif que de toute façon elle n'eût pas osé rompre... Un soir, il se trouva dans la cuisine au moment où elle rentrait de la Horde. Dans la cuisine... Il dut deviner ce que cela signifiait pour eux. Il entendit ses pas sur le perron et se jeta dans sa chambre avec un tel élan frénétique, survola le long couloir avec une rapidité si désespérée qu'elle sentit dans le mouvement d'air laissé par cette fuite comme le souffle de l'abîme qu'il portait en lui.

Cet abîme s'ouvrit au milieu d'une journée de mai chaude, presque estivale...

Déjà l'arrivée de ce mai était invraisemblable. Venu subitement, tandis qu'elle se sentait encore en février ou, à la rigueur, en mars, ce mois fut brûlant et les habitants de la Horde qui seulement la veille parlaient d'un hiver sans précédent citaient à présent les journaux où l'on promettait « un été précoce et torride »...

Plus incroyable encore était ce guet affolé, torturant derrière le branchage des saules, près des ruines du pont. Elle était là, cachée, les yeux meurtris par ce qu'elle voyait à travers l'ondoiement des branches. Sur l'une des poutres d'acier, à quelques mètres de la rive, se dressaient trois jeunes corps en maillot de bain. Un par un, ils sautaient dans l'eau, en plongeant au milieu des blocs de béton qui hérissaient leur armature rouillée... Elle distingua la silhouette de son fils par une violente sensation de fragilité qu'irradiait ce corps très clair, élancé et si différent des deux autres — robustes, rougis par le soleil, aux jambes un peu courbes et courtes, des corps qui préfiguraient déjà la carrure masculine ordinaire. Quand, avant de plonger, il se balançait légèrement sur la poutre, il ressemblait à une longue statue de gypse qui s'inclinait dangereusement et tombait. « Il est le plus beau ! » clama en elle sa voix qu'elle ne maîtrisait plus. À cet instant, elle le vit se hisser sur une poutre plus élevée. Ses compagnons avaient l'air d'hésiter, puis renoncèrent. Il se dressa tout seul, au-dessus de leurs têtes. Elle vit son visage, indifférent et presque triste, ses bras portés en arrière comme les ailes d'un oiseau, et soudain, ce genou, démesurément volumineux, brillant dans la lumière crue, telle une boule d'ivoire. Sans réfléchir, elle agita la main, voulut l'appeler...

Mais son cri resta muet. Sur la rive, près du pilier à moitié détruit, se tenait un groupe de très jeunes filles qui jouaient toute une comédie en manifestant tantôt une admiration piaillante après un plongeon, tantôt un désintérêt un peu méprisant, plus excitant encore pour les trois plongeurs.

Il repoussa la poutre d'un bref ploiement des genoux, culbuta dans l'air, scinda l'eau — et disparut dans le noir car elle plissa fortement les paupières. Les jeunes spectatrices applaudirent en le voyant émerger. Il ne leur adressa pas un regard et alla grimper de nouveau sur la carcasse affaissée. Cette fois, il monta encore un peu plus haut, en mettant les pieds sur un rebord étroit. Il y eut dans le petit groupe un changement d'humeur, celui que les enfants expriment spontanément au moment où les jeux deviennent vraiment dangereux. Quelques cris d'une gaieté déjà feinte retentirent, puis seuls leurs regards gênés, pris en faute, suivirent l'escalade, l'immobilité avant le saut, l'envol...

Quand il réapparut à la surface, leurs voix furent presque apeurées et discordantes comme s'ils avaient deviné l'existence d'une raison secrète, démente à son courage.

Il monta encore, chancela une seconde sur la dernière poutre (une des jeunes filles poussa un « Non ! » aigu et sanglota), puis apprivoisa l'équilibre, écarta les bras, vola.

Elle ouvrit les yeux, reconnut les rameaux qui lui frôlaient le visage, le soleil qui faisait planer l'odeur de la vase chaude, de l'eau emplie de lumière. Son fils était seul, là-bas, assis sur une dalle de béton. Déjà habillé, il laçait ses chaussures (cette paire qu'il rêvait de porter quand le printemps viendrait...). Le petit groupe de robes colorées et ses deux compagnons étaient loin. Ils marchaient sur la rive : les garçons jetaient des pierres en tentant des ricochets, leurs amies comptaient en criant, en se disputant. Les états d'âme changent vite quand on est jeune, nota en elle une voix qu'elle n'écoutait pas... Il lissa ses cheveux, rentra sa chemise dans le pantalon, jeta un coup d'œil en direction des jeunes gens qui s'en allaient, puis se dirigea vers la Horde... Elle ne bougea pas en espérant et en redoutant qu'il se retourne, qu'il la voie et qu'alors, par enchantement, tout se dénoue, se remplisse de clarté, devienne simple comme l'ondulation de ces longues feuilles devant ses cils… Mais il marchait, la tête légèrement baissée, sans regarder derrière lui. Il boitait et semblait habitué à cette démarche.

La nuit, elle revit sa silhouette dressée sur le rebord d'acier avant le plongeon. À présent, dans ce souvenir encore poignant mais déjà supportable, elle croyait apercevoir sous sa peau fine les pulsations du cœur. Il s'arrachait à la poutre, volait et durant cet instant son corps devenait parfait — un trait de lumière au milieu du béton noirci et de la rouille…

Elle imagina, un à un, les visages des adolescentes qui avaient encouragé les plongeurs. C'est à l'une d'elles qu'étaient destinées ces longues chutes dans un carré d'eau entouré de ferraille. (Et c'est elle peut-être qui avait poussé un cri hystérique.) Ou peut-être à celle qui se montrait au contraire la plus indifférente au spectacle. Le hasard de ces jeunes attirances est toujours imprévisible. Cette pensée par sa banalité sentimentale lui fit tout à coup du bien, en détendant son corps qui n'était depuis la scène sur la rive qu'un spasme étouffant, visqueux. « Oui, c'est de son âge, pensa-t-elle en se laissant porter par ce relâchement intérieur. Oui, ce beau printemps… » Elle se rappela les robes bigarrées et leurs coupes naïves, innocentes, cette flânerie au bord de l'eau… Et la délicieuse progression des jours vers le bonheur et la paresse de l'été. Son fils rejoignait déjà ce flux si naturel des premières amours, du soleil de plus en plus tardif, et puis, le plus important, cette assurance débonnaire du médecin-entre-nous : tout n'était pas si grave. Un éclat lumineux passa devant ses yeux, l'ébauche d'un rêve — l'une de ces petites robes à côté d'une silhouette douloureusement reconnaissable, son fils…

D'un bond elle s'arracha à cette rêverie, se releva, alluma la lampe dont le socle était recollé avec des bandes de papier. Cette lampe. Le lit. Le poêle noir, froid. Les rideaux avec l'étroite fente de la nuit. Et au fond de son regard, ce couple, deux jeunes amoureux par un soir d'été… La dissonance était déchirante. Tout ce qui s'était passé dans cette chambre, durant les nuits d'hiver, était accepté et acceptable, pardonnable et pardonné à cette unique condition : après, il n'y aurait rien, un vide, un néant sans fond… la mort. À présent, ce printemps, cette promenade d'été imaginée et si probable, ces amours si stupidement naturelles et légitimes, toute cette niaise et souriante robustesse de la vie rejetait leur hiver dans l'innommable. Et puis, lui, qu'allait-il faire, lui, de cette chambre ! ?

Sa pensée se débattait entre mille objets, cherchait la protection d'un souvenir, l'ombre d'une journée, mais le soleil d'été la poursuivait, la chassait sur la rive, vers les bruits, vers les voix. « Comme c'est simple, se dit-elle avec une rancœur subite, une petite robe d'indienne, un peu de coquetterie et hop, il est prêt à tout pour toi… » Elle se reprit, cette jalousie lui parut trop absurde. Mais surtout : « Non, non, il se moquait de toutes ces robes… Il se jetait pour… pour… »

Pour se tuer… Elle ne parvenait plus à contenir la course de ces pensées, justes, insignifiantes, graves, inutiles, essentielles… Il fallait en trouver une, toute évidente, logique et qui eût offert un répit. « Attends, attends, ce pont. Oui, ce pont… Donc ce pont n'était pas si haut que ça. La dernière poutre était peut-être seulement à deux mètres de l'eau… »

Il se produisit alors un changement visuel surprenant. La hauteur vertigineuse que, terrifiée, elle avait observée durant ces plongeons suicidaires se tassa dans son souvenir, et atteignait maintenant à peine la taille humaine. Elle ne savait plus si elle avait vraiment vu cette poutre suspendue, lui avait-il semblé, au sommet du ciel. Ou plutôt, elle était désormais sûre qu'il s'agissait d'un jeu presque anodin, de quelques sauts sans danger. Elle se souvint des jeunes spectatrices sur la rive. Et crut voir distinctement l'une d'elles donner la main à son fils et l'accompagner jusqu'à la Horde…

« Non ! Il est rentré seul ! » objecta en elle un souvenir très précis. Mais déjà la vision de ces deux jeunes gens sur un sentier de la rive lui paraissait réellement, certainement observée, inexpulsable de la pensée. Avec stupeur, elle se rendit compte qu'il lui suffisait d'imaginer un visage, un lieu, et ils se transformaient tout naturellement en choses vécues.

Hébétée, elle tenta de retrouver dans le désordre de ses pensées une réalité indiscutable, univoque. Ce fut, par un inexplicable caprice de la mémoire, le visage de l'infirmière de la maison de retraite. Cette femme malheureuse qui prenait plaisir à se moquer du cadeau reçu, de ce châle qu'elle avait accepté un soir d'hiver… À présent ce visage était teinté d'une douceur repentante, ses lèvres tremblaient en prononçant des mots d'excuse. Et une nouvelle fois, ce repentir paraissait… non ! tout simplement était parfaitement réel. Oui, une rencontre survenue quelques jours auparavant…

Elle réussit, un instant, à ne penser à rien, toujours assise sur le bord du lit, légèrement penchée en avant, les yeux mi-clos, sans aucune expression. C'est telle qu'elle se voyait dans le miroir face au lit. Une femme nue, immobile, au plus profond d'une nuit de printemps. Ce reflet exact la calma. Elle tourna la tête vers la fenêtre, son double, dans le miroir, en fit autant. Lissa la couverture, l'autre répéta son geste avec précision. C'est alors que son regard tomba sur la lampe…

La scène qui depuis s'était mille fois déployée dans son souvenir entama de nouveau sa ronde de mouvements : une main qui heurte l'abat-jour, un bras qui veut prévenir la chute, cet élan instinctif, aveugle, et la fuite, et le reflet dans le miroir d'une femme couchée plus inerte qu'une morte… Elle observa cette femme et distingua sur son visage une expression nouvelle qui semblait s'accentuer de plus en plus : un mélange de tendresse, de volupté, d'impudeur, de lascivité. Ses genoux restaient fortement écartés, son ventre s'exposait entre des cuisses longues, souples…

Elle tapota sur l'interrupteur comme sur un insecte qu'on ne parvient pas à tuer. Mais dans l'obscurité tout devint encore plus vrai. Il y avait maintenant ce jeune visage enfoui dans le creux de l'épaule de la femme nue, ces lèvres noyées dans sa poitrine… Et c'est le corps de la femme qui se galbait, se refermait sur l'autre, le guidait…

Elle se tenait devant la porte-fenêtre et sans s'en apercevoir répétait interminablement dans un chuchotement fiévreux : « Non, ça n'a jamais été ainsi… jamais… jamais… jamais ainsi… » Mais sa pensée venait de mêler à la coulée lente et opiniâtre des souvenirs et ces bras féminins qui enlaçaient la taille fragile d'un adolescent, et les gémissements qu'elle ne dissimulait pas, et leur courage nouveau car tous deux savaient que le sommeil n'était qu'un jeu…

La fatigue interrompit pour quelques heures la croissance de cette incurable tumeur dont se remplissait lentement sa mémoire.

Le matin, la réalité imaginée, fausse et terrifiante de vérité, continua à gagner du terrain, mais déjà calmement, comme dans un pays définitivement conquis… L'après-midi, il y eut beaucoup de monde dans la bibliothèque. À un moment, elle se détourna et se mit à tirer les rideaux sur les fenêtres. « Trop de soleil ! » murmura-t-elle en essayant de garder le plus longtemps possible le visage dissimulé dans les plis poussiéreux… Elle venait de voir, dans une chambre éclairée par les flammes qui échappaient d'un poêle, une femme qui peignait lentement l'épaisse coulée de ses cheveux, debout devant une porte-fenêtre ouverte sur une nuit de neige d'où parvenait étrangement un souffle presque chaud. Sa tête était inclinée, son regard plongeait dans le reflet de la vitre et suivait les mouvements d'un adolescent qui entrait dans la pièce, s'arrêtait et la contemplait silencieusement... Elle savait, elle ne pouvait pas nier que cela lui était arrivé. Elle ne voulait seulement pas que les autres le devinent en fouillant dans ses yeux.

Le soir était clair, long. Dans la cuisine, elle déchirait machinalement une lettre (une des nombreuses lettres de L.M. qu'elle ne lisait même plus), quand la porte d'entrée battit avec une précipitation inhabituelle. Elle ne bougea pas, le dos tourné, pour lui permettre de glisser sans être vu d'elle. Mais il entra et elle entendit sa voix qui tout en s'imposant le calme avait une sonorité enfantine :

— Maman, je crois que j'ai fait une bêtise. On pourrait appeler ce... comment il s'appelle déjà, ce médecin-entre-nous...

Elle se retourna. Il enleva la main qu'il appliquait à sa tempe. Une poche de sang surplombait son sourcil gauche et empêchait déjà l'œil de s'ouvrir...

Ce fut la deuxième nuit de veille passée dans la chambre de l'adolescent. À une heure indéfinissable, encore très noire de ciel, les choses se mirent à rompre les liens qui les attachaient d'ordinaire. Cela rendait leur présence de plus en plus inexplicable. Cette lampe qu'elle avait transportée ici pour avoir, en cas de besoin, plus de lumière. À présent, cette explication ne suffisait plus. La lampe était là, près du lit où dormait l'enfant, éteinte et presque effrayante dans son oisiveté taciturne, liée non plus à la clarté, mais à des visions ténébreuses, indéchiffrables... Et le médecin-entre-nous ? Il était resté car son aide pouvait se révéler urgente. Mais... Non, rien .. Il s'était installé dans la pièce aux livres, nullement gêné par ce séjour nocturne dans leur maison. Il avait rempli le petit réduit de la fumée de son cigare et maintenant lisait ou somnolait. Et de temps à autre venait au chevet du malade. Elle sursautait chaque fois, tant son apparition était feutrée : pour plus de confort, il restait en chaussettes. Visiblement il prenait plaisir à la voir tressaillir. Il souriait mais tout de suite prenait un air décidé et rassurant, palpait la tuméfaction qui recouvrait déjà presque entièrement l'œil gauche de l'adolescent, repartait... À un moment, dans l'obscurité, elle crut apercevoir cet homme en chaussettes, tapi au fond du couloir, guetteur. Elle eut très peur, mais se réveilla aussitôt.

Ses yeux posés sur le visage déformé de l'enfant luttaient constamment contre l'habitude : ne pas accepter ce masque bouffi, l'effacer par l'intensité du regard. Le masque laissait échapper une onde brûlante, sèche. Elle retournait les compresses sur le front boursouflé, soulevait la couverture, essuyait des filets de sueur sur la poitrine, dans la fossette entre les clavicules, sur le cou. Et chacun de ces attouchements, simples et presque irréfléchis, éveillait le grouillement de visions nocturnes, l'entraînait vers une nuit d'hiver, vers une rencontre charnelle de plus en plus démente, de plus en plus vraie... Même la ville qui derrière la vitre noire tremblotait dans un jet de lueurs était une ville fantôme, invraisemblable, elle aussi, avec la ruine cyclopéenne du pont détruit, avec cette gare d'où, depuis plusieurs jours déjà, aucun train ne partait. « Grève des cheminots », répétait-elle mentalement et ces mots murmurés au-dessus de ce corps en feu révélaient une folie aux grands yeux clairs, intelligents... Elle examina le thermomètre (quarante de fièvre comme une heure plus tôt), éteignit la lampe, ferma les paupières.

Quand il se mit à délirer, dans un sifflement précipité, bouillant, elle ne parvint pas à s'arracher tout de suite à son sommeil. Elle l'écouta en se croyant toujours dans un songe pénible et désordonné. Peu à peu ces paroles essoufflées formèrent un aveu que seul le délire pouvait amener à la hauteur des lèvres. Elle n'entendait pas mais voyait, à chaque chuchotis douloureux, se reconstruire un lieu qu'elle mit un instant à reconnaître...

.. C'était un petit appartement bondé de meubles disparates. Une femme rajeunie dans sa longue robe noire. Un adolescent qui observe les derniers préparatifs de la femme. Elle accroche des boucles d'oreilles qui lancent des scintillements irisés sur son cou et ses épaules nues. La sonnerie retentit à la porte d'entrée, elle embrasse l'enfant déjà couché sur les fauteuils assemblés en un lit de fortune, va ouvrir et l'on sent se mêler au parfum tiède, piquant qu'a laissé son passage l'odeur humide de la rue et celle forte, envahissante, de l'eau de Cologne de l'intrus...

La voix du malade se perdit dans une suite de brefs râles chuintants. Elle changea les compresses. L'enflure de sang foncé et luisant avait progressé vers la tempe. L'œil droit s'ouvrit un instant, mais ne focalisa rien, glissa sur la lampe, sur la main qui appliquait le tissu glacé sur le front. Presque aussitôt le délire reprit. Elle finit par saisir même les mots qui s'effaçaient dans les saccades sifflantes de la fièvre.

... Toujours cette femme en robe du soir qui s'apprêtait à partir pour le théâtre et attendait celui qui devait venir la chercher. Cette fois, elle et son fils sont à table et boivent le thé. Une demi-heure après, en mettant ses boucles d'oreilles devant un miroir, elle se sent tout à coup agréablement fatiguée. Elle s'assoit sur le petit canapé, décide même de s'allonger quelques secondes en attendant l'arrivée de son compagnon. Le sommeil la surprend avant la fin de cette pensée...

Elle retourna les compresses déjà brûlantes, secoua le thermomètre, le plaça avec précaution. Le chuchotement qui s'échappait encore des lèvres durcies par la respiration était devenu indistinct.

Et soudain il se mit à crier d'une voix presque consciente. Dans ce cri la femme en robe noire se retrouvait tout à coup à moitié nue, allongée, sinistrement belle car morte ! Morte, morte, morte...

Il répétait « morte » dans un étranglement violent, en secouant sa tête défigurée, en grattant la couverture avec ses ongles. Abasourdie, impuissante, elle savait qu'il fallait se lever, courir dans la pièce aux livres, réveiller le médecin. Mais alors celui-ci eût écouté ce délire tellement clair ! Et tout deviné !

Les cris se turent brusquement et, une seconde après, le médecin-entre-nous ouvrit la porte. « Ah, il a de la voix, notre jeune homme », bougonna-t-il et il bâilla avec application.

Une heure plus tard, il opérait. Il avait écarté les rideaux avec une énergique brusquerie en laissant entrer un matin encore incolore, inespéré dans cette chambre qui paraissait condamnée à la nuit... Il incisait, enlevait les caillots, tamponnait.

Et commentait ses gestes d'une voix presque tendre, en employant toujours des diminutifs russes, même pour le bistouri, les tampons, le sérum. Elle avait l'impression d'assister à un jeu, d'y participer en lui tendant, de temps en temps, un flacon, une seringue...

Au moment de partir, il lui baisa la main et promit de revenir à midi et même de rester « bouquiner » (un clin d'œil) dans la petite pièce aux livres si besoin était...

Elle passa l'après-midi tantôt dans la chambre de l'enfant, tantôt, quand il s'endormait, assise sur le perron que les herbes folles envahissaient de toute part. Ce que la nuit lui avait révélé se déployait à présent dans un enchaînement de scènes clair et définitif...

... C'était donc au printemps de l'année précédente, peut-être exactement un an auparavant. D'habitude, quand elle venait avec son fils à Paris, L.M. l'invitait au théâtre. Ou plutôt quand il l'invitait, elle venait à Paris, laissait l'enfant chez Li et revenait le reprendre au matin. Ce jour-là, Li était absente, le garçon devait passer la nuit seul. Il était difficile de deviner à quel point il détestait ces soirées de théâtre, ces nuits (sa mère rentrait soi-disant après le spectacle) et l'homme qui sonnait à la porte... Li prenait des somnifères — ce petit sachet qui la rendait vague au réveil. « Et si vous en preniez deux ? demanda-t-il un jour. — Oh, je ne me réveillerais qu'à midi. — Trois ? — Je dormirais comme une morte ! »... Ce soir-là, il jeta dans la tasse du thé qu'allait boire cette jeune femme en robe noire trois sachets... Il vécut, une heure après, de longues minutes effrayantes et délicieuses. On sonnait à la porte, impatiemment, rageusement, il entendit même quelques jurons, puis un tambourinement dans les volets. La femme allongée sur le canapé gardait une beauté impassible et lointaine. Le crissement des roues s'écarta de la fenêtre, se mêla à d'autres bruits de voitures dans la rue... Il était là, dans ce petit salon éclairé juste par une lampe de table, une pièce encombrée de bibelots, de livres, d'icônes... Et au milieu, cette femme, cette inconnue dans laquelle il lui était impossible de reconnaître sa mère. Son visage était d'une jeunesse troublante, un petit pli capricieux qu'il n'avait jamais encore remarqué relevait légèrement les coins des lèvres. Le galbe de son corps exprimait une étrange attente. Et autour d'elle, outre le fin voile du parfum, il distinguait une senteur toute neuve, charnelle, plus une ombre qu'une senteur, qui l'émerveillait et lui faisait presque mal aux poumons... Il ne savait pas évaluer encore la profondeur de ce sommeil. Prêt à s'enfuir au premier battement des cils, il tendit le bras, effleura cette main qui gisait sur le ventre, puis cette épaule. Alors, enhardi, se disant qu'il aurait le cas échéant une bonne excuse pour la réveiller, il toucha ce délicat renfoncement esquissé entre les seins dont le décolleté découvrait la naissance. Il avait toujours été fasciné par cet endroit du corps féminin. Elle ne bougea pas... Déjà inquiet, il approcha son oreille du visage de la femme endormie. Et ne perçut aucun souffle. « Je dormirais comme une morte ! » se rappela-t-il les paroles de Li. Morte ! Il bondit, affolé, voulut courir à la cuisine pour apporter de l'eau, puis se ravisa. Il avait vu ou lu quelque part que les médecins appliquaient l'oreille à la poitrine du patient et même la massaient pour lui rendre la respiration. Avec des doigts tremblants, il décrocha deux agrafes sur les pans croisés du décolleté, dénuda une épaule, puis un sein, colla son oreille... Enfin se redressa, les tempes encore bourdonnantes, souffle syncopé. Et il la regarda indéfiniment, cette femme méconnaissable sous son léger maquillage, avec cette coiffure haute, sa robe en velours noir et surtout sa nudité. La femme qui aurait dû appartenir à un autre et qui restait maintenant avec lui, si délicieusement accessible à son regard, à sa caresse...

... « Il y a un an », pensa-t-elle en revoyant un éblouissant halo de jours, de ciels vus depuis... Sur le sentier qui venait de la Horde à travers le pré apparut un homme. Elle reconnut le médecin-entre-nous qui arrivait avec sa mallette. Pour la seconde nuit.

Il plut cette nuit-là. Après la chaleur des dernières semaines, l'air paraissait froid, automnal. Elle resta jusqu'au matin dans un fauteuil, près du lit. La fièvre était tombée. La plaie ne saignait plus. Il dormit tranquillement et ne se réveilla qu'une fois, au milieu de la nuit. Ils se regardèrent un long moment sans rien se dire. Puis il plissa fortement les paupières, comme sous l'effet d'une soudaine brûlure. Elle vit scintiller de minuscules étincelles dans ses cils et se hâta d'éteindre la lampe.

Ces journées fraîches et grises, au début de juin, marquèrent l'habituelle lassitude du printemps, son essoufflement qui survient toujours après l'excès de la floraison et les chaleurs de mai. Le feuillage était déjà lourd, dense et foncé comme à la fin de l'été. Le pré qui descendait vers la rivière, recouvert d'herbes hautes, blanchi çà et là par le duvet argenté des pissenlits éteints. Les pluies patientes, discrètes suspendaient des embruns qui voilaient l'air comme dans les matinées d'octobre.

Elle aimait l'apaisement de cette brève anticipation automnale. Depuis la nuit du délire, elle savait tout, du début à la fin, de cette année de sa vie. Et maintenant, dans les brumes d'un automne momentané, elle avait l'impression d'avoir survécu, l'impression de reprendre timidement le cours interrompu des jours.

Un soir, en contournant la Horde, elle vit que les arbustes qui poussaient sous les murs et en bordure de la route étaient tous emperlés de grappes blanches. L'air du crépuscule avait aussi cette teinte neigeuse... Elle dut allumer le feu tant la nuit était fraîche. Et ne dormit pas. Des nuits d'hiver se levaient devant son regard, l'une après l'autre, indicibles dans leur dure beauté, avec la faille frémissante de leur ciel, avec cette même senteur de l'écorce brûlée, nuance humble mais qui s'ouvrait sur une insondable enfilade des heures. C'était la première fois qu'elle y retournait. Ce retour avait encore une intensité meurtrière. Pourtant sa mémoire l'initiait déjà à la mystérieuse science de pénétrer dans cette autre vie.

Durant ces quelques jours d'automne en plein juin, jours de la convalescence de son fils, s'esquissa de nouveau en elle cet espoir insensé : quelqu'un l'écouterait, la comprendrait, comprendrait surtout que ce qu'elle avait vécu appartenait à une vie tout autre que la sienne. Ce quelqu'un n'avait pas encore de visage, seule une âme, ample et silencieuse.

L'été revint avec des orages inouïs, un soleil déchaîné que les habitants de Villiers-la-Forêt accueillirent comme la preuve éclatante de ces « premières vraies vacances du temps de paix » dont parlaient les journaux. Et même la petite communauté de la Horde d'or sentit cet air nouveau et se rassemblant dans la bibliothèque commentait passionnément les articles sur le Tour de France 47, le premier après la guerre, sur la nouvelle conférence de Paris, mais surtout ce gros titre qui affirmait : « La France sort enfin du provisoire »…

Malgré elle, ou plutôt avec un consentement inavoué, elle fut gagnée par cette excitation estivale. Un jour, elle se surprit à examiner avec une jalousie admirative les photos qui accompagnaient dans un journal un long dossier : « Où passer les vacances ». Une famille (les parents et leurs deux enfants) roulait à bicyclette à travers un chemin de campagne. Elle ne pouvait pas s'arracher à sa contemplation. Tout lui plaisait en ces vacanciers : et cette harmonie familiale, et leurs provisions bien empaquetées sur les porte-bagages, et cette route modeste, et le paysage doux, ordonné. Elle eut soudain envie de se fondre comme eux dans l'heureuse banalité de ces journées d'été, d'avoir leur bon sens si français (« si merveilleusement français », pensa-t-elle). Elle se souvint de son espoir de trouver une âme à qui se confier, à qui parler des abîmes qu'elle avait connus. Cela lui paraissait maintenant grotesque. Non, il fallait oublier. Oui, oublier ! Car ces fameux abîmes n'étaient en fait que des moments de tendresse trouble qu'aucune mère et aucun fils n'évite. Tout simplement, ils étaient allés un peu plus loin que les autres dans cette tentation proscrite. D'ailleurs, il y avait eu, en tout et pour tout, huit ou peut-être dix nuits où...

Elle se sentit très forte car décidée à ne plus se souvenir. Il fallait s'abêtir un peu, être confiante, parler de vacances. Et c'est comme si elle voulait châtier, blesser, anéantir un être silencieusement présent en elle qu'elle s'obligea à lire les colonnes de l'article : « Beaucoup d'étrangers — Anglais, Scandinaves, Américains — veulent, cette année, se faire de l'âme avec des beautés françaises. Nous devons bien quelques amabilités à des visiteurs qui viendraient sur les lieux où, durant deux ans, les soldats de leurs pays se sont battus pour la délivrance de l'Europe... »

Ce monde estival et agréablement niais l'accepta. Elle s'offrit à lui, à ses joies et son verbiage avec la conviction d'une repentie. Chaque jour nouveau semblait lui donner raison. Les lecteurs paraissaient heureux de la voir participer, comme avant, à leurs débats.

À la fin du mois, elle amena son fils à Paris. Le médecin (« le médecin français », comme ils l'appelaient pour ne pas confondre avec le médecin-entre-nous) examina l'enfant, le fit entrer dans son service, indiqua la date de l'opération. « Sous anesthésie générale on procédera au redressement de la jambe fléchie », relut-elle le soir même sur ces pages qu'elle eût pu réciter par cœur et leur langage technique la rassura. Elle voyait déjà son fils marcher normalement dans cette vie redevenue ordinaire…

Après l'opération (dont le moment si redouté arriva avec une légèreté étonnante) l'enfant allait rester plusieurs jours à l'hôpital. Et même ces voyages presque quotidiens à Paris devinrent pour elle un vrai apprentissage de la bienheureuse banalité de la vie.

Toujours pressée de rentrer à la Horde, à la bibliothèque, elle n'avait pas le temps de voir Li. C'est seulement le 14 juillet, en profitant du jour férié, qu'elle put venir dans le petit appartement de la photographe… Le soir était insupportablement lourd, avec l'odeur qu'a la poussière des rues avant l'orage, avec un ciel violet, fumeux et l'affolement des feuilles sous de brefs coups de vent. Li était encore à l'atelier, dans la cave, à s'occuper des derniers clients de la journée. D'ailleurs l'atelier seul gardait l'air habitable. Dans les pièces, les meubles avaient cédé la place aux pyramides de cartons de tous les formats. Les murs nus portaient une multitude de piqûres noires — crochets sur lesquels avaient été suspendus tableaux, photos icônes…

Elle resta un moment dans la courette entourée de fenêtres de plusieurs étages. Toutes étaient ouvertes, captant le moindre souffle frais dans l'étouffement du soir. On entendait le grésillement de l'huile sur une poêle, le gargouillis des eaux usées, le fracas de la vaisselle, des bouts de conversation, des bribes de musique. Une odeur complexe de toits qui renvoyaient la chaleur de la journée, de lessive, de graillon stagnait dans l'obscurité au-dessus du carré pavé du sol. Elle s'apprêtait déjà à descendre dans l'atelier quand soudain elle aperçut, à l'endroit le plus sombre de la cour, cet arbuste qui s'évertuait à pousser contre le mur, sous la gouttière. Et à fleurir, invisible, ignoré de toutes ces fenêtres bruyantes. Elle s'approcha, noya son visage dans les grappes constellées de fleurs. La senteur était ténue. Une fraîcheur de neige… La sensation de pouvoir entrer, rester, se fondre dans ce souffle froid fut vertigineuse. Un instant, elle crut avancer à travers une forêt hivernale, enneigée, dans une matinée à peine argentée par l'aube, au milieu des arbres endormis mais secrètement attentifs à sa présence. Elle n'était pas seule. Quelqu'un l'accompagnait dans cette lente promenade. Une paix infinie emplissait la distance qui séparait leurs âmes…

Li l'appela du seuil de l'atelier. Elle partait pour la Russie dans dix jours. Il lui restait à emballer les derniers de ses panneaux : un marin incroyablement large d'épaules qui offrait un bouquet à une jeune créature à la taille de guêpe, et puis, sur l'autre, un homme et une femme nus serrés dans une foule en fracs et en robes du soir.

Deux jours après, en revenant de Paris, elle croisa le médecin-entre-nous. Il fit semblant de se trouver par hasard dans cette rue qui débouchait sur la place de la gare. Elle l'aurait cru si, à quelques secondes de l'arrêt, elle n'avait pas jeté un coup d'œil par la fenêtre du wagon. Elle le reconnut dans cet homme en costume marron, un homme qui fut trahi par la rapidité de ses mouvements en quittant l'ombre d'un platane où il s'était abrité du soleil. Le train ralentissait et, à travers la vitre, elle le vit surveiller la sortie de la gare, puis tirer légèrement le col de sa chemise…

Ils firent le chemin ensemble. En l'écoutant, elle pensait que, sans le regard jeté du wagon, ces paroles auraient eu un tout autre sens. Et que lui-même, cet homme qui marchait à côté d'elle en bavardant, animé et jovial, eût été un autre personnage. Oui, il serait resté ce « médecin-entre-nous » effacé et serviable. À présent, elle discernait en lui cette énergie contenue avec laquelle il avait surgi de l'ombre. Et aussi cette aisance très naturelle dont s'était coloré son étonnement feint : « Tiens, vous ! Quel bon vent vous amène à moi ? » Elle voyait maintenant ce qu'elle n'avait jamais remarqué : ces boutons de manchette lourds et étrangement désagréables à voir, le dos de ses mains très larges couvert de poils dans lesquels brillaient des gouttelettes de sueur... Mais surtout son regard, brun, huileux qui, de biais, se posait rapidement sur elle et, en fuyant, semblait l'emprisonner dans son reflet. Oui, il marchait sans la regarder, mais elle se sentait retenue, engluée sous ses paupières.

Elle ne se souvenait pas de l'avoir invité à prendre le thé chez elle. Et pourtant il était déjà assis en face d'elle, dans cette cuisine encore toute lumineuse de couchant et il parlait en s'interrompant juste pour une petite gorgée prétexte. Elle se levait de temps en temps, chassait une abeille, se remettait à faire semblant de l'écouter et, en réalité, notait malgré elle de nouveaux détails, absurdes et mystérieusement importants : ces ongles carrés, jaunâtres, ce front qui se couvrait de rides pour accompagner un soupir théâtral, des rides qui montaient jusqu'à la calvitie, la rendant moins brillante... C'étaient ces minutes étranges où l'on sent l'imminence d'un geste qui s'approche, de seconde en seconde, inexorable.

En partant, il s'arrêta dans l'entrée, lui baisa la main. Ou plutôt sans s'incliner souleva cette main et l'appliqua longuement à ses lèvres. Quand elle fit un mouvement d'impatience, il l'attrapa par la taille avec une agilité inattendue. Elle se rejeta en arrière pour s'éloigner de son visage. Mais à sa surprise, il n'attaqua pas sa bouche. Il resta un moment immobile, en lui imposant cette posture en porte à faux, en soutenant le poids de son corps cambré sur sa paume. Maladroitement elle s'arracha à lui, se heurta contre le chambranle. Et son cri « Allez-vous-en ! » se confondit avec un bref gémissement et le frottement de sa main qui frictionna le coude blessé. Face à elle, il souriait, massif, sûr de lui. Mais la voix qui se détacha de cette masse fut étrangement aiguë, bredouillante, comme ces phrases qu'on prépare depuis longtemps et qui, le moment venu, sortent si noueuses et haletantes :

— Demain je viendrai... On pourra d'abord... Enfin, il y a un petit restaurant...

La nuit, son regard s'agita entre plusieurs personnages très divers. Ce vieux monsieur qui était venu plusieurs fois de la Horde, souvent à la nuit tombante, sous la neige, pour soigner un adolescent souffrant... Cet homme en costume marron qui marchait vers elle sans l'apercevoir et soudain poussait une exclamation de joie... Cet autre qui, en buvant de petites gorgées de thé, parlait de la solitude « qu'il faut combattre à deux »... Cet autre encore qui avouait que depuis des années il avait envie de lui parler. Et quand il disait cela, ses boutons de manchette, ses poignets poilus semblaient appartenir à quelqu'un d'autre. Elle ne parvenait pas à rassembler tous ces hommes en un seul, en ce mâle vieillissant, à la calvitie bronzée et lisse, qui lui avait empoigné la taille en jouissant déjà de ce corps ployé.

Le lendemain, en rentrant de Paris, elle observa avec inquiétude les arbres qui bordaient la place de la gare... Personne. À la porte de sa maison était fixé un petit carré de papier. « Je suis passé pour le goûter, je reviendrai pour le dîner. » C'est en déchiffrant la signature qu'elle perçut le trait qui était commun à tous ces hommes qui l'avaient assaillie pendant la nuit. Comme si ce nom ordinaire, vaguement ridicule, qu'elle connaissait mais ne se rappelait plus, oui, comme si la transcription même de ce « Serge Goletz » avait créé un vocable générique pour tous ces personnages.

C'était l'homme qui avait percé (elle ne savait ni comment ni dans quelle mesure) son mystère. La folie de son mystère. Sa folie… Oui, c'était quelqu'un qui la traitait comme il eût traité une simple d'esprit dont on veut abuser.

Il était déjà presque neuf heures du soir. Elle longea la maison à pas hâtifs, s'enfonça sous les arbres du bois. On pouvait le traverser en cinq minutes, mais le dédale des sentiers créait une illusion de refuge. Le sol était parsemé de longues raies de cuivre qui pâlissaient lentement. L'obscurité s'infusa peu à peu dans les recoins ombragés. La lune transforma les clairières en lacs, en ruisseaux d'un bleu somnolent. Le cri répété d'un oiseau se brisait avec la sonorité des glaçons. Elle crut tout à coup qu'il était possible de rester ici, de ne pas quitter ces minutes, de les vivre à contresens… Puis, se souvenant de la folie qu'un homme venait de pressentir en elle, elle se hâta de rentrer.

En appuyant sur l'interrupteur, elle se dit que Goletz pouvait apercevoir la lumière, venir… Au même instant, elle entendit le tambourinement calme, presque nonchalant à la porte. Elle éteignit, mais tout de suite, fâchée contre sa lâcheté, ralluma, alla dans l'entrée mais décida de ne pas ouvrir, de ne rien dire. Il frappa de nouveau et annonça sans lever la voix, en flairant sa présence toute proche : « Je sais que vous êtes là. Ouvrez... J'ai une commission pour vous. » Une moquerie négligemment dissimulée cliquetait dans sa voix. « Oui, il parle comme à une simple d'esprit... », pensa-t-elle de nouveau. Elle revint dans la cuisine et soudain entendit le craquement d'une tige : il longeait le mur et dans l'obscurité marcha sur les fleurs. Elle se rappela que la porte-fenêtre dans sa chambre était restée entrouverte. À peine formulée la pensée devenait réalité : au fond du couloir, les vieux gonds poussèrent un crissement long, chantant. Elle se précipita à l'autre bout de l'appartement, alluma, eut le temps de recomposer dans son regard l'intérieur familier et douloureux : cette lampe avec le socle de faïence recollé, le poêle, le lit, l'armoire à glace...

Et au milieu de tous ces objets polis par l'habitude, un homme qui passait sa tête dans l'entrebâillement de la porte-fenêtre, comme dans ces intérieurs instables des mauvais songes. « Juste deux mots... Hier, j'ai oublié de vous dire... » Il souriait, l'hypnotisait par son regard fixe et pénétrait dans la pièce par de brèves avancées rapides en paraissant immobile chaque fois qu'elle était sur le point de le rabrouer. Elle se sentait désespérément étrangère à cette scène. Les paroles qui résonnaient dans sa tête, puis éclataient sur ses lèvres semblaient échapper à quelqu'un d'autre : « Allez-vous-en ! Sortez ! Vite ! » Des ordres impuissants qui ne changeaient pas l'expression absente de son visage et ne produisaient aucun effet sur l'homme toujours immobile et de plus en plus proche. Elle était aussi absente de son corps et l'homme le savait : l'enfance, l'ivresse, la folie désarment ainsi le corps qui devient une proie facile. « Je ne vous l'ai pas dit hier, débitait-il avec l'excitation de celui qui voit son jeu aboutir. Je vous aime, je vous aime depuis des années… Non, laissez-moi… »

Elle agita maladroitement la main. Il transforma cette gifle en un baisemain fougueux, puis lui attrapa la taille, déséquilibra ce corps inhabité, le poussa vers le lit. Elle vit un visage rond, verni de sueur et s'entendit crier une phrase parfaitement déraisonnable :

— Lâchez-moi ! Vous avez un cou hideux !

C'est cette parole absurde, à moitié étranglée, qui brisa net l'assaut. L'homme se redressa, desserra ses mains, tâta son cou. « Qu'est-ce que vous dites ? Qu'est-ce qu'il a, mon cou ? »

C'était une peau rasée de trop près, rouge et toute recouverte de minuscules boursouflures. Il fit un mouvement vers le miroir, se rendit compte du ridicule de ce geste, perdit contenance.

— Allez-vous-en ! dit-elle d'une voix fatiguée. Je vous en prie…

Elle alla à la porte-fenêtre, l'ouvrit largement, en écartant le rideau. Il obéit, en murmurant avec un ricanement vexé : « D'accord, d'accord… Mais vous ne me refuserez pas quand même le plaisir d'une simple promenade ? Demain, dans l'après-midi... » Il sortit, se retourna et attendit la réponse. Elle fit « non » de la tête et tira la poignée. Le bouton de manchette brilla — il eut le temps de bloquer la porte.

— Un dernier mot, lança-t-il, ne parvenant pas à équilibrer sur ses lèvres le sourire et les tiraillements de colère. Le tout dernier, je vous assure. Cette porte vitrée dont vous m'écrasez le bras (elle lâcha la poignée), cette porte-fenêtre très large pour ces rideaux, ou ces rideaux trop étroits, comme vous voulez...

Elle perçut en elle un profond frisson qui germait rapidement dans son ventre, montait à la poitrine, tordait les muscles de la gorge. L'homme allait annoncer quelque chose d'irréparable, elle en avait une intuition précise, aveuglante. Elle l'avait senti, inconsciemment, depuis le début de ses manœuvres et c'est ce pressentiment qui la rendait désarmée devant lui.

— ... ces rideaux vraiment trop étroits, voyez-vous, ne me sont pas tout à fait inconnus. J'ai, voyez-vous, un faible, j'aime me promener tard le soir, avant d'aller me coucher. Que voulez-vous, quand on vit seul... Et puis je suis très observateur...

Il aurait fallu lui couper la parole, le retenir au bord de la nouvelle phrase... Il aurait fallu le laisser faire tout à l'heure, accepter ses baisers, se donner à lui car ce qu'il allait dire était mille fois plus monstrueux. Mais l'air devenait lourd comme le coton mouillé, il entravait les gestes, étouffait la voix.

— Surtout qu'avec les froids de cet hiver, je me suis souvent inquiété : vous avec un enfant… euh… malade, dans cette bicoque, on ne sait jamais. Un soir, je passais justement tout près, presque sous vos fenêtres, j'ai jeté un coup d'œil, les rideaux étaient tirés, mais ils sont, je vous l'ai dit, trop étroits… Donc j'ai regardé et…

… Et je vous ai vue, vous, et votre fils, nus, dans un acte d'amour.

Non ! Il ne le dit pas. Elle crut qu'il allait le dire et la phrase devint immédiatement réelle, inséparable de ce qui l'avait précédée. Peut-être venait-il de parler aussi de leur nudité, de l'étrangeté charnelle de leur couple… Elle ne savait plus.

— Enfin, vous comprendrez sans doute mon étonnement… J'en ai vu d'autres dans ma vie… Je ne suis pas un enfant de chœur, loin de là. Mais quand même ! Heureusement, je ne suis pas bavard car sinon, vous connaissez les mauvaises langues de la Horde et d'ailleurs…

… Et quand je vous ai proposé mon… amitié, c'était pour pouvoir vous en parler plus librement, vous comprenez, en intimité. Et pour vous donner la possibilité de vivre normalement votre vie de femme, avec un homme qui vous ferait jouir…

Non ! Il ne prononça pas ces dernières paroles ! Mais elles étaient tout de même réelles, incontournables car imaginées par elle.

De fait, il n'était plus là. Elle était seule, assise sur le lit, face au miroir. Il était parti, en lui souhaitant bonne nuit et en proposant d'aller faire demain une promenade en barque. Elle avait acquiescé de plusieurs hochements de tête.

La nuit, elle s'égara pour quelques minutes dans un appartement sombre, infini dont elle découvrait les labyrinthes avant de venir s'allonger sur un lit. Son fils entrait, tel qu'elle l'avait vu l'après-midi des plongeons — nu, le corps humide qui mouilla les draps et les refroidit délicieusement. Elle sentait cette fraîcheur contre sa poitrine, dans ses hanches. Il l'embrassait, ses lèvres avaient l'odeur des tiges et des feuilles aquatiques. Leur liberté était telle que les corps se mouvaient comme sous l'eau, dans une merveilleuse apesanteur des gestes. C'est en se retrouvant sur les genoux, dominée par lui, qu'elle remarqua que le fauteuil tourné vers le mur dans l'angle de cette chambre inconnue était occupé. Elle ne voyait que le bras sur l'accoudoir — un lourd bouton de manchette brillait dans la pénombre. Et plus la jouissance était violente, plus le profil de l'homme assis se détachait du dossier. Elle allait le reconnaître quand enfin, avec un cri encore obstrué de plaisir, elle s'arracha au sommeil. Un objet s'était incrusté sous son épaule. Elle alluma et ramassa dans les plis des draps en désordre un bouton de manchette.

Par un tout dernier effort de raisonnement sain, elle formula cette pensée incongrue, surnaturelle et se réjouit de son absurdité : « Il n'y a pas eu de dragon ! » Oui, il fallait dire ces choses invraisemblables qui n'avaient aucune chance de devenir réelles. Pas de dragon ! Un appartement inconnu,

318

cet homme dans son fauteuil, peut-être. Mais pas de dragon. Comme cela, elle finirait par distinguer le vrai du faux…

Cet exercice sembla la calmer. Un répit de quelques minutes au cours duquel elle se leva, alla dans la pièce aux livres, tira un gros volume encyclopédique, le feuilleta d'une main maladroite, nerveuse. Et tomba rapidement sur cette gravure : « Un boa constricteur attaquant une antilope. » Un corps luisant, couvert d'arabesques, étranglait sa victime. « Le dragon… », chuchota-t-elle et elle se rappela que dans l'immense appartement qu'elle venait de quitter elle avait oublié d'éteindre la lampe sur la table de nuit.

À travers la brume de chaleur, les bruits parvenaient flous, liquides. Les cris des enfants qui barbotaient près de la rive, le mugissement d'un troupeau... Et ce clapotement paresseux des rames. Pour pousser la barque de la berge basse et vaseuse, il avait dû, tout à l'heure, se déchausser, retrousser le pantalon, entrer dans l'eau. Elle voyait maintenant la plante de ses pieds, large, racornie. Et sur son front, ce trait d'argile qu'il s'était tracé en essuyant les gouttes de sueur. Cette traînée brune était pour elle un petit point de souffrance toute singulière dans ce monde de soleil et d'apathie. Elle ne pouvait pas lui dire : « Vous vous êtes taché le visage », ni encore moins glisser les doigts dans l'eau, lui laver le front...

Non, c'était parfaitement impensable. L'homme qui était assis en face d'elle, les talons nus calés contre la membrure du canot, était un être parfaitement insolite : l'homme qui la désirait et qui l'amenait par une journée de juillet étouffante dans une barque en accomplissant ainsi un rituel qui précédait la nuit où il la violerait tant qu'il en aurait le désir, de plein droit, sans aucune résistance de sa part, Avant la promenade, en traversant la ville haute, il l'avait invitée dans la baraque de tir. Il n'avait pas manqué une seule cible et en sortant la regardait avec l'air d'un enfant qui attend les compliments... C'était le même homme qui s'était retrouvé dans un appartement labyrinthique, dans ce fauteuil tourné vers le mur, l'homme qui les espionnait avec un sourire de connivence. Elle se souvint de ce grand lit, des draps qui avaient l'odeur de la rivière, oui, exactement, la même senteur que cette eau tiède qui ruisselait sous le bord bas du canot. Sous ce regard qui les surveillait, elle et l'adolescent au corps encore mouillé essayaient de masquer leur amour. Oui, ils cherchaient tout innocemment un objet égaré dans les plis du lit dévasté. Mais tout en simulant cette recherche, ils s'enlaçaient, échangeaient des baisers, se donnaient l'un à l'autre...

Elle se força à entendre. Goletz venait de lui adresser la parole. Sans doute c'était ce « il faut profiter de ces beaux jours, on ne sait jamais » qu'il répétait toutes les cinq minutes... La tache d'argile sur son front s'étirait en un long filet sinueux. « Si je pouvais seulement lui demander : cet appartement, cette fouille simulée, dans un lit en désordre, est-ce vrai ? » fit en elle une voix sans espoir. C'était celle de la « petite garce », elle la reconnut presque avec joie, car ces paroles étaient les seules qui la liaient encore à cette journée, à la conversation de cet homme, à la vie... Elle se pencha, plongea la main dans l'eau. Elle allait laver cette trace boueuse sur son front…

À ce moment, ils accostèrent. Goletz sauta sur la rive, tira le nez de la barque dans un petit recoin entre les saules, au milieu de l'enchevêtrement des algues. Ensuite il l'aida à descendre, l'installa dans une petite clairière entourée de broussailles. Il le fit avec la précaution qu'on aurait pour un malade important ou pour un vase rempli d'eau, coiffé de fleurs et qu'on craint de briser juste au dernier moment. Ou peut-être (la voix de la « petite garce » perça la surdité qui l'enveloppait), oui, plutôt pour une personne dont le rang ne correspondait pas à ce pique-nique au bord de l'eau. « La princesse Arbélina, lui souffla la voix. Ce que tu es toujours pour lui. Il est encore sensible à cette valeur supplémentaire de ton corps… »

Goletz étendit une nappe, posa la bouteille, sortit de son sac deux verres, du pain et un paquet couvert de taches de graisse. « Princesse Arbélina », pensa-t-elle en imaginant la vie où ce mot avait un sens, où vivaient les gens qui la connaissaient. La Horde d'or, Villiers, Paris… Ce monde lui parut inexistant, vu dans un rêve depuis effacé. Il n'y avait plus que l'étuve moite de cet après-midi de juillet, l'odeur douceâtre de l'eau tiède, limoneuse, cette femme à moitié allongée dans l'herbe, un verre à la main qu'elle approchait de temps en temps de ses lèvres, cédant aux prières d'un homme qui parlait sans interruption. Un homme qui allait, la nuit venue, écraser ses seins, la pénétrer, s'endormir à côté d'elle. Il avait déjà tous ces mouvements imprimés en lui, dans ses avant-bras bleuis par de grosses veines, dans ses doigts aux larges ongles jaunes…

— Et quand je pense que tout cela était sous la neige !

Il était étendu, le coude planté dans le sol, les jambes croisées, et sans lâcher son verre tendait le bras en indiquant les champs au-delà de la rivière. Elle ferma les yeux et lui fit signe de ne plus rien dire. Il se forma en elle une nuit fragile où elle marchait en reconnaissant avec une félicité douloureuse cette branche cristallisée sous le givre, ce petit étang gelé, mais surtout le tissage floral de la glace sur une vitre noire…

C'est Goletz qui l'arracha à son oubli. Il dut penser que les yeux fermés sur lesquels pour plus de cécité elle avait posé sa main annonçaient l'ivresse, l'abandon. Sans se lever, il exécuta une rapide reptation et se retrouva derrière elle. Il la prit par les épaules, la bascula vers lui, glissa une main sous son dos. Et il se figea en rencontrant ses yeux que soudain elle ouvrit : un regard immobile, qui n'exprimait rien, qui ne le voyait pas, qui ne voyait rien… En se détachant d'elle, il émit, malgré lui, une sorte de geignement de plaisir entravé, un miaulement presque. Elle se leva, fixa l'homme accroupi à ses pieds, puis porta la vue sur l'entassement des toits de la ville haute, sur la courbe mate de la rivière… Non, il n'y avait dans la matière tiède et molle de la vie que cette plainte du désir, que cette chair à l'affût de la fusion.

Il ramassa les restes du repas, plia la nappe. Et

c'est alors qu'il y eut ce moment d'hésitation : fallait-il jeter la bouteille presque vide ou l'emporter ? Déjà visiblement ivre, il se heurta à cette indécision ridicule. Fourra la bouteille dans son sac, la retira, l'examina avec perplexité… C'est à partir de ces quelques secondes de doute que commença (elle le sentirait ainsi, mais personne ne voudrait la croire) le décompte des minutes qui précédèrent la fin. S'il ne s'était pas attardé à tourner et à retourner cette bouteille, s'ils étaient repartis un peu plus tôt, ou s'il avait fini par garder la bouteille, tout se serait passé autrement…

Mais il agita le bras et avec un hululement qui se voulait espiègle jeta la bouteille dans l'eau. Il dut discerner, avec l'intuition des hommes ivres, comme une corde tendue qui le liait à quelque chose d'invisible. Son humeur changea. Il essaya de plaisanter : à présent, ils descendaient le courant et, quelques mètres plus bas, rattrapèrent la bouteille qui n'avait pas coulé, il la poussa d'un coup de rame, le goulot disparut en lâchant un bref gargouillement de bulles d'air. Il rit aux éclats. Et se rembrunit aussitôt.

C'est sans doute pour dissiper cette inquiétude obscure qu'il abandonna soudain les rames, s'étira en levant le visage vers le ciel et déclara d'une voix que l'ivresse rendait traînante :

— L'homme est fait pour le bonheur comme l'oiseau pour le vol !

Il se redressa à moitié et, ballotté par l'instabilité de la barque, piqua vers l'arrière où elle était assise. Elle s'écarta pour ne pas être écrasée par cette masse déséquilibrée, pouffante de rire. Il l'atteignit quand même, la surplomba, tira brutalement sa robe. À ce moment, elle vit s'élever de l'eau une construction d'acier tordue et rouillée qui grandissait rapidement... La barque se retourna presque avec douceur, lui sembla-t-il.

Elle ne saurait jamais si la violence avec laquelle Goletz se jeta vers elle, s'agrippa à son corps était due à son ivresse, à son envie de la sauver ou à son incapacité de nager. Ou peut-être était-ce lui qui voulut repousser cette femme qui risquait de le noyer ? Ou bien était-ce déjà l'agonie ? Elle ne saurait pas non plus s'il s'était blessé au moment de la chute ou après, lorsqu'il plongea et réapparut déjà inanimé.

Quelle que fût la raison de cette brutalité, les gestes de Goletz imitèrent dans une coïncidence macabre l'acte charnel auquel il avait rêvé. Il étreignit le corps désiré, le violenta, arracha le haut des vêtements en mettant à nu les épaules, les seins dont ses ongles incisèrent la peau.

Ce combat sauvage dura à peine quelques secondes. Il disparut sous l'eau, émergea un peu plus loin, plus près de la rive, dans un endroit à l'abri de la force du courant. Son corps s'immobilisa entre un bloc de béton, une étroite jetée de sable et les tiges des joncs sur lesquelles continuaient à se poser des libellules vertes et bleues.

Elle nagea ou plutôt se laissa porter, entourée des lambeaux de sa robe, jusqu'à cet endroit abrité. À quelques mètres seulement du lieu de leur naufrage, son pied toucha le fond. Tout ressemblait à un jeu. Et pourtant, à deux pas d'elle, flottait ce corps habillé et l'eau autour de sa tête se colorait de brun.

Sur la rive, on voyait courir deux hommes précédés d'un garçon qui tenait toujours à la main sa canne de pêcheur.

Il lui sembla ne pas quitter pendant des semaines cette rive ensoleillée, cette vieille souche d'arbre sur laquelle les premiers témoins l'avaient vue assise. Il n'y avait plus de nuits, rien que cette journée interminable, les effluves tièdes qui montaient de l'eau, l'odeur des herbes, de la vase et cette lumière chaude, légèrement voilée qui éblouissait plus que les rayons crus.

Interminablement les gens allaient et venaient, l'entouraient, se dispersaient, s'approchaient craintivement du cadavre du noyé, échangeaient leurs impressions. Elle les reconnaissait presque tous : le pharmacien russifié, la directrice de la maison de retraite, le vieux sabreur, l'infirmière, la guichetière de la gare… Elle remarqua que chacun, même dans ces circonstances exceptionnelles, restait fidèle à son rôle, à son masque. L'infirmière, par sa mine amère, n'oubliait pas de faire comprendre qu'elle portait un deuil bien plus digne de respect que cet accident stupide. La guichetière consultait sans cesse sa montre. La directrice administrait le drame. Le pharmacien passait d'un groupe à l'autre, heureux de pouvoir participer aux discussions françaises et russes sans distinction. Et du côté des saules, brouillé par la rumeur des conversations, résonnait le joyeux « s-s-chlim ! »…

Elle se sentait observée par des dizaines de regards interrogateurs ou tout simplement curieux. Ces spectateurs excités tentaient, comme ils eussent fait en réglant des jumelles, d'unir dans une seule vision la princesse Arbélina et cette femme couverte de lambeaux ruisselants, une femme qui n'essayait pas de dissimuler sa poitrine striée de griffures. Certains, ceux qui croyaient mieux la connaître, lui parlèrent à mi-voix — on sonde ainsi le silence d'une chambre pour vérifier si la personne dort.. Elle restait immobile, paraissait aveugle, inaccessible à la parole. Pourtant, ses yeux vivaient, notaient les nouveaux visages dans la ronde des badauds, relevaient que la trace de l'argile sur le front de l'homme avait disparu, lavée sans doute au moment de la noyade…

Mais que pouvait-elle dire à ceux qui, comme la directrice, s'inclinaient vers elle et murmuraient des questions invraisemblables dans leur banalité humaine et qui devaient, selon eux, l'arracher à son choc. Choc… choc… choc, répétaient les voix dans tous les petits groupes. Il aurait fallu leur parler de cette trace d'argile, de l'impossibilité de l'effacer qu'elle avait éprouvée dans la barque, oui, son incapacité de mouiller ses doigts, de toucher ce front. Leur parler aussi de cette unique parcelle de beauté qui avait, par hasard, jailli de cet homme si incurablement laid — cette phrase qu'il avait prononcée un quart d'heure avant sa mort : « Et dire que ces rives étaient toutes recouvertes de neige… » Mais l'auraient-ils compris ? Peut-être seule cette vieille pensionnaire qui soudain s'approcha du cadavre et enleva de son visage une longue tige d'algue. Des chuchotements de réprimande montèrent de toute part — rien ne devait bouger.

Et rien ne bougea. L'après-midi moite, étouffant dura infiniment. Les policiers arrivèrent, l'attroupement recomposa ses groupes. Les jours passaient, mais il n'y avait pas de nuits. Toujours le même soleil, la même rivière tiède, ces mêmes gens, ce cadavre. Les vêtements qu'il portait séchèrent peu à peu. Et sur la poitrine de la femme (sur ma poitrine, disait-elle, mais elle se reconnaissait de moins en moins) les écorchures se refermèrent, pâlirent…

Le juge d'instruction l'interrogeait dans son bureau — cependant elle était toujours cette femme assise sur la rive où rien n'avait changé : le noyé, les badauds et, désormais, ce juge qui se penchait sur le cadavre, tâtait les bords de la barque, allait d'un spectateur à l'autre, puis s'arrêtait en face de la femme à moitié dévêtue. Il appelait cette femme « Madame Arbélina », elle le devint et, au début, fut même soulagée de l'être. Il lui était ainsi plus facile d'avouer qu'elle avait détesté Goletz, que l'idée de le tuer lui était souvent venue à l'esprit. Et qu'elle l'avait en fait tué, même doublement tué car, d'abord, elle n'avait pas essuyé son front maculé de boue (et ce geste aurait pu tout modifier !) et plus tard, quand il ne savait pas quoi faire de la bouteille vide et que l'instant de sa mort approchait, elle était restée parfaitement inactive, complice de ce fatal égouttement des minutes.

Un jour, elle crut pouvoir enfin raconter l'essentiel à l'homme qui l'écoutait avec tant d'intérêt. Visiblement ce juge d'instruction se mit à prendre conscience d'avoir en face de lui non pas une certaine « Madame Arbélina » mais une femme qui portait en elle d'étranges nuits d'hiver, de terribles failles qui éclataient à tout moment sous un objet ordinaire, sous un mot anodin. Encouragée par sa compréhension, elle parla de l'inexprimable beauté de l'hiver qu'elle venait de vivre, du minuscule étang avec des poissons emprisonnés, de la branche qui perdait éternellement des cristaux de givre… Elle vivait de nouveau dans la fragilité de ces instants de silence et découvrait, avec émerveillement, que l'autre aussi y accédait chaque jour davantage. Elle était à présent sûre de pouvoir lui confier son mystère…

Pourquoi soudain surgit ce bègue qui se prétendit meilleur ami de Goletz ? Le connut-elle lors d'une confrontation ou apprit-elle son existence grâce aux versions du crime, de plus en plus nombreuses, qui agitaient la Horde et même toute la ville ? Elle ne se souvenait plus. Pourtant le témoignage de ce Fou-fou bouleversa tout. En luttant péniblement contre son élocution, il avoua : Goletz savait que le prince Arbéline s'était livré, avant la guerre, à un trafic douteux des propriétés que les émigrants possédaient en Russie et donc… Le juge considéra cette nouvelle version comme fantaisiste. Goletz connaissait à peine le prince et n'aurait jamais pu démontrer en quoi ces ventes étaient illicites…

C'est elle qui vit dans ce témoignage la destruction de tout ce qu'elle avait édifié mot après mot dans ses conversations avec le juge. Donc, Goletz ne savait rien de ses nuits d'hiver. Les menaces qu'il avait formulées se résumaient à ce vieux secret des domaines vendus par le prince. C'était ça son ridicule chantage ! Tandis qu'elle, par confusion, par affolement, elle avait imaginé cet homme embusqué sous leurs fenêtres… Non, il n'avait rien vu. Mais dans ce cas, sa mort qu'elle avait tant désirée, ce meurtre qu'elle avait avoué au juge était d'une gratuité absolue. Elle l'avait tué pour rien…

Étrangement, le juge l'écouta cette fois avec une impatience mal dissimulée, en consultant souvent sa montre, en acquiesçant d'un air distrait. Et le greffier était absent. Elle insista pour qu'on l'accompagnât sur le lieu du drame, se heurta à un refus, répéta sa demande d'un ton catégorique en expliquant qu'ils allaient recueillir un élément décisif pour la vérité et obtint, enfin, gain de cause. Malgré l'heure tardive, elle se rendit sur la rive, trouva l'endroit exact de leur escale, indiqua la position de leurs corps dans l'herbe, décrivit la fin de leur repas… Et s'aperçut soudain qu'elle était seule sur cette rive, que le soleil était depuis longtemps couché et que ses explications ne s'adressaient à personne... Si, elles furent entendues par quelques jeunes voyous qui la poursuivirent en lui jetant des boules d'argile humide et en criant des obscénités.

C'est ce soir-là peut-être, sur le chemin du retour, qu'elle rencontra le bègue. Il dit qu'on ne voulait pas de son témoignage non plus. Et pourtant il avait raconté au juge que Goletz menait cette vie si renfermée car il avait un passé à taire : médecin de guerre, il avait été fait prisonnier par les rouges et avait pendant deux ans servi dans leur armée... Il y a trente ans.

Ils se tenaient l'un face à l'autre, dans une rue déjà presque sombre de la ville basse. Elle, les cheveux défaits par la course, la robe tachée par la boue qu'avaient jetée ses poursuivants. Lui, petit, frêle, le visage altéré par la parole impossible. D'ailleurs tous les deux, ils se sentaient insoutenablement muets. Il put enfin maîtriser l'air qui encombrait sa gorge et exhala dans un dur gémissement :

— Fou-fou-vous l'avez t-t-tué !

Après cette rencontre, elle ne rentra pas chez elle. Il lui semblait même qu'elle n'avait plus jamais revu la maison accolée au mur de la Horde. Inexplicablement, elle devint cette femme couchée sur un lit étroit, blanc, dans une petite chambre où planait une odeur de médicaments. Quelqu'un la réveilla en la tirant de son agréable insensibilité d'absente. Elle ouvrit les yeux et ne s'étonna même pas de voir cet homme d'une cinquantaine d'années, portrait infidèle, vieilli et fatigué, de son mari, et ce jeune homme, grave, tendu — portrait futur de son fils.

Leur apparition la transporta dans une vie lointaine, dans une ville oubliée et surtout dans un autre corps. Ils paraissaient ne pas remarquer son départ et continuaient à s'adresser à cette femme blême, immobile, privée de langage. C'est son mari qui parlait. Elle l'entendait du fond de son brouillard, lui souriait, ne comprenait rien... Il fallait qu'elle signe une feuille de papier — l'homme guida sa main. Au moment des adieux, c'est son instinct maternel sans doute qui l'arracha à son

inconscience. Elle entendit son mari lui répondre :
« C'est mieux ainsi. Pour lui... » Elle comprit qu'il
partait pour la Russie et y emmenait leur fils.
« Pour un ou deux mois », dit-il.

Quand la porte se referma derrière eux, le souvenir des jours précédents revint, ou plutôt celui
du froid, de cet éclat de verre qui s'était enfoncé si
souplement dans la veine de son poignet — un
éclat de glace, lui semblait-il, qui mettait fin à la
douleur, à l'étouffant après-midi sur la rive où
gisait le noyé, au brouhaha des voix qui parlaient
d'elle, toujours d'elle...

Une nuit, elle put se lever, sortit dans le couloir
et, progressant dans une rapide glissade aérienne,
traversa ce grand bâtiment sonore, nocturne.
Malgré l'obscurité, ses pièces restaient animées.
Elle entendit des cris d'allégresse, des conversations pathétiques, des conciliabules, des soupirs.
Après un tournant, le couloir changea d'aspect :
elle vit aux murs de vieux portraits dans leurs
cadres d'or éteint. D'une porte entrouverte se
déversaient des vagues de musique d'opéra. Une
dame vêtue d'une ample robe de fête la devança.
Un groupe bigarré et rieur surgit dans une brève
percée de lumière et disparut aussitôt au fond
d'un passage... Elle prévoyait ce qui allait se trouver dans cette pièce dont elle poussa lentement la
porte. Ce feu de bois, ces branches couvertes de
neige fondue, ce grand miroir, ce lit qui gardait
l'empreinte d'un corps. Elle se déshabilla, se
moula dans ce renfoncement, imita le sommeil.

Un instant après, une caresse longue, infinie l'enveloppa, emplit son corps, se mit à le dilater... Elle l'interrompit soudain. D'un fauteuil serré contre le mur se détachait un profil lourd, percé d'un œil à la fois haineux et complaisant...

C'est à ce regard qu'elle échappait en s'élançant à travers les couloirs redevenus monotones. Des pas pressés, sûrs de leur force résonnaient derrière elle. L'unique refuge, elle s'en souvenait à présent, se trouvait dans cette chambrette sous les toits, celle dont l'étroite fenêtre donnait sur une forêt enneigée... Elle distingua déjà la petite porte basse, saisit la poignée, la secoua désespérément. Des mains expertes, presque nonchalantes dans leur brutalité tranquille, l'immobilisèrent, lui tordirent les bras...

Son propre cri la réveilla. Donc tout n'était qu'un long songe tortueux et pénible. Ces nuits d'hiver, cet innommable amour, cet homme qui les poursuivait de son fauteuil... Elle leva le bras gauche — la cicatrice était encore rouge. Pourquoi l'avait-elle fait, alors que tout n'était qu'une lente suite d'apparitions ? Parce qu'elle avait appris, elle ne savait pas comment (dans les conversations des infirmières sans doute), que son fils ne reviendrait pas à la date prévue. Ou peut-être, il ne reviendrait pas parce qu'elle s'était ouvert les veines ? Ou peut-être avait-elle voulu mourir pour fuir ce bâtiment dont on ne pouvait pas fuir ? Car elle n'était plus à l'hôpital où son mari et son fils étaient venus la voir... Ou peut-être, justement, ils étaient partis parce qu'ils savaient qu'elle allait se retrouver ici ? Cette veine coupée, ce bâtiment, leur départ. Ou plutôt : leur départ, le poignet incisé, ce bâtiment d'où on ne peut sortir. Non, dans un autre ordre encore : bâtiment, envie de mourir, leur départ... Comme tout cela est simple et sans issue. Pourtant si j'allais à la fenêtre et si je voyais qu'il neige, je pourrais peut-être... Attends, d'abord il y avait cet éclat de verre, le sang, mais il n'y avait pas de glace pour l'arrêter..

Elle ne savait pas que les années passaient. Le temps sinuait lentement dans les entrailles du bâtiment qu'elle explorait, à tâtons, jour après jour. Non pas le bâtiment de l'asile, de construction banale et rectiligne, habité de toutes ces âmes troublées, mais cette demeure caverneuse, changeante qui s'était édifiée dans son sommeil. En distillant ses bruits, elle apprit à reconnaître la musique d'un piano à queue dans un salon reculé. Elle y courait, voyait déjà les faisceaux des candélabres, saisissait l'odeur des victuailles d'un dîner de fête... Mais les pièces noircissaient tout à coup, se remplissaient de fumée, sous ses pieds craquaient des débris de vitres. Elle pénétrait dans une salle de restaurant dévastée où un homme, une toque de fourrure enfoncée sur le front, jouait un air triomphal, en essuyant de temps en temps d'un geste rapide des larmes grises sur son visage maculé de suie... Elle sortait par une arrière-cour, en espérant se protéger contre la mitraille qui se mettait à cribler soudain le mur. Et tombait dans une chambre d'hôtel dont la fenêtre s'ouvrait sur une chaude nuit méridionale, sur le bouillonnement du feuillage dans le souffle parfumé et humide… Elle errait d'une pièce à l'autre, croisait parfois une personne, engageait une conversation et ne s'étonnait pas si l'autre la quittait à mi-mot, disparaissant dans une galerie qui se creusait soudain au fond d'une salle…

Parmi ces gens qui venaient à sa rencontre, il y avait une femme qui ne repartait jamais à l'improviste et, comme pour démontrer son indéniable réalité, lui tendait sa main osseuse gardée au chaud sous un châle d'angora. C'était l'infirmière de la Horde, celle qui autrefois avait porté le deuil de son fiancé anglais. Étrangement, elle avait conservé le souvenir d'une certaine princesse Arbélina et venait chaque mois malgré un voyage qui prenait toute une journée. Elle ne parlait plus du pilote anglais, son bien-aimé mythique. Sans doute, comme les mythes eux-mêmes vieillissent, la malheureuse princesse devenait désormais la nouvelle passion de cette vie si grise… Elle venait le dimanche, sous la pluie ou dans un soleil d'été, en traversant la longue allée de tilleuls, sous les branches tantôt bouclées de première verdure, tantôt dorées par les journées d'octobre. Elle expliquait aux autres, gravement et tristement, que la princesse Arbélina était autrefois son amie la plus proche et même sa confidente. C'est uniquement par cette nouvelle légende qu'Olga Arbélina existait encore dans le monde des vivants…

338

Après la visite, la princesse (le personnel l'appelait ainsi sans savoir vraiment s'il s'agissait d'un titre ou d'un surnom de folie) restait près de la fenêtre au bout du couloir et, en suivant des yeux la silhouette qui s'effaçait dans l'allée, observait la vie simple et répétitive du dehors. Les gouttes de pluie, le ciel bleu ou blanc de nuages, les arbres nus ou verts... Puis elle s'écartait de la fenêtre, longeait le mur et, à un tournant, s'engouffrait dans un appartement vaste, ténébreux où son regard tombait, au milieu du désordre luxueux d'une chambre, sur un grand fauteuil de cuir noir. Vide pour l'instant...

Les rencontres avec l'infirmière de la Horde d'or et quelques bribes glanées dans les bavardages des femmes de ménage lui en apprenaient peu sur ce qui se passait derrière les murs. Guerres, difficulté de vivre, dérision pompeuse du quotidien, banalité de mourir. Était-ce plus important que la chute des feuilles ? Plus raisonnable que ses errances dans cette demeure sans fond ?

L'une des femmes de ménage remarqua que la princesse remplissait des dizaines de feuilles d'une écriture pressée et les cachait dans sa table de nuit. Sa curiosité fut vaine : les notes étaient illisibles, soit rédigées dans une langue inconnue, soit, même en français, trop confuses. Quant à ces quelques lignes qui avaient pu être déchiffrées, elles mentionnaient les détails d'une journée d'hiver comme il y en a tant dans la vie de tout un chacun

Un jour, sans avoir aucune notion du temps, elle devina que l'infirmière de la Horde ne viendrait pas. En effet, elle ne vint plus. Ni sous la pluie d'automne ni sous les branches pailletées de premières feuilles...

Enfin, après une ronde indistincte de semaines, de mois, de saisons, arriva cette matinée glacée. En haut d'un vieil escalier en bois, aux marches hautes et à la rampe usée par les mains, s'ouvrit cette porte derrière laquelle il ne pouvait y avoir que la minuscule pièce avec la fenêtre donnant sur une forêt enneigée.

Il lui fallut se courber en deux pour glisser vers cette fenêtre minuscule, une sorte de lucarne mate de poussière, tissée de toiles d'araignée. Avec un bout de torchon tiré d'un amas de vieilleries, elle frotta la vitre. Dehors, la même allée de tilleuls, mais vue de bien plus haut et, ce jour-là, voilée d'un lent tissage de flocons. Le sol était aussi tout blanc et le monde au-delà de la clôture paraissait à moitié effacé sous les filaments neigeux...

Elle ne s'étonna pas du tout de voir un homme se profiler lentement dans ce blanc mouvant, au milieu de l'allée. Elle n'était surprise ni par sa taille de géant ni par l'extrême pauvreté de ses vêtements — de ce long manteau de coupe militaire dont au premier regard on devinait le tissu élimé, raccommodé. Sous cet habit fripé se dessinait une carrure puissante mais anormalement décharnée. Il ne portait pas de chapeau, la neige s'était mêlée à ses cheveux gris.

Ses gestes ne lui parurent pas non plus extravagants. Il s'arrêta, posa par terre un vieux sac de voyage et alla ramasser une poignée de neige sur la planche d'un banc. Puis, soigneusement, il se malaxa le visage, se lava avec cette boule de glace qui fondait dans ses mains. Tira un mouchoir, s'essuya le front, les joues, et en empoignant le sac se dirigea vers l'entrée du bâtiment.

Elle ne fit aucun mouvement, promena seulement son regard autour d'elle comme celui qui se réveille dans un lieu inconnu et tente de l'identifier. Ce n'était plus un refuge secret perdu dans les labyrinthes de la demeure d'autrefois, mais tout simplement les combles du bâtiment, un étroit grenier où elle avait pris l'habitude de venir, d'abord empêchée par les surveillants qui craignaient un suicide, puis ignorée par eux. Des chaises cassées, des vieux journaux, cette pile de papier jauni d'où elle retirait les feuilles pour ses notes...

Déjà une voix de femme répétait son nom en bas de l'escalier...

Elle savait d'avance ce que l'homme qui venait de se laver le visage avec une poignée de neige allait lui dire. Il commencerait à parler tout à l'heure, en marchant dans l'allée, puis assis sur la banquette d'un wagon, dans une chambre d'hôtel, dans un café, plus tard dans quelque éphémère habitation qui pour un temps leur donnerait l'illusion d'un chez-soi... Il parlerait durant toutes les années qui leur restaient à vivre. Et l'impression d'avoir tout appris dès la première parole ne la quitterait plus. Elle l'écouterait, pleurerait, lui ferait signe de se taire quand la douleur serait insupportable, mais tout, absolument tout lui serait déjà connu, éprouvé mille fois au cours de ses errances nocturnes dans les enfilades trompeuses de la vie.

Elle saurait, elle savait déjà que les émigrants, dès leur retour en Russie, avaient été dépouillés de leurs bagages, filtrés, chargés dans de longs wagons de marchandises. Et que c'est par une journée de première tempête de neige qu'on avait séparé le père et le fils. Les adultes continuaient la route plus à l'est, traversaient l'Oural, remontaient au-delà du cercle polaire, jusqu'aux camps du grand Nord. Les jeunes qui n'avaient pas atteint seize ans étaient jugés encore capables d'expurger leur « passé bourgeois » dans des colonies de rééducation. C'est au moment de la séparation que le père, après une révolte solitaire et inutile, avait failli mourir sous les crosses des lourds fusils des gardes...

Elle apprendrait aussi que Li avait suivi le même chemin du Nord. Et que ses panneaux peints avaient été jetés dans la neige derrière la gare où l'on triait les prisonniers. Pendant un certain temps, on pouvait voir au milieu des champs glacés les couleurs vives de ces mises en scène : un pianiste en frac accompagnant une cantatrice monumentale, ou encore ces deux estivants sous un soleil d'équateur... Peu à peu, les habitants avaient emporté ces panneaux et les avaient brûlés pendant les grands froids de fin d'hiver.

Elle comprenait que ne pas connaître le destin de son fils était, pour elle, l'unique chance de le savoir toujours vivant. Et plus invraisemblable était cet espoir, plus elle était confiante. Il était quelque part sous ce ciel, voyait les arbres, la lumière, entendait ce vent...

Un jour, c'est elle qui se décida enfin à parler. Elle savait que, pour être comprise, il faudrait dire tout en quelques paroles brèves et se taire. Et parler de nouveau, jusqu'à ce que les mots deviennent feu, ombre, ciel... Et que cette autre vie qu'ils avaient si maladroitement cherchée et qu'elle avait si brièvement connue leur apparaisse enfin dans sa fragile éternité des paroles humaines.

Il ouvre la grille au moment où le halo des réverbères commence à vaciller, s'éteint. Pour quelques instants l'obscurité semble revenue. Je me retourne : la porte de son logis de gardien est restée ouverte, je vois la lampe qui a éclairé pendant toute la nuit son visage. Nos deux chaises. Nos tasses sur la table. Autour de la maisonnette, des troncs noirs, les pierres levées des monuments, des tombes, des croix...

Il reste un moment à côté de moi entre les battants de la grille. Puis me serre la main et s'éloigne en disparaissant bientôt au milieu des arbres.

DU MÊME AUTEUR

Au Mercure de France

LE TESTAMENT FRANÇAIS, 1995, *prix Goncourt et prix Médicis ex aequo et prix Goncourt des Lycéens* (Folio n° 2934)

LE CRIME D'OLGA ARBÉLINA, 1998

REQUIEM POUR L'EST, 2000

Chez d'autres éditeurs

LA FILLE D'UN HÉROS DE L'UNION SOVIÉTIQUE, 1990, *Éditions Robert Laffont* (Folio n° 2884)

CONFESSION D'UN PORTE-DRAPEAU DÉCHU, 1992, *Éditions Belfond* (Folio n° 2883)

AU TEMPS DU FLEUVE AMOUR, 1994, *Éditions du Félin* (Folio n° 2885)

COLLECTION FOLIO

Composition Floch.
Impression Société Nouvelle Firmin-Didot
à Mesnil-sur-l'Estrée, le 12 mai 2000.
Dépôt légal : mai 2000.
Numéro d'imprimeur : 51391.

ISBN 2-07-041167-2/Imprimé en France.